# モンスター

小西 晴彦

ロギカ書房

# モンスター

聖書、詩篇より

私は全焼のいけにえを携えて、あなたの家に行き、私の誓いを果たします。

それは私の苦しみのときに、私のくちびるが言ったもの、私の口が申し上げた誓いです。

私はあなたに肥えた獣の全焼のいけにえを、雄羊のいけにえの煙とともに捧げます。

目次

# 序章

１９７７年、昭和五十二年六月。戦後、三十二年が経とうとしていた。

太平洋戦争で日本は明治維新以来積み上げてきた資産を全て叩きだし、全植民地が没収され、働き盛りの男を中心に三百万人もの命を失った。日本が復活するのは遙か遠い先のことで、欧米のライバルになることは当分ないだろうと思われた。しかもアメリカの肝いりで平和憲法が作られ、軍隊を持たないと宣言した。そんな日本が脅威になることは二度とない、欧米各国はそう安心して日本の復活を支えた。戦後の日本経済は餓死者が出るほどどん底だったが、朝鮮戦争による特需をきっかけに立ち直り、十七年に亘る高度成長で瞬く間に先進国の仲間入りを果たすことになる。ＧＮＰは西ドイツを抜いて世界第二位となり、１９６４年の東京オリンピックで驚異的復興を世界に知らしめ、各国は不死鳥のような復活に目を見張った。日本は経済成長に邁進し、ベトナム戦争で金を使い果たしたアメリカはやっと日本の経済力を脅威と感じ始めたのである。１９７３年の第四次中東戦争が引き金となって第一次石油危機が起こり、日本は戦後初のマイナス成長となるが、すぐに立ち直り再び経済成長を始めた。このまま成長すればアメリカを追い抜く日が来るのではないか、そんな自信が１９７０年代の日本にあった。人口は右肩上がりに増え、全国で開発が進み土地が天井知らずに値上がりした。

1955年以降は自民党が一貫して政権を担当し、アメリカと密接な関係を構築して更なる経済発展を促した。ロッキード事件で元首相田中角栄が逮捕されたが、そんなことにお構いなく日本経済は成長する。アメリカはその驚異的な力にうんざりしてジャパンバッシングを始めたが、日本は自信に満ち溢れ、国民は拡大と成長がいつまでも続くと信じた。

北海道の道東の町、寄別町。石炭と酪農、この二つの産業で町は発展した。1977年、人口は一万八千人となり最盛期を迎え、道路が急速に拡張されて舗装され、電信柱が立てられ送電線が張り巡らされた。第三セクター方式で道東を南北に結ぶ鉄道が敷かれ、町民は二つの都市へ気軽に行けるようになる。石油に押されがちだが石炭の需要は根強く、家庭用ストーブ、風呂、学校のストーブ、製鉄、火力発電に欠かせない資源である。国策で原子力発電所が全国に建設され始めたが、石炭は産業の発展にまだまだ必要だ。釧路、夕張、歌志内など産炭地には力がみなぎり、日本を支える自負がある。寄別町も近隣の町村のみならず帯広、北見など都市部に石炭を供給して発展した。発展して人が増えると飲み屋が増え、毎夜景気のいい男たちで賑わい、若い女が嬌声をあげて客を迎える。商店街には新しい店が次々にオープンして、札幌に行かなくても洒落た服や生活用品が手に入るようになった。

町は六つの区画に分けられてその一つが緑町だが、その一画に昭和二十三年に建てられた長屋がある。二戸つながりの小さな家が四十戸ほどあるが、物資が貧しい時代の建物だからすっかり老朽化した。屋根は錆びて雨漏りがひどく、壁のモルタルが剥げ落ち、風が吹くと窓がきしむ。ベランダに板きれやレンガが放置され、狭い土地に野生化したネギやアスパラが生え、五月の暖かい風に紋白蝶が舞い、蜜蜂がマーガレットに頭を突っ込む。長屋は一家団欒の場としてたくさんの幸福を生んだが、一か月後には取り壊されることが決まっている。ほとんどの住民はすでに引っ越して、主のいなくなった窓は板で閉ざされ、安っぽいプラスチックの物干し竿が残されたままだ。

跡地に大資本のスーパーマーケットが進出することが決まって、地元商店街は反対したが町は誘致に動き住民も歓迎した。道道２４１号線を隔て、長屋の向かい側に鉄筋コンクリートの町営住宅が建てられた。長屋の住民を中心に入居者はたちまち決まり、毎日のように子ども連れの若夫婦が引っ越して来る。若い世帯に子どもが次々と生まれ、町の人口は全国を上回るペースで増加して、幼稚園も学校も子どもたちで満杯だ。

町の北部に全校生徒八百十人を擁する寄別高校があり、地元だけでなく近隣の町からも生徒が通う。毎朝、駅から制服姿の高校生が吐き出され、黒っぽい生徒の列は二十分ほど離れた四階建の校舎に吸い込まれていく。髪を肩まで伸ばした男子生徒がいるが、ビートルズとグループサウンズの影響だ。この一帯は日本でも有数の極寒の地で、盆地に冷気が溜まりマイナス二十度になることも珍しくない。冬ともなると防寒着に身を包み、生徒は機関車のように白い息を吐いて登校する。昼時になるとストーブの蒸発皿に牛乳瓶が立ち並び、真っ赤に焼けた鉄肌のストーブをアルミの弁当箱が囲む。鈍い銀色の弁当箱は労働者のものかと思うほど巨大で、中には白飯とおかずがぎっしりと詰まっている。昼休みになると生徒は机の向きを変えて思い思いに弁当にありつく。教師の悪口を言う者、一心不乱に食べ終えて体育館に急ぐ者、自作の英単語カードで勉強する者、机に突っ伏して寝る者。クラスは若者特有の喧騒と熱気に包まれるが、それは日本の活気そのものだ。一クラスの定員は四十五人で一学年六クラス編成、各階に二百七十人の生徒が詰めこまれている。三月に入試があり、四月に入学式が行われ、新入生は五月の連休まで緊張した日々を過ごすが、五月末の高体連が終わると一息つく。六月になって暖かい日が続き、五月末に降った季節外れの雪が消え初夏を思わせる日射しが注いでいる。一学期の中間考査が終わり、高体連も終了して生徒はつかの間の休息を楽しむ。しばらくのんびりとした日々を過ごすことができる。

校舎の二階に職員室と三年生のクラスが入っているが、三年は進路で教師との相談や面談が多くなるからだ。職員室から離れた三年五組の隅で、男子生徒二人が弁当を食べながら話をしている。二人は二週間前までバトミントン部と卓球部の選手だったが、引退したばかりで手持ち無沙汰だ。二人とも進学することを決め、来年一月の共通一次試験と大学受験を控えた受験生だが、そんなことを感じさせないのんびりした雰囲気である。

「まだ怒ってるのか」

弁当を食べ終わった望月に高田が話しかける。

「当たり前だ、お前のせいで女子の見る目が変わった」

「だけどお前が読みたいと言ったんじゃないか」

「俺はSFマガジンを貸してくれと言ったんだ」

「SMマガジンって聞こえたんだから仕方ないだろう。せっかく帯広で恥を忍んで買ってきてやったのに」

「なぜ机に置いた、そっと渡せばいいじゃないか」

「お前はそんなこと気にしないと思ってよ」

二日前の休み時間、高田が望月の机にSMマガジンをぽんと置いた。慌てた望月が隠そうとして下に落とし、綴じ込みのグラビアがばらばらと飛び出し、縄で緊迫された女性の写真が現れた。それを隣の小森美恵がしっかりと見て、軽蔑した目であーあとため息をついた。

「悪かったって謝ってるじゃないか」

「そう思ってないだろう、お前は確信犯だ。笑ってるじゃないか」

高田は笑顔を何とか引っ込め、努力して真面目な顔を作った。

「分かったって、今度カレー奢ってやるから許せって。ところでお前、竹下先生のこと覚えているか」

「竹下先生って、俺たちが一年の時に死んだ先生だろう」

「ああ、現代文の先生で野球部の監督だった。お前は習ってなかったから覚えてないだろうが、俺はけっこう好きだったんだ。いつもニコニコして質問すると丁寧に教えてくれた。ところでどうして死んだか知ってるか」

「知らない。職員室で死んでいたんだろう」

「野球部の練習が終わって職員室に戻り、机で仕事していて心不全で死んだ。夜中に夜警のおじさんが見つけたが、ユニフォームのままだった」

「職員室に誰もいなかったのか」

「竹下先生、いつも最後だったらしい」

「なぜだ」

「まだ四十才なのに二年の学年主任を任されて忙しかったみたいだ。二年生は秋に修学旅行があるから、その準備や資料作りで大変だったらしい」

「もっと年配の先生が何人もいたんだろう」

「年寄りは面倒な仕事をやりたくないから竹下先生に押しつけたわけだ」

「で、それがどうかしたのか」

「竹下先生の幽霊が出るんだ」

何を言ってるんだと高田を見る。

「野球部の奴らの話だけど、最近妙なことが起こるらしい」

「妙なことって何だ」

「春の大会の三日前、朝練でグランドに行くとマウンドにグローブが落ちてた」

「それがどうかしたのか」

「いいか、野球部は練習が終わると全員で地面をならす。それから完全に道具を片付けて、完璧にきれいにして帰らないと監督にぶん殴られる。だからグローブの置き去りなんてあり得ない」

「野球部の練習が終わってから誰かキャッチボールをやったんだ、そして忘れた」

「グローブは竹下先生のグローブだった。先生の死後、グローブは部室のロッカーにしまい込んで鍵をかけた。部室にも鍵がかかっていて、二重の鍵を開けてグローブを持ち出すなんて誰にも出来ない」

「監督かコーチなら出来るだろう。マネージャーも可能だ。ロッカーから持ち出して誰もいない時に置いた」

「何のためにそんなことする。もう一つある。翌日、野球部全員でランニングしているとユニフォームを着た男がフェンス越しに走っている。誰なのか顔を確認しようと走ったが、追い抜けなくて見れなかった。その走る姿が竹下先生の右肩を下げる姿にそっくりだった」

「野球部ＯＢの誰かがユニフォームを着てランニングしたか、いたずら好きの奴がユニフーム姿で走ったんだ」

　そう言う望月に応えず高田は続けた。

「まだある。大会が終わった二日後、陸上部の高井と大下が川沿いの道でアップしていると、前方に野球部のユニフォームを着た男が走っている。その日、野球部は休みと知っていたから二人で追いかけた。ところが追いかけても追いかけても追いつかない。高井は千五百M全道三位、大下は三千M全道二位の全国選手だ。うちの学校であいつらに敵う奴はいないから絶対に追いつくはずだが、どうしても追いつけなかった」

「それでどうした」

「走り疲れて止まったら、ずっと向こうで男が振り向いて笑った。それが竹下先生にそっくりだった」

「ずっと向こうなら顔は見えないだろう」

「いや、あの二人は目が良い」

「万一ユニフォーム男が竹下先生だとして、なぜ二年も経って幽霊になって出る。普通は死んですぐに出るものだろう」

「竹下先生、死んだことに気づいてないんじゃないか。心不全であっという間だったからまだ生きてると思ってる。そして今になって何か心残りができた」

「心残りって何だ」

「そんなこと分からないさ、野球部のことなのかそれ以外のことか」

　望月は、実は自分もユニフォームの男を見たと言うべきか迷った。三日前、札予備の模試を受けて五時過ぎに帰宅した。その途中に長屋があるが、長屋の前の道路に男が立って見下ろしていた。誰だろうと思って近づくと男は道路から長屋へ降り、駆け寄ったがいなかった。男が消えた奥にいつも見かける女の子がしゃがんでいて、なぜ男がユニフォーム姿で長屋を見ていたのか奇妙な感じがした。

「竹下先生に子どももいたか」

そう聞くと高田が答える。

「知らないな。いてもおかしくないが、結婚してたかどうかも分からない」

「取り壊される長屋があるだろ、あそこの奥にいつも女の子がいるの知ってるか」

学校から帰る夕暮れ時、長屋の奥にいつも女の子が地面にしゃがんでいる。

「緑町の長屋だろ。女の子は知らないが、あそこにやらせてくれる女がいるってサッカー部のバカが言ってた。引っ越し代稼ぎにやってるって噂だ」

「へえ、バカの言うことはあてにならないな。それよりあの子、なぜ外にいるんだろう」

「外が好きなんだ」

「そんな風に見えない。家から出されているんじゃないか」

「なぜそう思う」

「夕暮時、いつも一人でしゃがんでいるのはおかしいだろう」

「絵を描く勉強をしているんじゃないか」

「普通は紙に描くだろう」

「どんな顔してる」

「人形みたいにかわいいけど、あまり表情がないんだ」

「好みなのか」

「やめろよ、まだ小学生にもなってないだろう」

「子どもはいいけど、その女いくらでやらせてくれるかなあ」

「やめろバカ、おっかないおっさんが出てくるに決まってるだろ」

きわどい話をするが二人ともまだ女性経験はない。望月はユニフォーム男のことを話しそびれた。あれが竹下先生の幽霊だとしても、なぜあんな所にいたのだろう。あの女の子のことが気にかかっているのだろうか。何を考えてる、幽霊なんかいない、この科学万能の時代に幽霊を信じるなんて馬鹿げてる。きっと合理的な説明がつくはずだ。

「望月君と高田君、何の話してるの」

小森美恵が会話に入ってきて高田の横に座り、意味ありげに望月を見る。

「いや、なんでもない」

「長屋の女がどうのこうのって話してたじゃない」

「緑町の長屋の跡地の話さ。スーパーができたら小さな商店がつぶれて大変だなあって話だよ」

「ほんとにそんな話してたの、うそでしょ。いつもエッチな話してるじゃない」

そう言って望月を睨み望月は目をそらした。高田が続ける。

「いや、真面目な話だよ。政経の佐々木先生が日本の未来は政治でなく経済で決まると言ったろう」

「佐々木先生はこうも言ったわ。未来の経済を支えるのは日本に唯一豊富な資源、それは人材、だから人をどう育てるかが重要になると言ったわ。教育が大事ってことよね」

「教師だからそう言うのさ」

話を変えるチャンスとばかりに望月が言い、さらに高田が続ける。

「時代が進んで鉄腕アトムみたいなロボットができたら、教師なんかお払い箱になるんじゃないか」

「俺はそう思わないな、どんな時代になっても教師は必要だ。教師が教えるのは勉強だけじゃない。教師からしか学べないことがある、そう思わないか」

「エロか」

「高田、お前は馬鹿だろう」

「私も高田君は馬鹿だと思うけど正直でいいわ。隠れてエッチな本を見るよりずっといいもの」

なぜそっちに話を持って行くのか望月には分からない。

「教師より先に消える仕事なんか沢山あるわ。経理とか単純労働とか、ああいう仕事はロボットが得意そうだもの」

「ついにロボットが支配する世界が来るのか」

「大丈夫だって、そんな急に変わらないさ。少なくとも俺たちが生きている間はそんなことにならないって」

「そうかなあ、案外早いかもしれないわよ。臨界点が来たら物事は劇的に変化するって習ったでしょう。水は零度で一気に個体に変化する。技術が進歩して臨界点に達すると爆発的に変わり、私たちが生きてる間に人間を上回るロボットができるかもしれない。でもその頃は、私もあなたも還暦を過ぎたお爺ちゃんとお婆ちゃんね」

三人は顔を見合わせた。六十歳、四十二年後の自分たち、そんな姿は想像できなかった。若者の未来は希望に溢れていた。

その日の放課後、講習が終わった夕刻六時、二人は町外れの喫茶店に向かった。目当ては喫茶「七つの海」のカレーで大人五百円、高校生三百五十円。北海道では珍しいビーフカレーで家のカレーと一味違い、さらにマスターの機嫌が良いと奥さんの手作りケーキをサービスしてくれる。金があれば毎日でも行きたいが、二週間に一度がやっとだ。その途中に緑町の長屋がある。

「あの子、今日も外にいるかなあ」

歩きながら望月が高田に言う。

「確率は二分の一だ、いるかいないか」

「事象はどちらかだが、確率は二分の一じゃない」

「さすが望月、確率で学年トップ取っただけあるな」

「お前だってメンデルの法則のテストでトップ取って、生殖の高田と言われたじゃないか」

「光栄だよ、俺はＳＦマガジンよりＳＭマガジンが好きなんだ」

「あの子、長屋がなくなったらどうするんだろう」

「親がいるんだろう、親と一緒にどこかへ行くさ」

「そうならいいが、何か可哀想な気がする」

「その気持ちフナじゃなくてコイだ」

高田のつまらないギャグに望月は苦笑いした。

「お前さ、会社に入ったら先輩に可愛がられて出世するだろうな」

「そうかな、おれはこの馬鹿さで相手を油断させるのが得意なんだ。馬鹿は人を安心させるからな」

「バカに馬鹿はできないさ」

「褒めてくれて嬉しいが俺はその方が楽なんだ。人と言い合ったり争うことは苦手だ」

「卓球だって争いじゃないか」

「いや、卓球は会話だ。気の合う相手と卓球するといい気持ちになる。きっとセックスも気持ちいいんだろうな」

高田は自分が童貞だと告白したことに気づかなかった。

「だからお前は勝てなかったんだ」

そんな話をしているうちに長屋に着いた。道路から見下ろすとトタン屋根がくすんで変色し、あちこちにガラクタが散乱している。一番奥の家の前に赤い服の女の子がいて、しゃがんで何か描いていた。

「行ってみるか」

高田が言う。

「いや、行っても仕方ない。俺には何もできない」

怒ったように望月が言う。

「そうだよな、高校生の俺達は無力だから何もできないな」

しばらく女の子を眺めていると望月が突然言った。

「俺は教師になる」

「おい、いきなり青春やるな。そういうのに俺は対応できないんだ」

そう言う高田を無視して望月は続けた。

「教師になって子どもたちに教える。親父も教師が夢だったが戦争で叶わなかった。だから教師になるのは俺と親父の夢なんだ」

「教師か。お前ならいい先生になるだろうな、冷たいようで優しいからな。だけど生徒には手を出すなよ」

「馬鹿、お前じゃないんだ。高田、お前は何になる」

「大学に行ってゆっくり考えるよ。俺はお前のように強い意志がないから考える時間が必要なんだ。親父は税務署員になれと言うんだ、叔父さんが税務署だからな」

「税務署だったら二人とも公務員で安月給暮らしだ」

「いいさ、だけど税務署に夢があると思うか」

「マルサになればかっこいいだろう。そろそろ行くか、マスターご機嫌かな」

二人は女の子から目を離して歩き始めた。道路を隔てて建つ五階建のアパートのせいで長屋が余計にみすぼらしく見える。天国と地獄ほどではないがその差は歴然だ。古いものは新しいものに取って代わられる。夕焼けが二人の白いシャツを赤く染めた。


物干竿の下に女の子がしゃがみ、ガラス戸に背を向けて錆び釘で描いている。一心不乱に描いていると、ガラス戸の向こうから喘ぎ声が漏れてくる。

「ああ、やめてやめて」

「奥さんそんな大きな声出していいのかい。子どもに聞こえるぞ」

「いやいやそんなとこさわらないで。そこだめ」

「激しいね奥さん。でもまだいかさねえよ。旦那に悪いと思わないのかいこんなになって、ほらここなんかぬるぬるして挿れてみるか奥さん」

「やめてそこはいや。ああ――」

カタカタとガラス戸が震える。女の子は一心不乱に絵を描くが、呼ばれるまで入るなと言われている。声がしなくなってもまた始まるかもしれない。大体二回か三回で、今日はまだ一回目だ。前に母の声がしなくなって家に入ったら、鬼のような顔で睨まれた。一度も見たことがない怖い顔だった。だから呼ばれるまで入らないし、知らないおじさんの顔を見てもいけない。外で絵を描いて待っているとまた変な声が聞こえてきた。

女の子が描いているのはお父さんだ。遊園地で肩車してくれたお父さん。お風呂で身体を洗ってくれたお父さん。酔っ払ってお寿司を買って来たお父さん。ピンクの靴や服をくれたお父さん。お餅をついたお父さん。生徒より足が速かったお父さん。卒業アルバムを見せてくれたお父さん。

『摩耶は大きくなったら何になる。看護婦さんかな、それとも保母さんかな。スタイルがいいからモデルかな』。

女の子は首を横に振った。

『お父さんとおんなじになる』

『そうか、先生になるのか。じゃあ、いっぱい勉強しないとな』

どうしていなくなったんだろう。お父さんがいたら変なおじさんを追い払ってくれるし、お母さんも優しいお母さんに戻るのに。

「そんなことやめて、そんなとこ触らないで」

女の子は片方の手で耳を塞いで片手でお父さんを描くが、うまく描けなくて涙が土を染めた。電線のカラスが小馬鹿にするように鳴いた。

ひと月後、長屋は解体されたが、その三日前、母親は女の子を置いて男と逃げた。解体業者が残された女の子を見つけ、町役場に連絡して児童相談所に保護された。親戚が一人いたが五歳の女の子は引き取れないと突っぱね、女の子は隣町の寒別町の孤児院に行くことになった。昭和五十二年、1977年。四十年も前のことである。

# 第1部

# 1

２０１６年、平成二十八年七月。寒別署刑事課係長、村雨次郎は自分のブースのデスクで新聞を読んでいた。時には簡単な事情聴取をすることがあるため、ブースは灰色の硬化プラスチック板で仕切られ、周囲から村雨が何をしているか見えないようになっている。課長に呼び出されることは滅多になく、一度ブースに入ってしまえば何をしようがとがめられることはない。寒別署は釧路方面本部に属し、寒別町と隣の寄別町を管轄する警察署である。四十年前は両町合わせて四万人ほどの人口があったが、今や一万五千人足らず。面積は東京二十三区に匹敵し、少子化と高齢化が進んで半数が老人世帯になったが、その広さが福祉サービスの仇になっている。わずかに残る働き盛りの男たちは農家と土木従事員そして役場職員、教師、警察、消防署、銀行員、農協職員だ。寒別にはスナックが三軒あるが、村雨が顔を出すと「あら珍しい、若いお客さんが来た」と村雨より遥かに年上のママがしゃがれ声で迎え、頼みもしないのに様々なつまみが出てくる。さらに横に来てこまめにサービスしてくれるので、ぼられるかと思ったが札幌の半分以下だった。安いからママが若くないと文句は言えないし、健気で正直な商売は警察の敵ではない。客の大半は初老の男たちで、若い女性がいないのでトラブルになることもない。ダミ声を張り上げて歌い終わると、ゲラゲラ笑いながらきちんと勘定をして帰って行く。一晩に七、八人も入れば上出来で、村雨だけ一人ぽつねんとカウンターで飲むことが多い。行くのは暇だからで、特に何か情報を集めるためではない。この町に来て二年目になるが、三日で情報を集める必要がないと分かった。歓迎すべき事に二つの町の犯罪は驚くほど少なく、刑事など必要ない日々がだらだらと続くのだ。

寒別町から車で三十分ほど走ると隣町の寄別町に着く。こちらは炭鉱町として栄えたが、炭鉱が閉鎖した昭和五十四年に一気に人口を減らした。それ以来さびれる一方で、駅前商店街の半分はつぶれてしまった。残った商店も数人のなじみ客でつなぐだけで、早晩閉じることになりそうだ。現在の主産業は酪農と豆だが、それもＴＰＰで危うくなった。農家と生協は一貫して反対を表明し、政府に完全撤回を突きつけたが、政権与党は二次・三次産業優先の姿勢を崩さなかった。運動の先頭に立ったのは地元選出の女性議員だが、夫の死後一年も経たないうちに他の男と夜の街で抱き合う写真が掲載されて活動できなくなった。それ以来反対運動は急速にしぼみ、三階建の農協ビルにＴＰＰ絶対反対と書いた幟があるだけだ。農家の九割は六十才以上の高齢者で、十年もしないうちに廃業せざるを得ずＴＰＰの影響以前に消滅するかもしれない。町の若者は農業を継がず、外から働き手が来ることもなく町にあるのは衰退の一語だ。

二つの町に高校が一つずつある。両校とも生徒が減り続け、一学年四十一人を確保するのがやっとだ。新入生が四十一人に満たないと一学年一クラス編成となり、それが二年続くと統廃合の対象になる。それが道教委の定めた存続条件で、地方の多くの高校が四十一人の新入生を確保できずに廃校に追い込まれた。町から高校が消えると中学生は他町に通うことになり、卒業しても戻らず町から若者が消えていく。そんな事態を防ごうと両校とも躍起になって生徒をかき集めるが、いずれ統廃合は避けられない状況だ。なぜなら高校存続どころか町自体の存続すら危ういのだ。

村雨は出勤してから一時間以上も舐めるように新聞を読むが、世の中の事に関心があるわけでない。事件もなく、取り敢えずやることがないだけだ。一月から八月までに管内で起きた事件は九件で、窃盗が八件と器物損壊が一件。窃盗の八件のうち自転車盗難が七件で、高校生や中学生が勝手に他人の自転車を乗り捨てたものである。いずれも自転車は発見されて持ち主に返却された。残りの一件は地元の温泉旅館で起き、温泉につかっていた客の財布から一万五千円が盗まれたものだ。器物損壊の一件は道の駅の自販機が壊されたもので、防犯カメラで寒別高校生が犯人と分かった。業者と親で話がつき警察沙汰にならなかった。二つの町には殺人も強盗も放火も強姦も暴行も恐喝も詐欺も起こらない。両町は北海道でも有数の酪農地帯で人口の三倍以上の牛がいて、牛ののどかさが人格に影響を及ぼすのではないかと考えたりする。二つの町には繁華街がなく若者がたむろする場所もない。ケンタッキーもミスドもスタバもマクドもなく、セイコーマートが二店とセブンイレブンが一店あるだけだ。町外れのカラオケ店も十年前につぶれてしまった。昔のように外でやんちゃする若者が減り、暴走族はおろか援助交際に走る女子生徒もいない。役場と農協以外に就職先がないため高校生は卒業すると町を出るが、都会のリズムに合わずに帰ってくる者もいる。帰ると大半は老人介護の仕事について、去勢された牛のように大人しくなるのだ。町民にも警察にも天国のような町だが、これほど退屈なら天国も考えものだと思ったりする。こんな平和な二つの町だが、寄別町は町出身の有名歌手とさる政治家のおかげで全国的に名が知られている。しかし客観的に見ると人口七千人のさびれゆく町だ。

村雨は三十一歳で札幌を離れ、この十四年間というもの三年ごとに地方警察を転々とした。十四年前、村雨は札幌南西署の捜査一課の刑事で、それなりの経験を積み大きなヤマも踏んだ。しかしある事件をきっかけに警官としての人生が大きく変わった。札幌で研いだ刑事の勘や嗅覚が錆びつき、日々薄く削られていくのが分かる。事件を忘れようとする自分がいるが、絶対に忘れたくない自分もいる。寒別も二年目で来年はまた淋しい町に飛ばされるだろうが、それは過去は忘れて田舎で穏やかに暮せということだ。村雨の事情を知る者は十人に満たない道警の上層部だけで、彼らは事件が二度とぶり返さないことを最優先して考える。道警の威信が揺らいではならない、それが最重要課題で、それを脅かす存在は何としても封じ込めなければならない。村雨の場合は飼い殺しだが、このことを寒別署の署長や課長が知っているのか村雨は知らない。この署で村雨がやることは新聞を読むことと少年犯罪をまとめることだが、まとめたレポートはどこにも発表されない。それ以外は年に一度、中学生と高校生に防犯講習を行うことで、それで給料がもらえるのだからありがたいと思わなくてはならない。

「係長、ちょっといいですか」

加賀巡査が村雨の前に立った。いつも笑顔の好青年で、北見署を振り出しに昨年寒別署に赴任した若手刑事だ。東京の私大で世界史を学び、エネルギーをもてあましている。村雨に興味を持っているようだが、興味を持つ理由は知らないし聞こうとも思わない。

「どうした」

「寒別温泉で金が盗まれたと通報がありました。二万円だそうです」

「これで二度目か」

「はい、課長が誰かと行けというのでお願いに来ました。一緒に行ってもらえませんか」

少しは暇つぶしになると思い行くことにした。加賀はいそいそと運転席に座るが運転が嬉しいのだ。

「では発進します」

サンダーバード２号でも出すような言い方だが、考えると自分にもそんな時期があった。

「村雨係長、最近ちゃんと食事とってますか」

お前は俺のお袋かと言おうとしてやめた。悪気はない。

「食ってるさ。フクハラで買ったカツ丼、イカ弁当、いなり寿司、山菜弁当、海平の晩酌セット、福住のソバセット。全身に脂がのってきたのが分かる」

「係長でもそうですか、中年の危機ですね。私も六時半過ぎに行くと半額だからたくさん買ってしまいます。刺身なんかこっちに来てずいぶん食べました」

「お前の年ならどれだけ食っても大丈夫だろうが、四十過ぎると身体にたまる」

「そんなものですか」

「そんなものだ。聞き取りは任せるからやってみろ」

「分かりました、有り難うございます」

今の若者にしては可愛いことを言う奴だ。十分で寒別グランドホテルに着き、邪魔にならないよう駐車場の横の空き地に停める。宿泊定員三十五名の小さな温泉ホテルで、宿泊客と通い客の玄関が分かれている。板で区切られた露天風呂の横に池があり、近寄ると鯉が無防備に口を開けて寄って来た。口の中はきれいなピンク色で、エサをせびって大口を開き石でも食べそうな勢いだ。入浴客用の玄関から入ると、フロントにかなりふくよかな女性従業員と初老の男がいた。軽く礼して加賀が話しかける。

「こんにちは、寒別警察の加賀です。こちら村雨係長です。盗難があったと伺って参りました」

「あ、お巡りさんでしたか、お忙しいところすみません。私が電話した山井です」

出された名刺に寒別グランドホテル支配人山井実とあり、支配人自らフロントに立つホテルのようだ。

「ここでは何ですからこちらに。あと頼むね」

女性従業員に声をかけると応接室に案内してくれた。八畳ほどの室に古びた長机と黒革の応接セットがあり、壁に雪山写真のカレンダー、机にペン立、パソコン、セロテープ、コーヒーカップが置いてある。我々が椅子に座ると話し始めた。

「ほんとにお忙しいところすいません。これで二度目なもので心配でやってられません。実は、受付の娘がこの前金を盗られた時と同じ客がいたというんです」

「さきほど受付にいた娘さんですね」

加賀が聞く。

「はい。あの娘、胸だけ大きくてあんなぼんやりした顔ですが記憶力が良いんです。先ほどお客さんから盗難届けがあった時、前と同じ客がいたと言うんです」

セクハラ発言は問わないことにして加賀が聞く。

「その男はどうしましたか」

「とっくにここを出ました。うちはゲームも食堂もなくて、温泉から上がったらコーヒー牛乳を飲むくらいしかありませんから」

「そうですか、ではその男の年齢と特徴、分かれば車のナンバーを聞かせてください」

日雇い人夫風、がっしりした身体、角刈り、眼鏡なし、ひげなし、背丈は自分より少し高くて目が細い。車のナンバーは覚えていないが、銀色のコルト。かなり詳しく覚えていたがこの人物が犯人と決まったわけではない。被害に遭った初老の客は電話番号だけ告げて立ち去ったとのことで、それらを確認して帰途につく。帰りがけ加賀が話しかけてくる。

「この男、三度目もやるでしょうか」

「やるさ」

「人から盗んだ金でも気兼ねなく使えるものでしょうか」

「お前がまっとうな人間だからそう思うだけだ。盗みがへいちゃらな奴は山ほどいて慣れたら何でもやる。人殺しだって平気になる」

「慣れですか。そんな奴に限って人を恨みますよね。交通取り締まりでも凄い奴がいます。ふてくされるならまだしも、呪ってやると言われたことがあります」

加賀は北見で交通課に所属していた。

「それくらい言われるさ。一生かけて復讐してやると言われることもある」

「逆恨みですね」

「ああ、しかし怒りは長続きしないから、ムショで臭い飯食ってるうちに忘れるものだ」

「執念深く忘れない奴はいませんか」

「いるさ、ご苦労さんだと思う。負のエネルギーで人生を無駄にして何になる、そんな奴はたいてい嫌な顔をしている」

「一度暴走する高校生を捕まえましたが、キツネに取り憑かれたような顔でした。取り調べでもへらへら笑ったり突然キレたりして」

「心に不平や不満がたまってヘドロのように腐ったんだ。悪いのは全部他人で、自分は犠牲者だと思っている。わけの分からない怒りを何かにぶつけたくてたまらないが、残念ながらぶつける相手を間違えている」

「親のせいでしょうか、それとも教育のせいでしょうか」

「さあな。誰のせいか分からないが、そんな奴はインドで一年ほど仕事でもさせれば治るんじゃないかと思う。本当の貧困を経験したら人生観が変わるだろう」

「そんな奴を捕まえたことがありますか」

「札幌で浮浪者狩りをする中学生グループがいて、被害者の一人が背骨を折る重傷を負った」

「札幌で浮浪者狩りですか」

「浮浪者の中でも年寄りや足が不自由な者を狙い、三人でバットや木刀で一人の浮浪者を襲う」

「とんでもないガキどもですね」

「ああ、怪獣退治のヒーローにでもなったつもりだったんだろう」

「捕まえたんですか」

「現行犯でな」

「現行犯って、ひょっとして村雨係長一人でやったんですか」

「非番の日、公園から見えない上の空地で見張った。浮浪者三人が酒を飲んでいたが、二人は十時過ぎにねぐらに戻った。一人がベンチで寝ていると少年三人が取り囲んだ。木刀を持った奴が浮浪者の胸を突くと浮浪者が起きて何か言い、三人がげらげら笑った。ゆっくり下りて声が聞こえるところまで近づいた」

『へえ、こいつ人間の言葉が話せるんだ』

『くっせえなあ、何日風呂に入ってないんだよおっさん』

『生きてる価値ないよな、何の役にも立たない不潔な動物だもんな』

「気づかれないよう後ろに回り、中学生の一人が浮浪者の足を蹴りもう一人がバットでこずくのを見届けて、真ん中のやつの股間を蹴りあげた。驚いて振り向いた左の奴に膝を入れて、木刀を振りかざした右の奴に頭突きを食らわせて金玉を蹴飛ばした。三人仲良く地面に寝そべったところで警察手帳を出したら目を丸くしていた。暴行と銃刀器違反の現行犯で逮捕すると言ったら、弁護士を呼べと言いやがった。パトカーを呼んで署に連行して、親にあなたの子どもが弁護士を呼んでくれと言っているがどうしますかと聞いたら、慌てて飛んできて平謝りだった」

「問題になりませんでしたか」

「ならないさ。取り調べで余罪が十件以上出たし、被害者の一人は重傷を負っているから立派な犯罪だ。聞くと、浮浪者を生かしておいても社会のマイナスだから、勇気をもってやったんだとぬかす。お前らがやったことは弱い者いじめで最低の行為だと諭したが、一人だけ浮浪者を取り締まらない警察が悪いとほざく。教育が必要だと思ったから課長がいないところでローキックを食らわせてお前こそくずだと言ってやったら、ああとかううとか唸りながら一生あんたを恨んで復讐してやるとぴーぴーさえずっていたよ」

「嫌な奴ですね。しかし今の若者は浮浪者狩りなどやらないでしょう」

「草食男子などと言われるが、凶暴性が内にこもっただけじゃないのか。いじめやネット犯罪が増えているし、不登校もそのせいだろうよ」

「時代でしょうか」

旅館の盗難事件は未解決のまま、新しい事件も起こらず退屈な日が続いた。毎日新聞を見て少年犯罪の記事を切り抜き、本部から上がってくる統計を意味なくグラフにしたりする。パソコン操作は苦手だが時間はたっぷりあり、グラフ化に失敗しても誰も文句を言わない。その頃、新聞を賑わせたのはオリンピックと都知事選だった。四連覇がかかった二人の女子レスリング選手は明暗を分けた。一人は金メダルを素直に喜び、一人は銀メダルなのに涙ながらに申し訳ないと謝罪した。小さい時から国民的スターだった女子卓球選手は個人戦であっさり負けたが、団体戦でメダルに輝き安堵の表情を浮かべた。女子人気に隠れた男子卓球だったが、キャプテンが予想を覆して勝ち進み、銅メダルが決まるとコートに寝そべって喜びを表現した。体操日本の看板を背負ったエースは団体戦で金、個人総合も劇的な逆転で金に輝いて国民を驚喜させた。バトミントン女子ダブルス、淡々とした試合運びで勝ち進み、決勝で勝った瞬間、ラケットを放り投げて喜びを爆発させた。メダル選手の喜びばかり報道されたが、その陰に敗れた多くの選手がいる。村雨は『人生には良い時もあれば悪い時もある』と慰めたかったが、それは暇な刑事の仕事ではなかった。

オリンピックと並行して都知事選が話題となり、いつものように候補が乱立したが事実上三人に絞られた。一人は有名なニュースキャスターで、出馬表明すると共産党推薦候補が辞退して野党は一本化に成功した。しかし言うことは原発停止の一点張りで、具体的な政策はこれから考えると語って都民の失笑を買うことになる。年齢と健康問題が囁かれるところに女性スキャンダルが出て致命傷になった。一方、与党自民党は知事経験者を担ぎ出したが、地味で疲れたサラリーマン的風貌で人気が出なかった。首相、閣僚が連日応援に駆けつけるが、このしなびた男が東京の新しい顔になると想像できなかった。そんな中、東京都連を敵に回して立候補した女性候補が鮮やかに浮かびあがることになる。自民党の重要ポストを歴任しながら公認されず、巨大与党を敵に回しての出馬だった。断崖絶壁から飛び降りる覚悟と語って同情を集め、浮動票をわしづかみにする勢いだった。受付終盤で不倫は文化と言って問題になったことがある俳優が出馬表明したが、数日後にあっさり撤回して失笑を買うことになる。都民が都政を改革するクリーンな知事を選ぶなら結果は明らかで、選挙結果は予想するまでもない情勢となった。株価は順調に上がり、御用学者がアベノミクスが効いたと解説したが、北海道にいて景気回復を感じることはなく、景気の波はどうやって津軽海峡を越えるのだろうと思った。

そんなある日のこと、夜の一時を回る時間にケータイが鳴った。発信を確認すると課長だ。飛び起きて出る。

「村雨係長、夜中に申し訳ないが火事があって死体が出た。十分後に署に来てくれ」

「分かりました、火事はどこですか」

「詳しくは車で説明する」

「了解しました」

着替えて歯を磨き手に息をはくがそれほど臭くない。深酒しなくてよかった。手帳を持って外に出る。署まで三分、課長と加賀が車で待ち構えていた。

「何がありました」

「寄別高校の校長校宅で火事だ。焼け跡から死体が一つ出た」

寄別高校、隣町の高校で車で三十分ほどだ。

「死体ですか」

「そうだ、おそらく火事による焼死だろうが現場検証がいる」

　火事による死亡は全て変死扱いになり、警察が現場検証しないと死体を動かすことができない。犯罪を隠すため犯人が放火することもあるからだ。火事の検証は札幌で何度かやったがこちらでは初めてだ。課長が運転する加賀に聞く。

「加賀巡査は火事の現場検証をやったことがあるか」

　加賀は前方から目をそらさず応える。

「ありません、初めてです」

「そうか、何事も経験だ。火事現場はなかなか悲惨だ。逃げようと必死にもがいて亡くなった死体は目を逸らしたくなる」

　励ましているのか脅しているのか分からない。

「はい。勉強させていただきます」

　寒別と寄別をつなぐ一車線の道路は原野を貫き、パトカーは街灯もない暗い道を目を光らせたハイエナのように走る。

## 2

　十二畳ほどの部屋に、36インチのテレビと旅館にあるような鮮やかな木目の大きな座卓がある。壁にかかった女子テニス選手のカレンダーは平成二十八年七月と八月である。座卓にはサッポロ黒生ビール、獺祭四合瓶、鳥串、カレイの煮付け、かきフライ、冷奴、キュウリの浅漬が並び、どれもスーパーの惣菜売場で買ったものだ。男と女が向かい合って見つめ合い楽しげに話しているが、男は酔いで顔が赤銅色にてかり、嬉しくてたまらない様子だ。髪を七三に分けるが古雑巾のように頭皮が透け、下腹がぽっこり出て不摂生を物語る。セルロイドの黒縁眼鏡が少しだけ知的な感じを出しているが、全体的に油ぎって助平親父という言葉がぴったりだ。女は男よりずいぶん若く、膝に揃えた手は白くほっそりしている。紺色のスカートから覗く足は陶器のようになめらかで、安物の絨毯になまめかしく横たえている。白いブラウスの一つ目のボタンは開けられ、そこからしっとりとした胸元が覗き、胸は大きくないがしっかりと膨らみを見せている。髪を後ろに束ね、卵形の整った顔は貴婦人のように上品だ。二人は日が落ちた八時過ぎから飲み始めてビール二本と日本酒をあらかた空け、いい加減にできあがって話がはずむ。

「いやあ、食べて呑んだ。自分で作らなくてもこんな美味しいものが揃うんだから、便利な時代になったもんだ。若い時はいつも腹ぺこでね、どうやって夕飯を確保するか心配したものだよ。町に食料店は一軒だけで、七時に閉まるから仕事が終わって一目散に駆けつけるが、それでも間に合わない時があってね、インスタントラーメンに卵を入れて食べたものだ。それが金さえ出せばこんなご馳走が揃うんだから、本当に夢みたいな時代になった」

女は男の話を頷きながら聞き、男は調子よく話す。

「それにしても、あなたが私と二人で飲んでくれるなんて最初は信じられなかったよ」

「あら、どうしてですか」

「どうしてって、私はこんなチビデブだから、あなたみたいな美人には好かれないと思っていた」

「私、そんな美人ではありません。校長先生のそんな率直で飾らないところが素敵だと思います。格好つけないで言うべきことを言う姿勢も立派だと思います」

「いやあそうかね、そんな風に言ってくれるのはあなただけだ。私の言うことを素直に聞いてくれる先生は少ないからな」

「そんなことありません、若い先生方は校長先生を尊敬していますもの。自信を持って仕事なされればいいと思います」

「嬉しいなあ。この年になって、私を理解してくれる人に出会うとは思わなかった。私らが学生の頃は三無主義と呼ばれてね、無気力無関心無感動と馬鹿にされたものだよ。大人が勝手にレッテル貼ってという反抗心があってね、教師になってからは授業も部活もそれは熱心にやったものだ。生徒指導部長の時は大変でね、悪いことする奴はびしびし指導して指導に従わない奴はやめさせた。ずいぶん文句も言われたが、腐ったミカンを放っておくと周りも腐るんだよ。それが分からない教師が多くて、ずいぶん議論したものだ。組合の先生は生徒に甘くてどこまでも見捨ててはいけないなんてご立派なことを言うが、そんなこと言ったら真面目な生徒が迷惑する。どうしてそんなことが分からないのか今でも理解できんよ。去年やっと校長になってもう五十五だから若くないが、まだまだ若い教師に負けない自信はある。何でも現役だよ。いやあ、本当にもっと早くあなたと巡り会いたかったなあ」

男は自慢げに話し、最後の何でも現役だよという言葉の意味が分かったかなと女の目を覗き込む。

「私も同じ思いです。もっと早く校長先生に出会っていたら人生が変わったかもしれません。それに校長先生はお若いです、エネルギーがみなぎっている感じですもの」

二人は顔を見合わせて微笑んだ。

「大人は若者にレッテルを張りたがるものですわ」

「そうなんだ。ところで、あなたの世代はそんな風に言われたことがあるのかな」

少し考えてから女が答えた。

「軽薄短小です」

男はぎょっとして女を見た。自分のことを言われたのかと思ったからだ。

「七十年代、日本は二度の石油ショックで高度成長から安定成長に入ります」

そうだったかと頷くが歴史の知識は乏しく、難しい話にならなければいいがと思う。

「石油の価格が跳ね上がり、石油を大量に使う重厚長大産業は頭打ちになりました。代わって技術集約型の産業が主力になります。電卓やカメラ、時計、家電、ＩＣチップなど、軽くて薄くて短くて小さな製品です。その頃生まれたので軽薄短小世代と呼ばれました。三無主義よりひどいでしょう」

男は声を上げて笑った。自分のことではなかったし、おちがついて安心した。

「あなたは歴史も詳しいのだね」

「そんなことありません、受け売りですもの。高校の時の世界史の先生が素敵で熱心に授業を受けました」

「おいおい妬けるなあ、その先生と何かあったりしたの」

女は笑いながら言った。

「何もありません。その先生は妻子持ちで四十過ぎでしたもの」

「そうか、だが分からんよ。妻子持ちだろうが国会議員だろうが、お構いなく不倫する時代だからなあ」

「私たちは不倫じゃないから堂々とできますわね」

「いやいや堂々とはできない、ばれたら大変なことになるよ」

男は目の前で手を振って慌てたように言った。それから話題はアメリカで起きた連続射殺事件のことや銃規制の話になり、時間は十一時を少し回った。

「校長先生はいろんな事を知っていらっしゃいますね」

女が感心したように言う。

「そうでもないさ、大学生の時は勉強しないで友人と酒ばかり飲んでたよ」

「だからお酒、お強いんですね。私、すっかり酔いました」

女が後ろに手をつき片手で顔を仰ぐ姿勢になり、胸をぐいと突き出した。ブラウスの薄い生地から胸が張り出し、男は思わず目をやるが気持ちを押さえて何気なく言う。

「さあて、夏休みもあと四日で終わりだなあ」

「そうですわね、私なんか何もありませんでした。故郷に帰って卒業した高校の周りを散歩したくらいです」

女がそう言っておちょこの酒を飲むと、白い喉がなめらかに動いて目元が赤らむ。それから女の故郷の食べ物の話をして、男が頷きながら聞いた。興味はないが、ちゃんと聞いていると証明するため時々質問を挟む。話はどうでも良くて時間が経つのを待っている。飲み始めて三時間半が始まりの時で、早くても遅くてもいけない、それが二人の暗黙のルールである。

「月曜日からまた先生方のクレームを聞かねばならんな」

男がつまらなさそうに言う。

「まともに聞かなければいいのよ、言っただけで満足するのだから言わせたらいい。忙しいからそのうち言った事なんか忘れてしまうもの。それでもしつこく言ったら校長先生の力で異動させてしまえばいいの」

女の話し方がずいぶん親しげになった。

「人事も難しくてね、道教委が一方的に押しつけてくる。こちらの希望は出せるが通るかどうか分からない。行政が強くなったから昔みたいに校長間の取引が難しくてね、校長なんか道教委の手下で何の権限もない。学校に置く自販機さえ道教委が業者から見積もり取って決めてしまうのだから」

「なぜそんなことになったのかしら」

男がついと立ち、座卓を回って女の横に座る。

「あら」と女がつぶやくが、男は女の手に手を重ね、細い指を握りしめて話し始める。

「あなたは裏金問題のことなど知らないだろうね」

「知ってますわ、道警であった事件でしょう。大問題になりましたもの」

「いや道警の裏金問題じゃなくて高校の裏金さ」

「そんなことがありましたの」

「あった。大問題になったがうまく処理されて、今は誰も何も語らない」

「そうでしたの、校長先生も関係しましたの」

「いや、しないさ。その頃、私はただの平教員だったからね。当時指導主事だった友人に聞いた話だが、それはひどいものでね」

「裏金なんてどうやって作ったのかしら」

「カラ出張で簡単にできた。事務長がありもしない出張をでっち上げて書類を作り、教頭と校長がそれに印を押す。すると出張旅費が道から出るから、それをプールして指導主事や監査の接待に使う。行政にごまをすっておくと予算配分でいいことがあるから、それが出来る管理職はめでたく大規模校に異動にして、さらに大きな裏金を作るって寸法だ。もちろん自分たちの飲み食いにもじゃんじゃん使った」

「そんなことしてばれると思わなかったのかしら」

「監査なんかいい加減でね、あいつらも仲間だから一つも不正を見つけない。見つけたとしても一言だけ注意して、あとは知らんぷりだ。夜は何軒も接待されて、帰りに土産まで持たされて帰る。そんなことをずっとやっていたから、当たり前だと思っていたんだろう」

「それがどうしてばれたの」

「道新に内部通報があってね、面白そうだと記者が取材を始めた。すると教師なんか口が軽いからべらべらしゃべって、事実が次々に明らかになった。道新が一大キャンペーンを張って追及すると道警が重い腰を上げて捜査を始めてね、しばらくすると札幌の高校の事務長が逮捕された。風見さんだったかな。金庫に現金二千万円が積まれていて、追及されると他校の事務員を異動させて貰った謝礼だと白状した。だが一人でそんなことが出来るわけがないし、それに裏金とは別の問題だ」

「それでどうなったの」

「道警はそれで捜査を打ち切り、裏金問題には手をつけなかった。もし本腰入れて捜査したら、どれだけ広がって何人摘発されるか分からない。そうなると教育現場が大混乱して教育に支障が出るから、道庁と道警で手打ちしたと言われた。風見さんは生け贄になったようなものだ。裏金作りに加担した校長や事務長、行政職員たちは訓戒や戒告処分で終わり、今は全員無事に退職して年金で悠々と暮らしているよ」

「あなたは全く関係しなかったの」

女に聞かれて男は少し詰まった。実は全く関係なかったわけではない。管理職が裏金を作る時、何人かの教師はそのことを知りながら名前を貸した。自分もその一人で、カラ出張と分かっていたが自分の名前に印を押した。しかしあの時、カラ出張を拒んだら管理職の道は開けなかった。管理職の頼み事を聞くことは管理職になる踏み絵のようなもので、踏まずに一介の教師で終わった者もいる。しかし自分はどうしても校長になりたくて、不正と分かっていたが拒否しなかった。後悔の念は少々あるが自分だけが悪かったわけでない。そんな時代で仕方なかったのだ。しかしどうしてこんな不愉快な話になったのだろう。そうか、教育現場で金を動かさぬよう道教委が管理を強めたという話をしようとしたのだ。しかし裏金だって元は道教委が悪いのだ、なぜ現場を締め付ける。それは兎も角、自分は裏金に関係しなかったことにしようと男は思った。

「関係ない、私はそんなものに目もくれず清廉潔白を貫いて校長になった。本当だよ。ところであなたに聞いてほしいが、私には夢があってね、次は札幌か旭川の大規模校の校長になって、その次は札幌の東西南北どこかの校長になる。そうなれば次の次の校長会会長の有力候補になるわけだ。校長会会長といえば全道の教員のトップになることだよ。どうだい、すごいだろう」

男はそう言って誇らしげに胸を張った。男は自分の夢を言葉にすることで実現してきたから、校長会の会長になる夢も言葉にすれば叶うと信じている。言葉だけでなくそのための布石も着々と打ってきたのである。札幌に行くたびに人事主幹や副主幹を接待して、子どもの入学式だの結婚式だのと実弾を蒔き、彼らも『こんなことされては』としきりに断りながらも受け取った。校長会に出た折は先輩校長を誘い、つまらない昔話を聞いて飲み代を出してやった。若い時は職員会議で常に校長の側に立って意見を述べ、組合と徹底的に対立した。管理職には盆暮れの歳暮を欠かさず、庭の草刈りだってやった。札幌の副校長時代にある道議と知り合い、急に道が開けて校長になった。人間は自分の言う事を聞く人間をかわいがるもので、職員会議で反対する者を誰が可愛がるものか。川谷は私のことを道教委の犬と呼ぶが、お前だって組合の犬じゃないか。同じ穴の狢だと気づいているだけ私の方が賢い。川谷は無知の無知だ。

「もし私が会長になれば、あなたの人事など思い通りだ。あなたが希望する学校ならどこにでも異動させるし、もちろん私が異動した高校にもだよ」

男はそう言って女の手を掴んだ。そして自分の方へ引き寄せる。

「そんなことより、ほらもうこんなになってる」

男は女の手を自分の股間に持って行き、ズボンの上から触れさせた。女はよけることなくそのままやわやわと揉み、男はふうとため息を漏らす。

「もういいだろう」

そう言うと女を引き寄せてキスした。舌を絡めて互いの唾液を吸うと「変になりそう」と女が言う。男は女を抱えて立ち上がると隣の部屋に連れ込んだ。布団が敷かれていて二人はもつれるように倒れ込む。男が女のセーターをたくし上げてブラジャーを外すと、形の良い乳房が飛び出した。

「きれいな胸だ」

男はむしゃぶりつくと右と左の乳房を存分に舐め、顔を下にずらして胸から腹へ、腹から股間へと移動させる。そして女の股間まで来ると鼻を押し当て一杯に息を吸った。

「ああ、良い匂いだ」

女は男の髪に顔に手をやり幼子を愛でるようになでる。

「こんなことして悪い子ね」

「そうだ、僕は悪い子だ。とても悪い子なんだ。こんなイヤらしいことして」

男が女のスカートをまくるとピンクのショーツが顔を出し、むっちりした白い太ももがあらわになる。

「ああ、ああ」と喘ぎながら男は女のショーツに顔を伏せた。そこに僅かな空気でもあるかのように執拗に息を吸い、女の顔が赤みを帯びた。

「ほんとうに悪い子、これ以上何かしたらただでは済まないわ」

男は執拗に尻と太ももをなで回し、ショーツに手をかける。

「だめって言ってるでしょう、やめなさい」

言葉を無視してショーツを引きずり下ろすと、太ももの付け根にわずかな恥毛が現れた。

「ああ、たまらない」

男は恥毛に顔を押しつけ、じりじりと女の足を開かせて口を近づけて行く。

「何をしてるの、そんなことをして許されると思っているの。あなたは大変なことをしているのよ」

しかし男はついに目標を達し、女の性器に口をしっかり押し当てた。

「やめなさい、あなたがしていることはとても悪い事なの」

男は女の尻を両手で抱えて一心不乱になめ回す。一ミリたりとも舐め残さないようなめ回していると女の腰が浮いた。女が男の髪をぐっと掴んで股間に押しつける。

「あーあ、あーあ」

ぬえのような声がしてぐんと腰が浮き上がり、頭を抱えたまま腰が上下に激しく痙攣した。何度も何度も痙攣したが、痙攣が治まると身体を投げ出した。そのぐったりした女の姿を満足そうに見て、男は勃起したものを女に差し込み、腰をせわしく動かすとすぐにいってしまった。一回目の儀式が終わった。しばらくすると女は上半身を起こして言った。

「自分のしたいことばかりして、悪い子」

そう言うと「後ろを向いて手を出しなさい」と言った。男が素直にうつ伏せになり後ろに手を出すと、おもちゃの手錠をかけた。

「これでもう悪いことは出来ないわね」

男はいつものプレイだと思い「もう悪いことはしません、許してください」と言ったが、そのうち眠気に襲われ、うつ伏せのまま軽くいびきをかき出した。すると女は立ち上がり、隣の部屋に行くと自分のバッグを手にして戻ってきた。

## 3

火事現場となる校長校宅に三十分ほどで着いた。すでに消防車が三台とパトカーが一台到着して、規制線の外にざっと五十人ほどが集まり心配げに眺めている。ほぼ消火は終わり、ところどころ煙が立ちのぼっている。投光機に照らされた三角屋根の一軒家は、一部崩れ落ちているが形はしっかりと残っている。火が天井に達しながら全焼を免れたのは消防が素早く駆けつけたからで、あと五分も遅れたら全焼していたろう。家は水浸しで辺りに焦げた臭いが漂う。課長を先頭にパトカーから降りてマスクと手袋をつけ、寄別交番の若い巡査の敬礼を受けながら玄関をまたぐ。居間に入ると完全装備の消防隊員がいて、三人を見ると居間に続く部屋を指指した。そちらに死体があるということだ。和室に入ると中央にうつぶせの死体があり、裸で寝ていたのか背中が焼けただれて皮膚がなくなっている。

「村雨係長、お手のものだろう。検分してください」

課長は村雨が捜査一課にいたことを知っている。村雨が死体に近づき目を閉じて合掌するとあわてて加賀が真似した。

「検分に入ります」

村雨が自分に言い聞かせるように言い、まず頭の後ろに立って全体を見渡した。死体は敷布団にうつ伏せになり居間の戸に向かって平行に倒れている。掛け布団は足下にありかかっていない。顔は右頬を下に左を向いて現状を保ち、本人を知る者なら十分確認できる。次に口周りと鼻を入念に見て左に回る。左側の頭髪と皮膚の焼け方が強く、火が居間から入ってきたことが分かる。両手が体側に沿って下がり、寝る姿勢にしては不自然だ。腹の下に手を入れて傾けると腹側の皮膚はほとんど焼けずに残っている。戻して足元に回ると、やはり左側の皮膚が焼けただれて足の裏は真っ黒だ。

「背中はウェルダンで腹はレア、始めて見る死体です」

村雨が言うと課長が真面目な顔で頷く。背中に繊維の燃えカスがないことから、服を着ていなかったことになる。眼はしっかり閉じているが口は半分開いている。左手の手首に軽い欝血の痕があり、同じような痕が右手にもあった。何かで縛られたのだろうか。

「焼死ではありませんね」

村雨が言うと課長が聞く聞き返した。

「なぜ」

「どんな状態でも火が回れば意識が戻り、逃げ場を求めて暴れます。焼死の場合は身体全体が縮こまり、うつ伏せに伸びた姿勢で死ぬことはありません。それに空気を吸おうとして口をいっぱいに開けますが、このホトケさんは半開きです。さらに口や鼻の中にすすが付着していません。両手首に何かで縛られたような跡があり、手の位置も不自然です。解剖したら分かりますが焼死ではありませんね」

「病死と自殺の線はどうだ」

「病死なら手のうっ血が気になりますし、自殺なら全裸が不自然です。丸裸の自殺者は見たことがありません」

「ということは何が考えられる」

「焼死でなく病死でも自殺でもないとしたら、残る可能性は殺しです。殺してから家に火を放ったことになります」

村雨は課長の顔がしかむのを久しぶりに見た。

「殺し、こんな田舎で高校の校長が殺されたというのか」

「そうです」

「鑑識が必要か」

「はい、死因を徹底的に調べる必要があります」

「鑑定医も必要ということか、榊原さん起きているかな」

「他に手がかりが見つかるといいのですが、現場は相当荒れてます」

「仕方ない、消防は自分の仕事を果たしたまでだ。あとはうちの仕事だ」

「指紋は難しそうですね」

二人の会話を聞いている加賀は強張った表情で、暑くもないのに玉の汗が額に浮いている。この中途半端な死体はそれほど悲惨なものではないが最初だから仕方ない。

「分かった、鑑識が来るまで現場保存して、鑑識が終わったら解剖に出すことにしよう。榊原さんの出番だ。それ以外に何かあるか」

村雨は少し考えた。

「学校には校長室があるはずです」

「分かった、そちらもすぐに保存させよう」

課長はケータイを出して死体を様々な角度から撮り顔も何枚か撮った。三人で外に出ると課長が交番の巡査を呼んで何か指示するが、現場の保存についてだろう。

「高校の教頭先生か事務長さんはいませんか」

村雨が呼びかけると四十代後半と五十代と思われる男が前に出た。一人はサンダルばきで背が高い。課長が規制線の内側に呼んでケータイの写真を見せると二人はしきりに肯いている。村雨は加賀と再度家に入り、玄関から居間を抜けて台所に向かう。台所の燃え方が激しいことから出火部分はここだろう。ものが散乱した中に焼け焦げたフライパンが転がっていて、火元の可能性が高い。台所の右の浴室を覗くと水が張られていてまだぬるい。玄関に戻り二階に続く階段を上がって部屋を見回すが、荷物らしきものはほとんどなかった。ざっと見まわして降りると課長が待っていた。

「被害者は寄別高校の校長大倉健二、五十五才、単身赴任で一人暮らし。妻はなく息子と娘は成人して本州で働いている」

「奥さんはいないのですか」

「何年か前に病死したそうだ」

「そうですか」

「詳しい現場検証は夜が明けてからだ」

「そうですね」

消防隊は仕事が終わり撤収にかかっている。時間は午前二時を回ったところで三時間もしたら夜が明け、鑑識が入って遺留品や不審物を隈なく捜査する。その後、死体が運び出されて解剖に付されるが、その結果他殺となると大事件だ。小さな町といえども道立高校の現職校長が殺されたとなるとかなりスキャンダラスな事件で、マスコミの注目度が高くなる。いつものことだが警察は威信をかけて捜査することになる。加賀に言う。

「忙しくなるぞ」

昼すぎ、課長と加賀の三人で寒別総合病院の死体安置室に向かう。課長はすでに検死結果の報告を受けていて二人に説明する。

「解剖の結果、肺は焼けただれてなかった。心臓から出血した大量の血が腹部にたまっていて、焼死でなく心停止による死亡だ。榊原さんが丹念に調べると背中に小さな穴が一つ見つかった。位置は心臓に重なるところで背中から鋭利なもので刺されたと思われる。両手首のうっ血は何かに縛られた跡で、これらのことから殺人と断定した。君の推理通りだ」

「火元は台所ですか」

「そうだ、おそらくフライパンをかけたままにしたのだろう。古いガスコンロで安全装置がなかった」

「そのことを犯人は知っていたわけですね」

「そうなるだろうな」

「ところでなぜこんなに早く火事に気づいたのですか」

「その夜、たまたまコンビニに行こうとした教師がいて、校長校宅から大量の煙が上がるのを見た。近寄ると中に火が見えたので玄関を開けたが、火が回って入れる状況ではなかった。持っていたケータイで消防署に通報して、すぐに駆けつけた消防隊が手際よく消火した。そして半生の死体が見つかった、そういうことだ」

「犯人の偽装工作が失敗したということですね」

「全焼して死体が焼け焦げてしまったら死因判定は困難で、火事による焼死か病死と判断されたかもしれない。今回のような小さな刺し傷は、とてもじゃないが発見できない。そうなると完全犯罪になったかもしれないが、犯人の目論見は外れた。今頃、焦っているだろう」

「そうでしょうね。ところで玄関は開いていたのですね」

「そうだ、ベランダの鍵はかかっていたが玄関は開いていた。つまり犯行後、犯人は玄関から堂々と出たことになる」

「そうなりますね。鑑識で何か分かりましたか」

「部屋が荒らされた形跡はなく、箪笥から現金十万円と銀行通帳が見つかった。通帳の残高は八百三十万円、財布とケータイが見つかってない」

「その二つが焼けた可能性は」

「あの程度なら焼けても残るはずだが、それがない」

「指紋はどうですか」

「やってるが居間と台所は難しそうだ。和室も調べているが今のところ出てない」

「そうですか」

課長に続いて安置室に入る。監察医の榊原さんの頭は見事に禿げて、その色艶はワックスをかけたようだ。立方体の胴体に短い手足を四つ差し込んだようで、笑っているカニのように見える。死体には毛布がかけられていた。

「はいよ」

榊原さんが布をめくると仰向けにされた死体があり、ざっと見るが大きな損傷はない。髪は焦げて顔半分がただれ耳先も赤くただれているが、胴体は焼けていない。しばらく見てから村雨が言う。

「ひっくり返してもらっていいですか」

榊原さんが手慣れた手つきでひっくり返すと焼けただれた背中と一部炭化した足裏が見えた。特に下半身の焼け方がひどく、火は足の方から入ってきたようだ。裏と表でこれだけ違う死体は珍しく、炎が全身を舐め回さないうちに消防隊が火を食い止めた結果だ。

「珍しいね、こんな死体は」

榊原さんが言ったので村雨が聞く。

「死因を説明してもらえますか」

「体内に大量の血がたまっていた。外傷は背中に空いた小さな穴が一つ、鋭利な物で背中から心臓を一突き。これだ」

焼けた背中の中央部より左にぽつんと傷があるが、指摘されないと分からない。

「兇器は何だろうか」

課長が聞く。

「さあ。兎に角鋭利なもので、千枚通しとかアイスピックだろうね」

「死因はそれですか」

村雨が聞く。

「他は考えにくい。胃の中も見たが、食い物はたくさん入っているが妙なものはなかった。死ぬ直前まで飲み食いしたらしく、血中アルコール濃度はかなり高い。運転はできないだろうな。毒物反応は一切出ていないよ。しかしこんな仏さんは珍しいなあ。表面が焼けただれただけで鑑定は楽だ。手首のうっ血はひもか何かで縛った痕だろうが、そんなにきつく縛ってない」

「するとこういうことですか、犯人はホトケさんの手を縛って背中から鋭利なもので一突きした。その後、放火して逃げた」

「まあ、そんなところだろう」

「しかし猿轡はされてない」

「そういえばそうだ。口周りにそんな痕はない」

「財布とケータイは盗ったが、現金と通帳は残した」

「そういうことになる。そのあたりの事は今後の捜査で分かるだろう」

課長がそう引き取った。

「爪に何か残っていませんでしたか」

村雨が聞く。

「ない、きれいなものだ」

「そうですか、分かりました。ありがとうございます。また何か分かりましたらお願いします。ところで遺体はいつまで保存されますか」

「解剖が終わって所見が確定したら親族に引き渡すことになる。まあ、三日後だな」

課長がさらに続ける。

「現場は寄別交番に保存させて、校長室も教頭、事務長の了解を得て閉鎖した。今そちらに鑑識が入っているが間もなく終わるだろう。私は署長と捜査本部を立ちあげ、明日の午前十時に一回目の合同会議を開く」

「合同会議、というと」

「うちだけでは手が足りないから釧路と帯広に刑事を派遣してもらう」

「指揮権を渡すんですか」

「いや手伝って貰うだけで、あくまで指揮権はうちだ。久々の殺人で、しかも被害者は現職の道立高校校長だ。マスコミの格好のネタで騒がしくなる。取りあえず君ら二人でご近所さんに話を聞いて、何かあったら報告してくれ」

「分かりました。もう一度加賀と現場を見て、その後、周辺住民に当たってみます」

「頼む。マスコミ発表は明日、午後に予定している」

加賀と安置室を出て現場に向かうことにする。


「係長、いいですか」

車に乗ると加賀が聞いてくる。

「なんだ」

「犯人の目的は窃盗ではなさそうですね」

「なぜそう思う」

「盗みならもっと金がありそうなところでやりませんか。商店や飲食店か、またはちょっとした豪邸を狙うはずで校長校宅は狙わないと思います。しかも昼なら誰にも邪魔されずに侵入できます」

「そのとおりだな、箪笥やクローゼットを物色してない。だとすると目的は何だ」

「怨恨でしょうか。何か恨みがあって殺した」

「怨恨なら校長周辺の人間関係を探ることになる」

「それ以外だとしたら、何が考えられますか」

「保険金狙い、重要なものを校長が持っていた、または遊び」

「遊び、ですか」

「そうだ。死んでいく人間の顔が見たくて殺す、殺す自分が神に思えるから殺す、そんな奴が世の中にはいる。金がほしいとか憎いとかの理由ならまだ理解できるが、理解に苦しむ理由で人を殺す奴がいる」

「生まれつきの殺人者ですか」

「そうとも限らない。何かの理由でそうなることもある」

加賀はしばらく考えてから言った。

「そんな怖ろしい奴に出会ったら分かりますか」

「知能が低い奴は早い段階で淘汰されるが、利口な奴は厄介だ。巧妙に身を隠して絶対ばれない時に犯罪を実行する」

「しかし今回のように失敗することもある、というわけですね」

「そうだ。失敗したら身を潜め、捜査の手が及ぶかどうか見極め、ちょっとやそっとでは動かない」

「もし今回の犯罪がそんな奴の仕業だとしたら、犯人に辿り着くのは難しいですね」

村雨は今回の事件にその臭いを感じていた。賢くて残忍な犯罪者、人を殺すことに罪悪を感じない者。そうだとすると通常の捜査では犯人が浮かばないかもしれない。


校長校宅に着くと昨日と違う巡査が番をしている。挨拶して規制線をまたぎ居間を抜けて和室に入ると、死体のあった場所がチョークでマークされていた。マークを見ながらここで何があったか推理する。服を脱がしてうつ伏せにして手を後ろに縛り、布団に寝かせて背中から何かで心臓をひと突きした。しかし大の男が無抵抗のまま、黙って縛られて殺されるだろうか。すると気絶させてから殺したのか、いや、頭にも身体にそんな打撲痕はなかった。どうも奇妙な感じがする。最初から殺すことが目的だったのか、それとも話がこじれて殺したのか。そうだとすると、一体どんなトラブルを抱えていたのだろう。

「係長、校長が死ぬと学校はどうなりますか」

　加賀が話しかける。

「どうにもならない。新しい校長が来るだけで学校は変わらない」

「そんなものですか」

「そんなものだ。道教委だって事故や病気で先生がリタイアすることは想定している。だからすぐに補充される」

「殺された場所はここでしょうか」

「どうかな。居間で殺してここに運んだことも考えられるが、わざわざ運ぶ理由がない。ただし居間ならもっと焼けていただろう」

「人が殺された場所は気持ちいいものではありませんね」

「当たり前だ」

　校宅を出てご近所さんに当たることにする。グランドをまたいで五分ほどだ。グランドではサッカーボールを蹴る男子生徒六人と体格のいい中年男性がいる。顧問だろう。ノートを抱える女子生徒はマネージャーか。練習を横目に歩くが日差しが強くて暑くなりそうだ。

# 4

八月十九日、金曜日午前十時、寒別警察署の大会議室で捜査本部会議が開かれた。本部は寄別高等学校長殺人事件本部と名付けられ、本部長に署長、陣頭指揮には渡辺課長が就く。釧路署から十人、帯広署からも十人の刑事が派遣され、寒別署刑事二十人と合わせて四十人の本部になった。寒別署始まって以来の大規模な捜査本部で、全員緊張の面持ちで会議に臨み、事件概要が渡辺課長から説明された。

「被害者は寄別高等学校校長大倉健二、年齢五十五才、校長校宅の火事跡から死体で発見された。当該高校の教頭及び事務長に確認して被害者本人と断定している。解剖結果体内に大量出血があり、死因は背中から鋭利なもので刺された事による心停止と判明した。殺害後、犯人は火事を装って殺人の隠蔽を図ったと思われる。台所と居間の燃え方が激しいことから火元は台所と断定。火事の第一発見者は同校教師阿部泰男二十八歳で、夜半十二時過ぎ、コンビニに行くため家を出ると校長校宅から大量の煙が上がるのを見た。急いで駆けつけるが火が強くて中に入れず、すぐに消防に通報。通報記録は十二時十六分。その後、駆けつけた消防隊に消火され、一階和室で死体が発見された。通報を受けて私と村雨係長、加賀刑事の三人で現場検証を行い、その場で村雨係長が焼死でないと判断し今朝からの検死解剖で他殺と判明した。鑑識が調べているが凶器は発見されず、犯人及び犯行につながる物証は見つかっていない。単独か複数犯か現段階では分からない。遺留品の分析を進めているが、燃えかけたパソコンから妙なものが出た」

一同「ん」と言う顔で渡辺課長を見る。

「データに大量の少年少女の裸体写真が残っていて、タイやベトナムで撮影したものと思われる。渡航歴を探ると最近五年間で八回ほど東南アジアを訪れ、その時に撮影したようだ。明らかに児童ポルノ法に違反する動画も出て、児童と性交渉を行ったことを示すものもあるが、これが犯人および犯行に関係するか不明。家族構成だが妻は六年前に病気で亡くなり、子どもが二人いる。長男三十才は東京の私立大学を卒業後、東京の商社に務め現在も勤務していて独身だ。長女二十七才は北海道の短大を卒業後、秋田の銀行に入行し、四年後に結婚して子どもが一人いる。二人にはすでに連絡を取り、明日にも寄別に入ることになっている。パソコンデータはさらに詳細に分析中だが、今のところいかがわしい写真と動画以外におかしなものは出ていない。説明は以上だが質問があれば」

そう言って渡辺課長が一同を見回すと、最前列の釧路署の刑事が手を挙げた。

「明らかに盗まれたと思われるものはありますか」

「ケータイと財布が現場及び校長室からも見つかっていない。その他は不明」

別の刑事が手を挙げる。

「保険金の状況はどうですか」

「判明しているものは長男が受取人の保険が一件で、死亡時に三千万円が振り込まれることになっている。その他は確認中。」

二列目の帯広の刑事が手を挙げる。

「当日の校長の行動について、分かる範囲で教えてください」

「殺害された当日は朝から学校に出勤している。八時に校長、教頭、事務長の管理職で定例の打ち合わせを行い、その後、ずっと学校で勤務して四時四十五分に退勤した。変わった様子はなかったと教頭及び事務長は話しているが、退勤後まっすぐ家に帰ったかどうか不明。今後の地取りで分かるかもしれない」

後は誰も手を上げない。それを見て課長が署長に頷くと三十才の署長が立ち上がった。小柄な胴体に体格から想像できない大きな頭が乗り、黒々とした豊かな髪を七三に分けている。目が細くて何を考えているか読み取らせない顔だ。東大法学部卒のキャリアで、じきに警察庁に戻る。寒別警察署長はこれからの輝かしい経歴の一つにすぎない。

「ご存知のように寄別は酪農が主産業の町で、このような凶悪犯罪は稀なことです。三十六年前、近所同士のゴミ出しトラブルから殺人に発展した事件以来のことです。犯人がどのような人物で何が目的か今のところ見当つきませんが、状況から見て単純な強盗犯とは考えにくいようです。どんな小さな可能性も捨てず捜査に当たってください。この事件はマスコミが大きく注目する事件となります。警察の威信をかけて一刻も早い解決を望みます。以上」

署長が座ると再び課長が立ち上がる。北大出身、五十才のたたき上げだ。

「明日から土日で申し訳ないが時間が勝負だ。全力を挙げて捜査に当たってほしい。三日後の月曜には生徒が登校する。父母や学校そして生徒の動揺を考えると一刻も早い解決が望まれる。よろしくお願いする」

「マスコミ発表はいつになりますか」

村雨が聞くと前列の刑事たちが一斉に振り向き、あいつは誰だと目が露骨に言っている。

「この後、本部長から北海道教育委員会や関係機関に連絡が入る。その後、午後三時、マスコミを集めて発表する。したがって今夜のテレビニュースで報道され、新聞報道は明日の朝刊になるだろう。その他何かあれば」

なかった。

「では捜査班を発表する。次の会議は明日十七時」

そう言って課長が捜査班を発表した。聞き込みに当たる地取班が十二班二十四名、人間関係を調べる鑑取班が四班八名、鑑識班四名、高校教師を聴取する高校班が二班四名、村雨と加賀は高校班に当てられた。

こうして猟犬たちが放たれた。生い茂る草むらや路地裏に首を突っ込んで嗅ぎまわり、犯人が逮捕されるまで繰り返す。手がかりをまず一つ、そこからあらゆる可能性を探って次の手がかりへ。それを様々な角度から分析し、ふるいにかけて犯人をあぶり出す。こうして日本の殺人事件はほぼ百パーセント解決されてきた。今回の事件も解決する、刑事たちはそう確信して散った。誰が一番早く獲物にたどり着くか、競争だ。刑事たちは義務感と正義感で動くが、手柄を立てたい気持ちもある。熾烈なレースが始まった。

村雨は高校班になった太田と田中に声をかける。太田は村雨と同じく係長で田中は二十九才の若手刑事だ。

「村雨さん、よろしくお願いします」

角刈りで首の太い太田が頭を下げるが、石の地蔵が動いているようだ。隣の田中も頭を下げ、加賀があわてて立ち上がって深々と礼をする。四人の中で加賀が一番年下で、村雨が一番上だ。柔道上がりの太田は村雨より二つ下で、その正方形の身体は田中の二つ分ありそうだ。田中は私立の経済大学出身で知能犯が専門だが、おれおれ詐欺が性懲りも無く老人を狙うので多忙な日々を過ごしている。

「こちらこそ」

村雨がさらりと言う。

「先生方の聞き取りは緊張しますわ、やっぱりアカが多いんですかね」

太田が率直に聞いて村雨は吹き出しそうになる。アカが共産主義者を示すことなど今の若者は知らないだろう。

「それは昔の話ですよ。教師の組合加入率はとうに五割を切り、若手の先生は面倒がって入らないようです」

「そうですか、ほっとしました。時代は変わったんですね。うちの親父が言ってたんですよ。学校の先生には気をつけろ、あいつらは左派で警察を目の敵にしているからなって。ところで区割りどうしますか」

太田の父親は警察官だったが、教師がらみの嫌な思い出があるのだろう。

「教師の人数や年齢を把握してないので、これから加賀と状況を掴んできます。午後三時、もう一度ここで打ち合わせでどうですか」

「いやあ助かります、書類を作らなければならなかったもので。では三時に」

あっさり言うと太田と田中は礼をして部屋を出て行った。

「太田さん、あまりやる気がないみたいですね」

加賀がそう言って村雨がこたえる。

「そりゃそうだ。先生方の中に犯人がいるとは考えにくいからな」

「なぜですか」

「教師にあんな殺しが出来るか。激情に駆られて殴ったならともかく背中からひと突き、ロシアの殺し屋みたいな殺人だ」

「そうすると我々の仕事は何ですか」

「先生方から校長周辺の情報を聞き出して、犯人につながる人物を探り当てることだ」

二人が出ようとすると課長に手招きされ、近寄ると耳打ちされた。

「村雨係長、君が高校班のチーフをやってくれ。ただし聴取は慎重に頼む。教師はプライドが高いからクレームが出ないようやってほしい。警察は北教組や道教組とあまり良い関係ではないから何かあれば面倒なことになる」

「そんな大役を私が担当して良いのですか」

村雨の皮肉に課長が真面目な顔で応える。

「多くの刑事が出入りすると目立つから四人にした。生徒に動揺を与えないよう捜査に当たってくれ」

さらに課長が続ける。

「気をつけてほしいことがある。知ってるだろうが寄別高校のOB二人だ。一人は政権与党で官房副長官までやった男で、野党の女性議員に疑惑の総合商社と追及されてマスコミネタにされた。ありとあらゆる事が調べられ、収賄罪に問われて二年服役した。現在は出所しているが公民権は停止中だ。獄中で地域政党を立ち上げ、この地域では絶大な人気と支持を誇る。今も政権与党に太いパイプがあり、官邸に出入りしてロシア情報を提供している。道庁の幹部や道議で彼の世話になった者も多く、寄別高校の卒業式には毎年出席するが校長など平身低頭でお出迎えだ。もう一人は大物歌手で、君も一度は聞いたり歌ったことがあると思うが、北海道を代表するカリスマ歌手だ。与党から何度も出馬を打診され、出れば当選間違いなしだが、本人はやる気がなくて断っている。この二人は旧知の仲で影響力が強く、道教委でも寄別高校は特別慎重に扱うようだ。このことを忘れないようにしてくれ」

「恐ろしいほど慎重にやれということですね」

「そのとおりだ、よろしく頼む」

寄別高校出身の大物二人、こじらせたら面倒だ。三日後の月曜は生徒が登校する。校長が火事で死んだことは広まっているが、さらに殺人となれば騒然となるだろう。生徒対応、父母説明、マスコミ対応、それは高校のやることだが警察の配慮も必要だ。快く協力してもらうよう丁重に要請する必要がある。校長不在時は教頭が窓口だろうから、まず教頭に会いに行こう。相手が暴力団なら慣れているが教師がどんな人種か分からない。丁寧に接して出方を窺うとしよう、そう考えながら出向くことにした。

昨日深夜に走った道を再び走る。加賀は焼死体を見たせいか昨日より口数が少ない。時間つぶしに高校時代の先生を思い出すと、組合の腕章を腕に巻いて授業した日本史の教師が真っ先に思い浮かんだ。背が高く骨張った顔の先生でばりばりの組合員だった。

「私はこの腕章をつけて授業することを誇りに思います。いずれ皆さんも分かりますが労働者には権利があり、この闘いは自分のためでなく未来の労働者のためでもあります」

そう語ったが、その時はどうでもいいとしか思わなかった。次に浮かんだのは柔道が専門の体育の先生で、冬の凍える柔道場に集められて裸足で柔道をやらされた。先生だけ厚手の黒い靴下を履いていた。寄別が近づいたので加賀に注意する。

「加賀、間違っても先生方に失礼な言葉は使うな」

「はい。高校時代は担任と友達のように話しましたが、今考えるととんでもないことでした」

「友達みたいに話せる担任だったのか」

「はい。若くて明るい先生で遅刻しても『遅れちゃいました』で許されました。年配の先生には敬語を使いましたが担任は別でした。好きで尊敬もしていましたが、敬語を使うと距離が遠くなる気がして」

「それで担任は怒らないのか」

「授業中に悪乗りすると叱られましたが目は笑ってました」

「ずいぶんフレンドリーな先生だな」

「そんな先生、学校にいませんでしたか」

高校時代、ため口を使える先生などいなかった。どの教師も教師だという雰囲気を醸し出していた。

加賀は二十七才で村雨と十八才違いだから時代が二つも違う。ふと思いついて聞いた。

「ひよっとして、お前はゆとり世代か」

「ひょっとしなくてもそうです。よく言われます」

「円周率を3と習った世代か」

「そうです。やたらに薄い教科書で受験は参考書頼みでした」

「そうか、しかしそれはお前の責任ではない」

「いつもそう言われます。『だからゆとり世代はダメなんだよな』というニュアンスですね」

加賀は笑って応え、村雨は自分の言い方を反省した。

「そんなつもりはなかった。いや、少しはあったかもしれない」

「気にしないでください。同級生で集まっても、どうせ俺たちはゆとり世代だからと自虐ネタにしますから」

「そうなのか」

「ゆとり教育を進めたのは文科省の寺脇さんです。知識の詰め込みではだめだから考えるゆとりを生徒に与える。そうして総合学習の時間ができて何が始まるかと思ったら、週二時間釣り竿担いで先生と一緒に川釣でした。ウグイばかりでしたが四十センチ越えの奴もいて興奮しました。糸から伝わる感触が今も手にあります。一匹だけ美しい赤い斑点のスマートな魚が釣れて、図鑑で調べるとアメマスでした。それがゆとり教育で得た唯一の知識です」

村雨は頭の中で加賀が生まれた年を計算した。２０１６引く27だから１９８９年生まれ。その年、村雨は高校三年で時代はバブルの絶頂期だった。ボディコン女性が扇子片手に踊り、バブリーな客が銀座で一晩に一千万円使い、四国の小島に金持ちが群がり、ライフラインもない島に別荘を建てた。商社が名画を買いまくりアメリカの映画会社まで買収して顰蹙を買うなど、日本経済が狂乱した絶頂期である。

「係長、何を考えているんですか」

そう言われて我に帰る。寒別に来て昔のことを考えるようになった。寄別高校に着くと六台ほど車があるがひっそりしている。職員玄関の脇に大きな蕗が林立している。

「この巨大な蕗は何だ」

加賀に聞く。

「知りませんか。ここらの特産のラワン蕗で二メートルを超すやつもあります」

「二メートル、ジャイアント馬場だな。食えるのか」

「見た目と違って柔らかくておいしいです。寒別スーパーで売っている煮つけ、食べた事ありませんか」

「ない、と思う」

職員玄関で事務の若い女性職員に警察と告げ、教頭に会いたい旨伝える。女性が奥の事務長に告げ、事務長がこちらに頭を下げた。クリーム色の校内電話を取り上げ、間もなく背丈が百八十センチ以上の立派な体格の中年男が現れた。事件現場にいたサンダルばきの男で、体型にぴったりの紺のスーツを着て洒落た金縁眼鏡をかけている。ひげが似合いそうだがない。教頭と言うより大企業の若手部長というところだ。

「教頭の荒俣です。ご苦労様です、どうぞこちらへ」

バリトンの響く声だ。小会議室と印刷された部屋に案内された。長机が二つ、椅子が六つ、壁に金属製のロッカーが四本ある。出された名刺に北海道寄別高等学校教頭、荒俣宏二とある。

「どうぞおかけください。こんな部屋で済みません、応接室が来客中で使えないものですから」

全く構わないと伝える。

「こちらこそ突然の来校ですみません。今回の火事の件で伺いました」

「ええ、突然のことで驚いています。今後の対応を事務長と相談していたところです。朝一番で教育局に伝えると、道教委と連携してできるだけ早く後任校長を送るとのことでした。さきほど道教委から一週間以内に新校長を赴任させると連絡がありました。ところで、校長のご家族には警察から連絡するとのことでしたがどうなりましたか」

「大丈夫です、お子さん二人が明日にも来ることになっています」

そう聞いて安心したようだ。

「実は教頭先生にお伝えしなければならないことがあります」

「何でしょう」

教頭が前に乗り出して村雨を見る。告げるべき事は早く告げた方がいい。

「亡くなられた校長先生ですが、解剖の結果、他殺であることが判明しました」

しばらくの沈黙のあと、荒俣教頭の顔がみるみる赤みを帯びた。村雨が言ったことを一生懸命考えているようだ。

「他殺、ですか」

「はい、他殺です」

「一体、どういうことでしょう」

それ以上言葉が出ないようなので、村雨はあくまで機械的に伝える。

「火事による事故死でなく殺人事件ということになります。今後、警察は犯人逮捕に向けて全力で捜査を行いますが、学校の協力が必要になります」

教頭はまだ呆然として、何をどう考えるべきかまとまらない様子だ。火事なら不幸な出来事で片がつくが殺人となるとそうはいかない。今まで事務長と相談した葬儀の段取りや生徒対応に大幅な変更が出る。混乱した教頭が黙っているので話を続ける。

「今後、先生方一人一人からお話を聞かせていただくことになります。そのことで伺いました」

教頭がぎょっとしたように村雨を見る。

「先生方の中に犯人がいるということですか」

「いえ、そうではありません。犯人がどのような人物か全く分かっていません。分からない以上、警察は職場の方からも事情を聞かねばなりません」

「ああ、そうですね。分かりました、もちろん構いません。このことは教育局に報告しても大丈夫ですか」

幾分ほっとしたように教頭が言う。

「それには及びません。関係方面には警察本部から伝えます。さらに今日の午後三時、マスコミ発表を行ないますから、それで一般の方も事件について知ることになります」

「すると私は何をすればよいのですか」

「明日から我々含めて四名の捜査員が学校に伺いますが、聴取する場所を確保してほしいのです。また事情が事情ですから、先生方に協力いただくよう話していただければ助かります」

「そうですか、分かりました。しかし明日から土日で先生方が出勤するとは限りません。ほとんどの先生はこちらに戻っていますが、明日以後になる先生もいます」

「構いません、急いで帰っていただく必要はありません。学校にいる先生から話を伺いますが、それでよろしいですか」

荒俣教頭の目が不安げに動いた。

「ちょっと待ってください。今は私と事務長が管理職ですから事務長と相談します」

そう言うと出て行った。

「教頭先生には見えませんね」

加賀が言う。

「何に見える」

「総合商社の課長か地域商店街の青年部長です」

「そうか」

教頭が事務長と戻ってきた。五十代半ばと思われる恰幅の良い事務長が村雨に言う。

「もちろん捜査に協力させていただきます。学校を使っていただくことも構いませんがこの部屋でよろしいですか」

二室必要と告げると、教頭と小声で話して二階の生徒相談室を確保すると言った。

「教頭から他殺と聞いて驚きました。しかしなぜ他殺と分かったんですか」

「それは捜査に差し支えるため説明できませんが、そのうち説明できると思います」

「そうですか。強盗の仕業でしょうか」

「動機はまだ分かりませんが、とにかくご協力いただけることに感謝します。ところで校長先生のことで幾つか伺ってよろしいですか」

二人が肯いたので質問した。

「大倉校長が赴任されたのはいつですか」

「去年の四月のことで、まだ一年と四か月です」

「校長先生は何年くらいで異動するものですか」

「一般的に二年から三年で、一年や四年以上は珍しいケースになります」

「意外に短期間ですね。異動は希望になりますか」

「いいえ、我々管理職に希望などありません。道教委の命令一つであちこちへ飛ばされるだけです」

「断ることはできますか」

「できますが、断るなら管理職は辞めなさいと言うことになります」

「そうですか、思い通りの地区や高校へ行けるわけではないのですね。ところでお二人から見て校長先生はどのような方でした」

ぼんやりした質問だなと思いながら聞く。まず教頭が口を開いた。

「そうですね、細かいところまで気を遣う校長でした。対外文書は必ず読んで修正しました。事前に私がチェックしますが、誤字や改行など見落としてよく叱られました。仕事の進め方に強引なところはありますが、真面目な人だったと思います。もともと英語の先生でしたから英語の授業をよく参観されました」

パソコンから出た写真のことを話したら、どんな反応をするか試したい気持ちに駆られた。

「どちらかというと厳しい校長先生ですか」

「厳しいというか人と気安くするのが嫌いだったと思います。先生方とは一線を画して忘年会や歓迎会も一次会で帰りました。対外的なミスがないよう気を遣う校長でした」

事務長が口を挟む。

「学校としての決断をするのは校長ですから、先生方と親しくなって情に流されることを心配したのかもしれませんね」

　大人の意見だ。教頭が少し慌てたように付け加える。

「そのとおりです。あえて先生方と親しくならないようにしたと思います」

「特に親しい先生はいましたか」

「いないと思います。誰とも同じように接していました」

「お二人は校長のご家族とお会いしたことはありますか」

「いいえ、一度もありません」

　教頭が言い事務長も頷いた。

「趣味は何かご存知ですか」

　二人とも首をかしげ、しばらくして教頭が言う。

「旅行じゃないでしょうか、夏休みなど海外旅行に出かけていました」

「それは事前に相談されるものですか」

「ええ、学校には管理職がいなければなりませんから、日程が決まると教えてくれました。私は校長がいる日以外に休むようにしていました」

「東南アジアが好きだったようで、アンコールワットやマーライオンの写真を見せてくれたことがありますよ」

　事務長が付け加え、さらに教頭が言う。

「もともと英語の先生ですから、外国でも言葉には困らなかったと思います」

「校長と会われた来客の方は分かりますか」

「来客簿で分かります」

事務長が事務室から来客簿を持ってきた。

「来られた方全員に記載してもらいますから、教頭ならこの中で誰が校長と会われたか分かるでしょう」

今年の分をコピーしてもらい、校長と面会した来客にマークしてもらう。

「色々とありがとうございます、では明日から伺います。ところで先生方の名簿があればありがたいのですが」

「そうですね、一覧がありますから持ってきましょう」

教頭が動いてＡ４の紙を一枚持ってきた。

「上から校長・教頭、次からは年齢順です。一つ空いて事務長と事務主任そして嘱託の学校医と用務員さんです」

全部で二十一名が記載されている。

「寄別高校に勤務される方はこれで全員ですか」

「はい。校医は常勤でないので用務員含めて二十名です」

校長・教頭・事務長・事務主任・用務員と十五名の教師たち。

「先生方の年齢と教科を教えてもらえますか」

教頭と事務長が顔を見合わせてどうしたものか考えている。

「大丈夫でしょう、事が事だけに協力した方がいいと思いますよ」

事務長が言って教頭が頷いた。教頭の頭にデータが入っていて、名簿に教科と年齢をためらいなく書く。校長を除く十九名の割り振りを考えていると、突然、教頭が叫ぶように言った。

「確認しておきたいのですが、生徒に聞くことはありますか」

当然の疑問だ。

「いえ、今のところありません。おそらく必要ないだろうと思いますが、必要な時は事前に教頭先生にご相談します」

それを聞いてほっとしたようだ。

「最後に先生方の夏休み中の勤務状況が分かるものがありましたら見せてください」

教頭が怪訝そうに見る。

「勤務状況が分かるものですか」

「ええ、何時に学校に来て何時に退勤したか分かる資料です。あると思いますが」

「いえ、そんなものはありません。先生方は朝八時から十六時四十五分まで勤務時間で、その間は学校にいます。用事で外に出る時は外勤簿に記録するか、ちょっとした用事なら私に断って出ます。休む場合は年休届か病休届を出します」

「勤務時間を超えて学校に残る場合はどうなりますか」

「どうもなりません。教師には残業手当がないので、残業時間を記録する必要がありません」

「残業手当は一切つかないのですか」

「つきません。刑事さんは教員特別調整を知りませんか」

「何でしょうか」

「教員の給料は最初から一般公務員に比べて一律四パーセントが上積みされています。その代わり勤務時間を超えても残業手当は一切つきません」

そんな給与体制だとは知らなかった。

「すると校長先生も教頭先生も、先生方がどれだけ残業しているか把握していないと言うことですか」

「まあ、そういうことになりますね」

「残業手当がつかないことに先生方に不満はないのですか」

すると中俣教頭は声を潜めて話し始めた。

「いえ、本当は残業手当がついた方が給料は間違いなく高くなります。四パーセントは時間にして二十分弱で、勤務終了後二十分で帰れる教師などほとんどいません。しかしこの制度を改めて残業手当を出したら道の財政は破綻します。だからタイムレコーダーは置かないし残業時間も記録しない。それが道教委の方針です」

「土日に部活を指導したりしても手当は出ないのですか」

「いえ、それはあります。四時間以上指導すると三千二百円がつきます」

「四時間以上で三千二百円、時間が伸びたらどうなりますか」

「定額ですから何時間やっても三千二百円です。コンビニでバイトした方が稼げますね」

笑って良いのか分からないので笑わないことにしたが、よく文句が出ないものだと感心する。帰り際、荒俣教頭が緑色の表紙に学校要覧と書かれた冊子をくれた。一ページ目に学校組織図があり、これを見れば学校の仕組みが分かるようだ。

「ありがとうございました。明日もまた話を聞かせてください」

礼を言ってクリーム色の校舎を後にする。

# 5

八月十九日午後三時、寒別署の捜査本部が寄別高校の校長が殺害されたことを発表すると、各局とも夕方のニュースで一斉に報道した。犯人が放火で隠蔽を図ったこともあり、特異な事件として全国を駆け巡ることになったのである。ある大物歌手と大物政治家の母校と報道したメディアもある中、校長に何があったか様々な憶測が飛び交った。発表直後から高校の電話は鳴りっぱなしで教頭がひたすら謝罪するが、本人も何に謝っているのかよく分からなかった。その頃、村雨たち高校班は寒別署の小会議室で打ち合わせを始めた。

「高校の聴取対象は全部で十九人です、半々でやりましょう」

村雨が名簿を見せながら切り出すと太田はゆっくり頷いた。

「教頭と事務長は面識があるのでうちでやります。名簿の上から八人もうちで担当しますから、太田さんの方は先生方七人と事務職員と公務補さんをお願いします」

「分かりました、ところでこの名簿は何順ですか」

太田がすかさず聞いてくる。

「年齢順です。私の担当は年配教師で太田さんの方は若手の先生方です」

「そりゃ助かった、年配の先生は気後れしますからね。何せ高校の成績は下から数えた方が早かったもんで」

そう言うと四角い体をゆすって笑った。加賀が教科と年齢が書かれている名簿を太田に渡す。

「明日からお願いします。土日で不在の先生もいるようで、聴取できる先生から始めてください」

四人で聴取の内容を確認する。アリバイは夜中のことで独身者は証明のしようがなく、確認できる範囲でと話す。重点は校長と先生方との関係、校長と接点があった部外者情報、さらに校長を知るためのエピソードや趣味嗜好など。

「まあ、先生方の中に犯人はいないだろうから外回りより楽ですわ」

太田が言う。

「なぜですか」

加賀が聞く。

「背中から心臓をひと突き、そんな殺し方ができるのは人を殺したことがある奴だけで、そんな奴が先生の中にいるとは思えんよ。これはプロの手口だよ」

村雨もそう思うが、プロの仕業だとすると誰かが依頼したことになり、日本ではそんなに簡単に殺しが依頼できるものではない。そんなことをすると依頼人も実行者も相当危ない橋を渡ることになり、それだけ大きなメリットがあるか強い恨みを持っているかだ。やはりチャイルドポルノが関係しているのだろうか、しかしそちらの線は地取班や鑑取班の仕事でこちらの仕事ではない。その意味で先生方の聴取は気楽で、太田もそう考えている。打ち合わせは三十分で終わった。

翌日八月二十日、土曜九時半。寄別高校に到着すると、すでにマスコミが押し寄せて校舎や半焼の校長校宅を映像で流していた。校舎に入ることができないため、通りがかった町民の何人かにインタビューしている。

「こんなことになるなんて、おっかない世の中になったねえ」

「何があったんでしょうかね、こんな平和な町なのに」

「いや、驚きましたよ。殺人ってこんな田舎町でも起きるんだね」

教師と生徒のインタビューがないのは、取材を受けないよう指示が出ているのかもしれない。村雨たちが職員玄関に入ろうとすると報道陣が押し寄せたが、太田が太い腕を振ると刑事と気づいて止まった。本部発表されたこと以外、刑事が話すことはないと知っている。未練気に散るマスコミを尻目に校舎に入り教頭と会う。昨日の夕方から何時間も経たないのに目の下にクマができていて、ほとんど眠れなかったのだろう。新校長が赴任するまで教頭が矢面に立つことになるが、殺人事件の対処マニュアルなどないだろうから自分の判断で動かなければならない。同情するが何もできない。

「すみません、お忙しいところ」

「昨夜からてんやわんやですが、忙しいなどと言っていられません。生徒には土日は部活も講習も中止と担任から連絡して自宅待機させています。先ほど道教委から電話があり、できるだけ早く新校長を赴任させるが、それまでマスコミ対応含めて慎重に対応せよとのことです。それを踏まえて今日の午後二時、緊急職員会議を開いて対応を検討します」

そう言って村雨の顔を懇願するように見るが、気の毒と思うだけだ。

「大変な時に恐縮ですが、先生方の聴取を始めますのでご協力よろしくお願いします」

「ええ大丈夫です、先生方に協力するよう伝えてあります。不在は今のところ三人ですが、その三人も午後の会議にかけつけます」

対応が的確で早いことに村雨は感心した。緊急対応としては十分で、見かけ通り仕事ができる教頭のようだ。早速二つの部屋に別れて聴取を始めることにする。村雨と加賀は一階小会議室で太田と田中は二階生徒相談室。生徒がいない校舎はひっそりとして物音一つしない。加賀にメモを取るよう伝えるが、しっかり音声記録も用意しているようだ。早速、一人目の先生を呼んでもらうことにする。一人目は最年長の東信久先生。国語教師で六十二歳。なぜ六十二才の教師がいるのか事前に教頭に確認した。

「年金の支給年齢が引き上げられたので、先生方も支給されるまで働けるようになりました。本来は六十才で定年退職ですが、希望者はその後も再任用として働くことができます。教師を十年もやると他の仕事はできませんから、多くの先生が希望しますが東先生もその一人です」

年金のせいか、しかしそれでは爺さん教師ばかりにならないか。それを見越したように教頭が続ける。

「教師の平均年齢はどんどん上がり、札幌市内では五十才を超える学校も珍しくありません。逆に地方高校は若手ばかりで不均衡になりますが、うちは幸いベテラン教師が何人もいて恵まれています」

高齢化現象は教師だけでなく、コンビニでも六十才を超えるシニア世代を雇用し始めた。元気に働く年寄りと働きたがらない若者、日本はこれからどうなるのだろう。

戸がノックされ、どうぞと声をかけるとビア樽という言葉がぴったりの教師が入って来た。ワイシャツの上にゆったりした茶色のカーディガンを羽織り、幅広のズボンにサンダル履きである。中型の草食動物を思わせる風貌で、村雨と加賀が立ち上がって会釈する。

「お忙しいところ申し訳ありません、事件のことでお話を伺わせてください」

村雨の丁寧な口調に東先生は驚いたようにいえいえと顔の前で手を振って座った。

「私が刑事課係長の村雨でこちらが加賀刑事です、よろしくお願いします」

加賀がもう一度頭を下げる。これだけ丁寧にすれば大丈夫だろう。

「はいよろしく、東です。国語を教えています」

のんびりと言う。

「失礼ですが教頭先生に年齢を伺いました。六十二歳になられるのですね」

そう切り出すと東先生は肯いて村雨を見る。

「すると、先生は一度退職されたわけですね」

「ええ仙北工業で退職して、その後ここで再任用になりました」

「待遇は以前と同じですか」

「とんでもない、給料は半分ですよ。仕事は変わらないのに半分、ひどいもんでしょう。日本の年金は国家的詐欺だったと思います」

東先生はいかにも不満げに言った。政府は財源不足を理由に支給年齢を引き上げたが、再任用はその対策で希望者は原則採用することにしているようだ。

「再任用される先生は多いのですか」

「詳しくは分からないけど七割以上の先生は希望すると思うね。そんなに働かなくてもいいのにと思うけど、私も家のローンが残っているから」

そう言っててれたように笑った。

「給料が半分になっても仕事は変わらないのですか」

「変わらないけど担任や部長は当たらないね。その辺は教頭が心得ているから」

「再任用の先生は担任や部長はできないのですか」

「できますが、そんな忙しい仕事はやりませんよ。再任用は一年契約だからそんなに頑張ってもね。担任なんか若い先生がやった方がいいですよ」

「そうですか。では校長先生について伺いますがどのような方でしたか」

「殺されたと聞いて驚きました。何があったか分かりませんが、そんなに恨む人がいたんですかねえ。偉そうにしたがる校長でしたよ。校長だから俺の言うことを聞けというタイプで、今時珍しいタイプじゃなかったかなあ」

「校長先生と最後に話されたのはいつですか」

「二人で話したのは数えるほどで、最後は目標シートで面談した時かな。ああ、そうだ、そのあと学校祭の打ち上げで隣になったけど、何を話したか覚えてないね」

「その目標シートとは何ですか」

「ああ、くだらないものですよ。教科と分掌と学年と学校設定目標だったかな、それぞれ自分の目標を書いて提出するわけです。そして校長と面談するけど、あんなもの意味がないね」

「そういうものですか」

「若い先生には役立つかもしれないけど、私みたいな年寄りはこれまで通りしか出来ないんだから意味がないね」

「なるほど、それでも提出するわけですね」

「一応全員提出だからね。私の面談なんか十五分で、健康はどうですか若手教師はどうですか、そんな世間話だけだもの」

「校長先生のお知り合いや親しくされていた先生をご存じないですか」

「職員室で先生方と親しくする姿は見なかったね。校長室で話したのかもしれないけど、それなら我々には分からないからね。校長の知り合いも知らないね」

「偉そうにしたがると言いましたが、どんな事がありましたか」

東先生は少し考え込んだ。

「だいたい話し方が命令口調で好きでなかった。サッカー部の顧問を長年やっていたからあんな口調が身についたんだろうね」

「どんな事で命令口調でしたか」

「職員会議で『本校は簡単な教科書を使うから進学率が伸びない、もっと難しい教科書を使ってください』と言いましたね。うちの生徒は入試で半分しか取れない生徒だから、難しい教科書なんか使ったら授業が成立しないのに」

「高校の教科書は誰が決めるのですか」

「教科の先生が相談して決めますね。小中学校は教育委員会が決めるけど、高校は学力差が大きいから学校毎に決めます。教科で相談して決めたらまず管理職は口出ししない、普通はね」

「しかし大倉校長は口を出した」

「だから珍しい校長ですよ。難しい教科書を使って進学率が上がるなら、どの高校だってそうするでしょうに」

「教科書はそんなに差があるものですか」

「ありますね。進学校で使う教科書は大学受験を意識したものだし、うちみたいなところは基礎的なものでないと使えないからね」

「先生が変わると教科書も変わりますか」

「毎年検討するから先生が変わったら変わりますよ。教科書会社も必死でね、現役の高校教師を執筆者に連ねて売り上げを伸ばそうとした会社がありました。刷る前に高校教師に意見を聞いて、その謝礼として現金を渡して問題になったことがあったね。生徒が減ると部数も減るから各社とも生き残りに必死だもの」

「生徒が減るといろいろなところに影響が出るものですね」

「制服業者も旅行会社も大変ですよ。うちの制服はアゲハですが、この前、勤続三十年のベテラン社員が整理されて驚きました」

子どもの減少が様々なところに影響することは分かっているが、直に聞くと深刻な問題である。

「最近、校長先生に変わった様子はありませんでしたか」

「さあ、夏休中は一度も会わなかったしねぇ」

寄別高校の夏休は七月二十五日から八月二十一日までだ。高校の夏冬休みは年間五十日取ることができるが、北海道は夏二十五日、冬二十五日の学校が多い。取り方は各校で決めるが、近隣校と違うと部活動や模擬試験に影響するため、都道府県単位で同じような取り方になる。東先生は終始落ち着いた様子で話し、校長にあまり良いイメージを持っていないことが分かった。切り上げることにした。

「お忙しいところありがとうございました。これで終わります」

「刑事さんも大変ですね、土日もないものね」

そう言うといたずらっぽい笑顔を見せて軽く会釈すると出て行った。

「優しそうな先生ですね」

加賀が言う。

「ああ見えて、若い時は生徒をぶん殴っていたのかもしれないぞ」

「今は休火山ですか」

分かりやすい比喩だ。

「さて、次は誰だ」

加賀が名簿を見てこたえる。

「川谷俊夫先生、五十七歳。教科は社会です」

「年寄りの社会科教師か、厄介そうだな」

「なぜですか」

「社会ってのは自分流の理論を持つ先生が多くて主張が強い。高校時代の日本史の先生は組合の腕章をつけて授業に来たが、強烈なマルクス信奉者だった」

「時代を感じさせる話ですね。今は勤務時間内の組合活動は禁止されていて懲罰ものです」

「そうだろうな、時代が変わったということか」

戸が強くごんごんとノックされ、ドアを開けて入ってきた川谷先生は明らかに不機嫌な表情だった。細い身体の上に日焼けした戦闘的な顔が乗り、白髪交じりだが豊かな頭髪で、老いたライオンを思わせる。椅子に座るなり言った。

「あんた方に仕方なく協力するが、決して喜んでするわけでないよ」

いきなりけんか腰で、目がつり上がっている。国家権力に対して取り敢えず怒りを見せるタイプだが、こういう手合いは慣れている。

「すみません。何せ殺人事件なだけに先生方のご協力が必要です」

「そんなことは分かってる、さっさと聞けばいいだろう」

「分かりました、よろしくお願いします。まず担当教科を教えてください」

すでに知っているが無難なところから入ることにした。

「そんなことは警察だから調べがついているだろう」

やれやれと思う。

「はい。社会の先生ですね」

「ちがう、社会でなくて地歴公民だ。社会なんて教科は高校にない」

一言の下に否定された。

「そうですか、すみません。私の頃は社会だったもので」

「文科省の馬鹿どもが社会を地歴科と公民科の二つに分断した。地歴は地理と日本史と世界史、公民は政治経済と倫理と現代社会。その結果、若い教師は社会の総合的な知識を持たなくなった、そして小さな学校は大変困っている」

「なぜ困るのですか」

川谷先生はそんな事も分からないのかと見る。

「考えたら分かるだろう。どんな学校でも地歴と公民の両科目が必要だが、カリキュラム上地歴が週十五時間で公民が十時間だったとする。すると地歴の先生は毎週十五時間で公民の先生は十時間だ。持ち時数が週に五時間も違ったら不公平だろう」

自分の持ち時間が多くて不満を言っているのだろうか。

「社会科の時はうまく時数を分けられたが、それができなくなった」

「どうして社会科を二つに分けたのですか」

「社会科を分断して組合の力を弱めるためだ。あいつらはそんなことしか考えない」

「組合の弱体化ですか」

「そうだ。社会科教師は思想を学ぶから組合の理論的支柱だったが、文科省はそれが気に入らなかったのだ。二つにすれば思想を学ぶ者が半分に減る、木っ端役人どもが考えそうなことだ」

「そうですか」

川谷先生の言うことは無理があると思ったが、指摘すると油を注ぐことになるので聞くだけにした。

「君は五十五年体制を知っているか」

五十五年体制。１９５５年、分裂していた社会党の右派と左派が統一し、これに刺激されて保守の自由党と民主党が合同して自由民主党を作った。社会主義を目指す社会党と資本主義を堅持する自民党、戦後政治の大きな流れを作った出来事である。両陣営は政治だけでなく教育現場でも争うことになる。社会党と共産党は組合員を増やし「生徒を二度と戦場に送るな」とスローガンを掲げ、文科省・管理職と対立した。そして君が代・日の丸は戦争の象徴として、現場への導入を徹底的に阻止した。それを苦々しい思いで見ていた自民党は、学校で組合の影響力を下げるべく様々な手を打ち始める。国旗国歌法案を通して卒業式・入学式の君が代斉唱と日の丸掲揚を義務づけ、勤務時間内の組合活動を違法とした。さらに職員会議を校長の諮問機関と位置づけて、学校の決定は校長決裁によるとしたのである。つまり全教員が君が代斉唱や日の丸掲揚に反対しても、校長の一存で実施できるようになった。あくまで学校の最終決定者は校長で、校長は各都道府県の教育委員会に任命される。

「それほど詳しく知りません」

「では、話にならんな」

「では校長先生について聞かせてください。先生から見てどんな方でしたか」

話をしてもらわなくてけっこうだと思った。

しばらく考えていたが猛烈な勢いで話し始めた。

「あいつはくだらない奴だった。だいたい校長はくだらないが、あの校長は自分が偉いと考えている馬鹿者だった。権力を手にしたつもりで偉そうに話すが、道教委にはへいこらして上に弱く下に強い奴の典型だった」

ずいぶん嫌っているが、これほどこき下ろすには何かわけがあるのだろう。

「何かのことで校長先生と言い争いになったことがありますか」

「何度もある。職員会議で本校が進路研究指定校になったといきなり言うから、それは何だと聞くと、進路成果を二年間まとめ、さらに新しい取り組みを加えて発表すると言う。そんな馬鹿なことは辞めなさいと言うと馬鹿とは何だと言い争いになった。教頭も校長側で私の意見は通らなかったがそんなことばかりだ」

「先生が研究指定校に反対する理由は何ですか」

「ただでさえ忙しいのに、研究指定校になれば視察だの報告書だの発表だのでさらに忙しくなる。そんなことが分かっているのに道教委に良い顔したくて引き受けてくる。本当に迷惑な校長だ」

この話は捜査に関係ないと思いながら聞くが、人は思うことをたっぷり話すとそれ以外のことも話してくれるものだ。

「その指定校はどのように決まるのですか」

「道教委に頼まれることもあるが、あの校長は自分で手を上げて持ってきた」

「引き受けると何かいいことがありますか」

「予算がつくからプロジェクターを買ったりパソコンを新調出来るが、そんなものは要らない。我々教師に必要なのは生徒と向き合う時間で、学者じゃないから研究することではなくましてや道教委の顔を立てることでもない。そんなことも分からず、あいつは行政の犬のような校長だった」

川谷先生の声は段々と大きくなり最後は演説のような勢いだった。

「そうですか、先生と校長の仲が悪かったことは分かりました。ところで校長先生のお知り合いや親しかった方はご存じないですか」

「女好きの校長だから女の先生には優しかったが、あとは知らん」

「そうですか。ところで校長先生と最後に話されたのはいつですか」

「いつだったか、四月か五月だったか。何せあいつは私を怖がって避けていたからな」

そう言って川谷先生は満足そうな笑みを浮かべた。つまるところほとんど校長と接点がなかったということだ。そろそろ切り上げることにした。

「夏休みはどうされましたか、よろしかったら聞かせてください」

「沖縄に行って、帰ってきたのは三日前だ」

「いいですね、沖縄旅行は楽しかったですか」

「馬鹿を言うな、辺野古の埋め立て反対闘争に参加していたのだ。あんた方の仲間が大勢で、時には暴力までふるって反対運動を阻止している。なぜ沖縄にさらに米軍基地を作り、平和に暮らす住民を苦しめるのだ。あれほど事故や事件が起き続けるのに、なぜ政府は無理に推し進める。あんたらに少しでも良心があれば、沖縄住民の平和への切実な願いが分かるだろう。あんたらも権力に尻尾を振ってないで、一人の良識ある人民として生きたらどうだ」

そう言うと川谷先生はそっぽを向いた。沖縄はやぶ蛇だった。

「貴重な時間、ありがとうございました。これで終わります」

川谷先生は何も言わずに立ち上がり、戸を勢いよく閉めて出て行った。

村雨と加賀は顔を見合わせた。これほど露骨に嫌われるのは久しぶりだが、それほど不快でない。一つの主義主張を押し通すことは傍迷惑だが、それは迷いのない幸福な生き方で潔い処世だ。人は壁にぶち当たって主義を変える時、それが大人になることだと自分に言い分けするが、往々にして単なる諦めであることが多い。

「今でもあんな先生がいるんですね」

加賀がぽつりと言う。

「いるさ。大学紛争最後の世代であんな先生が組合を牽引してきたが、今や絶滅寸前の希少生物だ」

「まるで組合を応援するみたいな言い方ですね」

「そうじゃないが教師が自由にものを言うのは良い事だ。何でも国や文科省の言いなりになったら戦前と同じで、批判されない組織はだめになる、それは警察だって同じだ」

村雨は加賀がどんな反応をするか試してみた。加賀はしばらく考えていた。

「大胆な意見だと思いますが自由と統率力は反比例します。警官が自由にものを言うようになれば、組織の統率が取れなくなり検挙率が下がると思います」

模範的な回答だ。確かに警察のようなタテ社会で自由な発言などあり得ない。上司の言葉は絶対で、それに背く時は左遷かクビを覚悟しなければならない。裏金作りが表面化しなかったのも、上を批判できるシステムがなかったからだ。上が白いと言えばどんな色でも白くなるのが警察で、村雨に苦い思い出がよみがえる。時計を見ると十一時を回ったところだ。

「次の先生は」

「小石道彦先生です。川谷先生と同じ社会科で川谷先生より一つ年下ですね」

ため息をつきたくなった。また年配の社会教師か、警察嫌いでなければいいが。

「川谷先生と違うタイプだったら良いですね」

加賀がけろっと言う。お前は聞いているだけだからな。

間もなく戸がノックされて男性教師が入ってきた。背が高く百八十センチの村雨と同じくらいで、ハンサムではないが目に力があり人を引きつける顔だ。心に固いものがあるが、自己主張が強い感じではない。村雨は一回りも年上の小石先生に、何か懐かしいものを感じた。昔、どこかでお世話になった、そんな感じである。

「小石です」

「お忙しいところすみません。小石先生、事件のことでお話を伺わせてください」

慎重に切り出す。

「はい。何でもどうぞ」

ありがたいことに川谷先生のような敵意は見られない。

「まず、担当教科を教えていただけますか」

「今年は三年生の日本史と一年生の世界史ですね」

「地歴公民科の地歴ということですね」

「そうですが、よくご存じですね」

小石先生が少し驚いたように言う。

「先ほど社会の先生と言って川谷先生に叱られました」

小石先生は面白そうに笑った。

「川谷先生らしいですね。我々の年代は社会で採用されたから今でも社会科ですよ」

「そうですか。川谷先生は文科省が社会を分断したと怒ってましたし、小さな学校だと時数が違って困るとも言ってました」

「授業は二人で持ちますが、今年は私が十五時間で川谷先生が十時間です」

川谷先生の不満は何だったのだろう。

「持ち時間は二人で決めるのですか」

「ええ、科目が五つあって一週間の時数は全部で二十五時間です。日本史、世界史、政治経済、現代社会と学校設定科目の日本史研究ですが、持ち方は二人で決めます」

「地理はないのですか」

「地理と倫理は開講していません。うちのような小さな学校で全部やるのは無理です」

「大規模校ならできますか」

「一学年四クラス以上ならできますが、その規模になると都市部の高校ですね」

「地方高校は寄別高校と似たような状況ですか」

「そうですね。ですから北大や札医大など難関大学を目指す生徒はどうしても都市部の進学校へ出て、さらに地方と都市部の学力が開きます」

「ここの生徒さんは勉強熱心ですか」

村雨が聞くと小石先生は笑顔で話した。

「私はここで四校目ですが、どこの生徒も分かる授業をやれば勉強します。逆にどんな優秀な生徒でも分からない授業だと勉強しなくなります」

「分かる授業とはどのような授業ですか」

「一言で言うと生徒が興味を持ち、生徒の一歩前を行く授業です。本校の入試点はおよそ百五十点で、三百点満点の半分ほどです。中には五十点以下で入学する生徒もいて、中学の内容の半分も理解できないまま入学します。最初からセンター試験レベルの授業をすると全滅しますから、一年の世界史は兵馬俑のビデオやローマ皇帝ネロのドラマを見せて興味を持たせます。興味を持てば自分から予習したり図書館で調べたりするようになりますから、そうしてからスピードアップするとついてきます。ただ、言うは易く行うは難しです」

「好きこそものの上手なれですね」

「その通りです。うちの生徒は勉強が苦手だったり授業が分からなかった子どもたちです。しかし勉強が面白いと気づけば、びっくりするほど勉強するようになります。そんな生徒を見るのは嬉しいもので、教師をやって良かったと思う時ですね」

「うらやましいことです、刑事にそんな喜びはありません。では本題に入らせていただきますが、校長先生のことで何か気になることはありませんでしたか」

「夏休み前、校長に誘われて教頭と三人で飲みに行きました。そんなことをしない人だと思っていたので驚きましたが折角なので行きました」

「なぜ先生を誘ったのでしょうか」

「夏休み前は昔で言うと一学期の終わりで、夏休み後を見越して私のようなベテラン教師を味方にしたかったのでしょう」

小石先生はあっさりこたえた。

「その時はどのような話をされましたか」

「進路研究指定校のことや教育課程の編成、あとはいじめのことですね」

「研究指定校は校長が勝手に持ってきたと川谷先生が憤ってましたが」

「川谷先生の言うことも一理あります。進めたいのなら教師の負担は増えるがメリットもある、そう説明して理解してもらうべきだと校長に言いました」

「校長先生は何と言いましたか」

「そうだよなあと言ってました。ああ見えて小心ですから、川谷先生に反対されてへこんだようです」

平然と校長を小心と言ったが、不自然でなく強がっているようにも見えない。

「川谷先生はなぜ反対するのですか」

「川谷先生の論理は明快で、管理職は道教委の回し者だから管理職提案には全て反対です」

「組合と道教委の対立は激しいのですか」

「組合は待遇改善や教育環境の整備などを要求して道教委は回答する側です。仲良くとはいかないでしょう」

「先生はなぜ組合に入らないのですか」

小石先生は苦笑しながら話した。

「教師の思いや要望をしっかりと伝える組織が必要で、組合は必要だと思います。しかし私は組合の元になる思想が好きになれません」

「なぜですか」

「私が学生の頃、思想界は社会主義か実存主義かと言われました。戦後、毛沢東やホーチミンが国家独立を果たし、若者は現実に世界を変える社会主義に憧れました。しかし間もなく失望に変わります。本家ソ連はスターリン独裁で数百万人ものロシア人を粛清し、労働者の国家という理想を捨てました。中国では毛沢東が文化大革命を始め、飽くなき権力欲でやはり二千万人もの中国人を殺しました。スターリンも毛沢東も新興宗教の教祖のように振る舞い、ほしいままに人を操って殺戮しました。あれを見るとどうやら人間には社会主義という思想を実現する力がない、そんな風に思いました」

「社会主義でなかったら実存主義ですか」

「ええ、実存主義に惹かれたのは彼らが悩みを抱え、そこから人間を問うたからです。キルケゴールは婚約を破棄して誰にも理解されない道を選び、ニーチェは『神は死んだ』とキリスト教を否定しましたが心を病み、ハイデガーはナチス政権に協力したと糾弾されます。その時代の現実が重くのしかかり、彼らは幸福に生きられませんでした。世界は時に残酷な現実として現れる、そんな考え方の方がしっくりときました。さらに父の影響もありますね」

「お父さんですか」

「太平洋戦争の終わり、父は祖父と樺太にいました。敗戦のどさくさの中で引き上げが始まり、祖父は帰還船に間に合いましたが父は乗り遅れました。十六歳で抑留され、五年間の強制労働に就くことになります。冬の朝など隣のベッドで寝ていた者が凍死して、シラミが行進して生きている人間に移るそうです。木の棒を凍土に突き刺して五十センチほどの穴を掘って死体を埋めました。昼の間、兵士はスターリンウラーと叫びますが、夜になると首を振ってスターリンニェットとつぶやく。すでに粛正が始まっていたのでしょう。役人が労働者を小馬鹿にするところを何度も見て、ソ連は理想とかけ離れた権力社会だと私に話しました」

「帰国後はどうされましたか」

「教師になりたかったのですが学歴もなく無理でした。電気の勉強をして電電公社に入り、クロスバ回線工事を担当しました」

「電電公社とは今のＮＴＴですね」

「そうです。四十代から管理職になり、電電公社で勤め上げました。ソ連抑留時代に社会主義理論をたたき込まれ、帰国したら広めることを期待されましたが、そんな活動は一切やりませんでした。社会主義の実態を見たからです」

「それがお父さんの影響ですか」

「そうです。私が教師になると決まった時、父はとても喜びましたが組合には入るなと言いました」

「教師になって、お父さんの夢を果たしたことになりますね」

「大げさに言えばそういうことになるのかもしれません」

「ソ連は血も涙もない国だったんでしょうか」

「そんなことは無いと思います。あれだけ偉大な文学者を輩出した国ですから、血が通った人間は多くいたと思います。高校教師になって分かったことですが、第二次大戦でソ連の捕虜になったドイツ兵の九十パーセントが死んでいます。ヒトラーが一方的に独ソ不可侵条約を破ったことへの報復でしょう。一方、日本人捕虜は九十パーセントが帰還しています。日ソ中立条約を破ったのはソ連で、後ろめたさがあったのでしょう。ソ連にも血の通う人々はたくさんいたでしょうが、スターリンが粛清の恐怖で封じ込めたのだと思います」

「そんな事実は知りませんでした。ところで話を戻すようですが、組合員でなくて困ることはなかったのですか」

「私が初任校に赴任して影響を受けたのは組合の先生で、職員会議で堂々と発言して生徒指導も熱心でした。何度も組合に誘われましたが入りませんでした。だからといって意地悪されたことはありませんし、一生懸命やれば仲間として認めてくれました」

「なるほど、組合にも立派な先生がいたのですね。先ほどいじめのことも話したと言われましたが」

「ええ、いじめの件で校長に良くやってくれたと感謝されました」

「それは、どのようないじめですか」

小石先生は少し考えてから話し始めた。

「ある日のこと、三年の男子生徒が学校に行かないと突然言い出します。父親は体調でも悪いのかと気にしませんでしたが、母親は直感が働いたのか不審に思って仕事を休みました。昼食を食べてしばらくするとふらふらと外に出るので、後をつけると裏の林に入ってロープを持ち出して木にかけました。慌てて飛び出し、泣きじゃくる子を連れ戻して話を聞きました。すると二年の終わり頃から同学年の生徒にウザいとかキモいと言われ、さらに金を持って来いと脅されていたそうです。そのことを誰にも相談できず、全て嫌になって死のうと思ったとのことでした。早めに帰宅した父親がそれを聞き、学校に怒鳴り込んで来ました。教頭が対応しましたが、いじめなら教育委員会に報告しなければならないので録音したいと言い、さらに父親を激怒させてしまいました。会議室から怒鳴り声が聞こえ、先生方もうろうろするばかりです。私が授業から戻ると香取先生が事情を教えてくれて、すぐさま会議室に出向いて納得いくまで話を聞きました。一段落したところで学校が把握できず申し訳ないと謝罪し、しっかりと事実確認をして加害者へ毅然とした対応をすること、さらに生徒全員に指導することを約束して納得して貰いました。調べたところ、被害者と加害者は仲間で五人グループの友人でした。ところがあるアイドルのことで言い合いになり、それがきっかけでからかわれるようになりました。それが次第にエスカレートしてウザいキモいに始まり、しまいには学校に来るな死ねとも言われ、来るなら金をもってこいと脅されて耐えられなくなったとのことでした」

「担任の先生は気づかなかったのですか」

「事情を話すと驚いていました。そんな様子は全く見えず、被害生徒も仲間を裏切るようで相談できなかったと言ってました」

「その日、母親が仕事に行っていたら自殺したかもしれないわけですね」

「そうです、危ないところでした。見逃すと重大事件になってしまうのがいじめです。原因は些細なことですが、生徒はその機会を探しているのかもしれません」

「どういうことですか」

「今の教育は国際的に通用する人間を育てるということで、人と違うことを個性的で良しとし、自分の考えや意見を堂々と主張しなさいと教えます。それが今の教育の主眼ですが、もともと人間は自分と違う存在が苦手です。違う者を受け入れることは困難で努力が必要ですが、拒絶するのはとても簡単です」

「すると拒絶する理由を探していると言うことですか」

「日本の移民・難民政策を見てください、ほとんど受け入れないのが実態です。移民・難民は日本の公序良俗を乱して混乱をもたらすと言いますが、それは新しい秩序を作るのが面倒だと言っているにすぎません」

一理あると思うが現実はそう簡単ではない。イスラム教の人間が一度に何十万人も日本に来たらどうなるだろう。ヨーロッパは大混乱して国と国、さらに国民同士の争いにまで発展している。そのことを日本政府と国民は分かっていて国際世論を敵にしても拒否している。そして多くの国民はその政府と政策を支持している。

「いじめた生徒達はどうなりましたか」

「停学にして加害者親子が謝罪する場を設け、二度と過ちを繰り返さないと誓わせました。親が頭を下げる姿を見て彼らも事の重大さに気づき、深く反省したようです。被害生徒のご両親は仲間うちのことだと分かり、複雑な気持ちだったようです。その後も面談を継続していじめがないことを確認していますが、彼らもあと半年で卒業です。いやな思いをしましたが一つの経験になったと思います。卒業後、どんな関係を作るかは彼らの問題で、我々教師が出来ることには限界があります」

「いじめはたくさん起きるものですか」

「本校は年に一、二件ですが、とても厄介な問題です。いじめは起きるものだと想定して発見するシステムが必要です。本校はアンケートを年三回、個人面談も年三回やりますが、それでも今回のように発見できない事があります。いじめをした者が学校をやめたり退学にせざるを得ないケースもあり、生徒の人生は大きく変わってしまいます。だからいじめは根絶したいと思いますが、全て無くすことは無理なのかもしれません」

その通りだろう。いじめは子ども特有の現象ではなく、大人はさらにひどいことをしている。人種差別、障害者差別、DV、セクハラ、パワハラ、過労死、いじめと呼ばないだけのことだ。

「校長先生が感謝されたのは先生の指導に対してですか」

「それもありますが、保護者が学校の指導に納得したからでしょう。いじめはこじれて長期化することがあります」

「テレビで報道される事件はこじれたケースが多いですね」

「いじめは初動と初期対応が大事です。校長や教育長が『本校にいじめはなかったと信じています、生徒を信じています』と言ったりしますが、あれは最悪ですね」

「なぜですか」

「生徒は教師が見ているところでいじめなどやりません。ばれないように巧妙に行い、時には教師が参加させられることだってあります」

「先生がいじめに参加、ですか」

「ええ。江戸時代、幕府は穢多・非人を作ることで農民を安心させ、秩序の安定化を図りました。自分より下層の者がいると人は安心するものです。クラスに強いグループができるとクラスメートを上下に分け、一番下の生徒をターゲットにしていじめます。その子がいじめられている間他の生徒は安心で、クラスは安定して問題がないように見えます。担任はその強いグループの言うことを聞いているとと学級経営がしやすくなるので、グループの要求を受け入れます。その結果、担任が生徒と一緒になって寄せ書きにひどいことを書いた事件を覚えていませんか。いじめられた生徒が自殺して初めて分かりました。信じられないでしょうがそんなことも起こります。だから必要なことは事実の徹底究明で、生徒を信じることではありません」

「第一歩が事実確認であるのは犯罪捜査と同じです」

「私は事実解明に警察の力を借りることもやむを得ないと考えています。凶悪ないじめは一人の人間を抹殺する犯罪です。残念ながら我々教師だけで解決できないケースがある、そう感じています」

小石先生と目が合った。警察の教育現場への介入は教育の自由を脅かすと厳しく批判される。よく１９５２年の東大ポポロ事件が取り上げられるが、あれは大学が舞台で社会主義と権力が厳しく対立した時代のことだ。今は状況が違う。学校の自治や自由、教育内容に触れないところで警察と学校は協力すべきだと村雨は思っているが、教師はそう考えないだろうと思っていた。生徒を守る道具として警察を使えば良い、現役教師が刑事にそう語ったのは驚くべき事だった。

「小石先生はここで何年になりますか」

「十年です。一番の古株になりました。昔は十五年、二十年のヌシがいたものですが」

「なぜヌシはいなくなったのですか」

「道教委の方針で、十年をめどに異動させるようになりました」

「理由は何ですか」

「ヌシがいたら管理職がやりにくいでしょう。もう一つは異動を活発にするためです」

「というと」

「北海道の高校は地域差でAから特Dの五ランクに分けられます。札幌や旭川のように交通も医療も便利なところはA、特急が止まる北見や帯広はB、止まっても人口が少ない網走や名寄はCで町村はDです。さらに交通が不便な離島や羅臼は特Dになります。AB地区の教師は出たがらず、CDの先生は都市部に行きたがる、それを解決するための措置です」

「なるほど。先生方は都市部へ行きたいものですか」

「子どもが小さかったり高齢の親がいると仕方ありません。やはり都市部の生活は便利です」

「その制度はうまく機能していますか」

「いいえ、先生方は都市に入ると様々な口実をつけて出なくなります。異動希望の時期になると親の具合が悪くなる先生が増えるそうですが、介護が必要だから出られないというわけです。子どもの進学、妻の病気、体調不良など口実は様々です」

「それではうまくいかないでしょう」

「だから私のようなドサ回りが出てきます」

そう言って小石先生はいたずらっぽい顔をした。

「先生はどちらの高校に勤務されましたか」

「初めが上士幌南高校、二校目が網走東陽で三校目が知床高校、そして本校。ランクで言うとD、C、特D、Dですね」

「不公平ですね。なぜそんなことになるのですか」

「誰もが都市部の進学校へ行きたがるからです。その心理を利用して管理職や道教委は教師を支配しようとします。職員会議で校長に逆らうと、希望地に行けないぞと露骨に脅されたりします」

「しかし先生は校長に信頼された」

「そうでもありません。タイムレコーダーをつけるよう職員会議で言って校長を困らせましたから」

「タイムレコーダーはないのですね」

「どこにもありません。そんなことをしたら学校が一番のブラック企業だとばれて道教委は困るでしょう」

聴取時間がずいぶん長くなった。今後、何回か聞く予定なので打ち切ることにした。

「高校の事情が伺えて助かりました。また聞かせてください」

そう言って村雨は頭を下げた。小石先生が一礼して出て行くと加賀が言う。

「同じ社会科でこんなにも違うものですか」

「担当教科と人格は無関係だった。訂正する」

十二時半を過ぎた。休憩にすると教頭に伝えて外に出た。

6

教頭に勧められたドライブインを町外れに見つけた。大きく寄別庵と書かれた看板の下に観光バスが一台止まり、バスの後ろに毛並みの良いキタキツネが金色の置物のように鎮座している。身体だけ横を向いて、顔はこちらを伺っている。

「係長、向こうを見てください」

道路の反対側にキツネが二匹いて、やはりこちらを見ている。

「向こうが母キツネと子ギツネでこっちが父キツネですね。見守っているんですよ」

加賀がなぜか嬉しそうに言う。

「観光客が餌をくれるんだろう。食糧確保は父親の仕事だからな」

「父親が向こうに届けるところを見たいですね」

「物好きだな。子ぎつねの方が貰えるだろうが親にもプライドってものがあるからな」

キツネに見守られながら店に入ると、青と白の水兵のような服のウェイトレスがメニューを持ってきた。村雨はカツカレー、加賀は迷ってカツ丼を頼む。二つとも五分ほどで出てきたが、カツカレーのカツは紙のように薄く噛んでも歯ごたえがない。きっと年寄りが喉に詰まらせないよう特殊な加工をしたのだろうと思いながら、荒俣教頭は好意でここを勧めたのだろうかと疑った。村雨が食べ終わっても加賀は半分ほどで、カツがこんなに薄っぺらなのにと不思議に思う。

「早く吐け、田舎のおふくろさんが泣いているぞ」

加賀は危うくカツを口から出しそうになる。

「やめてください、係長」

「そんなに薄いカツ、よくそれだけ時間をかけて食えるもんだ」

「ちゃんと噛めと教育されたんです」

「そんなお坊ちゃんだとは知らなかった。先祖は加賀百万石の末裔か」

「先祖は福島の農民です。父が調べて六代前まで遡りましたが、そこから先は分からないと言ってました」

「なぜ調べた」

「さあ、ルーツ探しでしょうか」

店を出るとキツネは三匹ともいなかった。


高校に戻ると一時半で、次の先生を呼んでもらうことにする。

「今呼びますが、その前に話しておきたいことがあります」

何だろう。

「なんと言いますか、朝井先生は少し変わったところがあります」

「というと」

「本校で三校目ですが、仕事をしなくてもいい教員です」

言っている意味が分からない、どういうことだろう。すると教頭は最大の秘密を打ち明けるように声を低くして言った。

「実は朝井先生は定数外教員です」

「どういうことですか」

「簡単に言うと朝井先生は授業も仕事も出来ません。前任校でもそうでしたが、教師としてカウントしてしまうと現場が困るので、道教委が定数外の教員にしました。本校の教員定数は十四人ですが実際は十五人いて、それは朝井先生が定数外だからです」

ますます分からなくなった。どういうことだろう。

「朝井先生に何か障害があるのですか。定数外ということは教師として存在しないと言うことですか」

教頭が上を向いた。どう説明していいのか慎重に考えているようだ。

「明確な障害があるわけではありません。存在としては教師ですが、教師としての仕事はできないので実際は教師として扱いません」

「給料や待遇はどうなっているのですか」

教頭は少し詰まりながら言った。

「それは、教師としての扱いです」

取り敢えず呼んでもらうことにする。待っていると突然戸が開いて男が立っていた。少し猫背で額が前に下がり、目を下に向け戸の前で足踏みしている。何だろう。

「どうぞお入りください」

声をかけるとのっそりと入って来るが、村雨と視線が合わない。

「朝井です」

少し横を向いて名を告げ、照れたような表情で突っ立っている。前屈みになり手が長く垂れていて、宮崎アニメの巨人兵のようだ。身体全体にまとまりがなく、何か上手く機能していない感じがする。

「どうぞお座りください」

村雨が言うと驚くべき素早さで動き、足をしっかりと揃え背筋を伸ばして座った。何かがちぐはぐだ。

「お忙しいところ申し訳ありませんが、事件について先生方から話を伺っています。よろしくお願いします」

「はあ」

ぼんやりした声で応答するが、とりあえず答えやすい質問から入ることにした。

「先生の教科は何ですか」

しばらく間があった。普通の人が反応するのに必要な時間の三倍ほどだ。

「ええっと教科は理科です。年齢は四十才です」

驚くほど声が大きく、聞かれない年齢まで答えた。

「そうですか、私は理科が苦手でした。理科を教えるのは大変でしょう」

村雨が聞くと再び奇妙な間が訪れた。

「いいえ、私は教えないので苦労はありません」

「教えないのですか」

「はい、教えません」

理由を話そうとしない。どう質問すべきか戸惑って加賀をちらと見ると「私から良いですか」と小声で言う。質問させることにした。

「加賀と言います、よろしくお願いします。夏休に入る直前の日、つまり七月二十四日の行動について説明していただけますか」

目が三十秒ほど宙を泳いだが、頭の中で何かが行われているのだろう。そして話し始めた。

「七月二十四日は朝六時半に起きてトーストを二枚焼いてベーコン二枚と卵一個でベーコンエッグを作って食べました。コーヒーも飲みました。七時十分に家を出て七時四十分に学校に着きました。職員室でコピー機の用紙を確認しました。Ａ４が足りなかったので補充しました。四台のプリンターの用紙を確認して教頭先生のプリンターに用紙を補充しました。それから朝の打ち合わせがありました。校長先生がご苦労様でしたと言い、それから一学年の打ち合わせで八木先生がその日の予定を話しました。一時間目と二時間目は教材研究をして、三時間目と四時間目は図書室で本の整理をしました。昼は職員室でインターネットのニュースを見ました。五時間目も図書の整理をしました。六時間目は全校集会でマイクの用意をして、放課後は職員室で教材研究しました。四時四十五分に帰ってドライブに行きました。釧路と北見と帯広というサイクルでドライブに行きますがその日は釧路でした。十一時半に帰って寝ました。以上です」

　進化したロボットを見ているようだ。一月も前のことを正確に記憶して、まるで目の前の原稿を読み上げているようだ。こんな風に毎日の情報がインプットされているのだろうか。どれほど前まで覚えているのか試したくなったが、加賀が次の質問をした。

「校長先生と最後に会われた日はいつですか」

「七月二十五日の午後一時半です」

「その時、校長先生とどんな話をしましたか」

「頑張っているかいと聞かれたので頑張っていますと応えました」

「それ以後、校長先生と会いましたか」

「会いません」

「それはどうしてですか」

　しばらく間があった。

「夏休みは函館の家にいたからです」

「講習や部活動はなかったのですか」

「ありません」

「校長先生のお知り合いや親しい先生をご存じですか」

「知りません」

加賀が村雨を見る。もう良いでしょうと言うことだろうが一つだけ聞くことにした。

「教員の仕事は楽しいですか」

しばらく間があった。

「楽しくありません」

「楽しくなくても教員を続けるのですか」

「そうです」

「それはなぜですか」

またしばらく間があった。

「他にやることがないからです」

村雨はこの人に殺人はできないと確信した。人を殺すにはそれなりの喜怒哀楽が必要で、感情抜きに人を殺すことはできない。しかし目の前の人は冷たいわけではないが、感情の絶対量が不足している。それに加えて何が求められているか理解できない。場の空気や雰囲気が読み取れず、聞かれたことに機械的に反応するだけだ。聴取を終えることにした。

「貴重なお時間有り難うございました。これで終わります」

「はあ」

そう言うと素早く立ち上がり、二度三度ハエのように手をこすり合わせるとぺこりとお辞儀して出て行った。村雨は加賀と顔を見合わせる。何か不思議なものを見た気分だが、笑えるわけでも感動したわけでもない。加賀に言う。

「これで容疑者が一人減った。あの人に殺人はできない。ところであんな聞き方をどこで覚えた」

「親戚に自閉症の従兄弟がいました。小さい頃よく一緒に遊びましたが目が合わず、予定が変わるとパニックを起こして自分の頭をぱんぱん叩きます。独り言をつぶやきながらリズミカルに踊り、子ども心に不思議な従兄弟だと思っていましたが、大学で自閉症スペクトラムの講義を受けて理解できました」

「自閉症スペクトラムとは何だ」

「以前は人とコミュニケーションが取れない子どもを症状で分けていました。落ち着きのない子は多動、特定分野の能力に秀でるが周囲とうまくいかない子はアスペルガー、さらにＡＤＨＤや自閉症などです。彼らの共通点は集団に順応できないことで、そういう子を自閉症スペクトラムとしてまとめました。つまり個々の症状で分類するのではなく、周囲とコミュニケーションが難しいという観点から捉え直したわけです」

「それで何か変わったのか」

「彼らの症状は先天的なもので、教育や習慣づけも重要ですがそれには限界があります。それなら本人を変えるのでなく周りや社会が変わればいい、つまり受け入れ側の体制を変えて普通の人と同じように暮らせるようにすればいいわけです」

「具体的にはどんな風にだ」

「まず彼らの行動や思考パターンを理解することです。お風呂を見てと言うと言葉通り風呂を見つめるだけで、湯加減のことだと理解しません。だから『お湯の温度がちょうど良いか手で触って確かめて』と具体的な指示が必要です。お茶を頼むなら『急須に茶葉とお湯を入れ、三分経ったらお茶碗に注いで持ってきて』という風にです」

「お茶をくれでは駄目なのか」

「何回か繰り返せば分かりますが、最初は茶葉を持ってきます。言葉の意味を正しく理解するには相手の要求を推測しなければなりませんが、彼らはそれが苦手なので行動しやすい具体的な言葉で伝えることが必要です」

「そういう言い方を、こちらが学ぶ必要があるわけだな」

「そうです、我々の学習が必要です。日本の教育は障害者と健常者を分け、耳や目が不自由な子は聾学校・盲学校、手足が不自由な子や精神が遅滞している子は養護学校に行かせました。障害者は早い段階で隔離され、健常者と一緒に生きることがありませんでした。その結果、健常者が障害者に出会ってもおろおろするばかりで何もできません。小さい時から一緒に学んで行動していれば、互いに分かり合えます。それが統合教育の目指す理念です」

「ずいぶん詳しいな」

「一度は教師を目指しましたから」

「そうなのか」

「ただし一度で受かるほど教員採用試験は甘くないです」

「なぜ諦めた」

「父が早くに死んで母子家庭でした。小さな妹もいました」

人にはそれぞれ事情があり、うかつに聞いて後悔することがある。しかしそんな難しい試験に朝井先生は合格している、なぜだろう。

「カントの言葉にコペルニクス的転換という言葉がありますが、コペルニクスは宇宙が動いているという常識を疑い地球が動くのではと考えました。同じように障害者を変えるのでなく、障害者が暮らす社会の側が変わったらどうでしょう。車椅子でどこでも行ける社会が実現したら、足が不自由でも困りません。道路の段差をなくして車椅子が通れるドアにして、車椅子ごとバスに乗れるようにして、身障者用トイレを健常者トイレに併置する。そうすれば障害者も健常者と同じように暮らせる町になります」

加賀は珍しく雄弁だった。

「バリアフリーということか」

「考え方としてはノーマライゼーションで、障害者が普通の人と一緒に暮らす町を作ることです。その実現にバリアフリーが必要です。段差をなくす、点字表示する、横断歩道に音で渡る信号を設置する、盲導犬と入れる喫茶店にするなどですが、残念ながら経済的な理由と差別意識の壁でなかなか進みません」

「障害者が一緒に暮らす町か」

「我々も歳を取ると足腰や目が不自由になって障害を抱えます。障害者が暮らせる町は誰にとっても優しい町です」

「ヘレンケラーの時代はそうじゃなかった」

「障害者は社会のマイナス要因だと考えられた時代です。障害者が結婚して子どもを産むのは負の増大と考えられ、強制的に不妊手術を施されたのは日本だけでありません。しかしヘレンケラーはサリバン先生の教えで、外の世界とのコミュニケーションに成功しました。視覚も聴覚もありませんでしたが世界を理解しました」

「音も色も形もない世界とは、どんな世界なのだろうな」

「世界はそれぞれ違うと思います。犬には犬の世界、蝶には蝶の世界があり、私と村雨係長の世界も違います」

「そうだろうが、互いを理解するために共通点は必要で大事だろう。目が見えるかどうかで世界の理解に大きな差が出る」

「見えなければ別の世界を作ります。コウモリは視覚の代わりに聴覚を発達させて自由に飛び回ります。コウモリが不自由だとは思わないでしょう」

「しかし仕事となるとそうはいかないだろう」

「障害者にもできることがあり、その場を社会が積極的に作るべきです。衣食住が足りても、家にこもっているだけでは人間的な生活とは言えません。社会参加は障害者にとっても大事なことです。係長の身近に障害者はいませんでしたか」

「小学生の時に一言も話さない子がいて、何を聞いても黙って見返すだけだ。嫌な奴じゃないから誰もいじめなかったが、ある日トラックにひかれて死んだ。耳が聞こえなくて後ろから来るトラックに気づかなかった。話さなかったのは発音が変でそれを気にしたらしいが、なぜ親は聾学校に行かせなかった。皆と同じなら発音も気にならなかったろうし、手話を覚えたら役に立つ。それなのになぜ普通学級にいたのか不思議だった」

「親は自分の子に障害があっても、自分の子は普通の子だと思いたいのです。それで無理に普通学級に行かせることがあります」

「障害者の親にならないと分からない心境だな」

「今は特学の子どもも体育や音楽などの実技教科は、普通学級で学ぶようになりました。それは健常者のためにも良いことで、大人になっても障害者を特別視しないし助け方も分かります」

「確かにそうだ。障害者を町で見かけてもどうしたらいいか分からなくて、知らぬふりで行ってしまうことがある」

「統合教育の実施には効率が下がると反対があり、授業の妨げになるとも言われました。効率を優先するとそうなりますが、障害者も社会で生きる権利があります。それなら一緒に学ぶことも当たり前で、障害者とともに生きる社会とはそういうことです。多様な人が共生する社会、それが人類の理想のはずです」

「それは賛成だが、朝井先生が高校の先生でいることはどうだ」

「それは別の問題だと思います。朝井先生は教師の役割が果たせていません。生徒に良いものを与えない教師は指導して、それでも駄目なら現場から外すべきです。それをしないで誤魔化している道教委の責任は重大です」

教員志望だった加賀の言葉には憤りが含まれていた。その時、戸がノックされて教頭が入ってきた。

「どうでしたか」

「教頭先生のおっしゃる意味が分かりました。それにしてもなぜ朝井先生は教師でいられるのですか、そもそもなぜ教師になれたのですか」

　加賀が矢継ぎ早に聞く。怒っている。

「彼は明らかに不適格教師です。そんな先生が全道に何人かいて研修制度があり、朝井先生のことも道教委に申請しましたが、ストップがかかってどうにも出来ません」

「なぜ道教委はストップしたのですか、その制度は道教委が作ったのでしょう」

「ある筋から圧力がかかりました」

　教頭は言いにくそうに答えた。

「ある筋とは」

「内密に願いますが、彼の父は退職していますが少し前まで高校の校長でした。それに親戚に現職の道議がいます。つまりそういうことです」

　どの世界にもあることだが、教師の世界にはあってほしくない話だった。

「採用試験に合格したのもその力ですか」

「それは分かりませんが普通は合格しないでしょう」

　荒俣教頭は仕方ないという風に首を振った。彼も割り切れない思いなのだろう。

「次の先生を呼びますか」

　この話は突き詰めても嫌な気分になるだけで、次の先生を呼んでもらうことにする。五分後、五人目の先生が来た。

「失礼します、入ってよろしいですか」

　背の高い精悍な顔つきの教師が戸を開けて言った。たっぷり日焼けして、顔写真と格言で日めくりカレンダーを作ったテニス選手を思わせる。順番は英語の山川先生のはずだと思いながら座るよう促すと大きな動作で座り、村雨が言う前に話し始めた。

「数学の門馬ですが、この事件、凄いことになってます。こんな事件に遭遇するなんて映画みたいです。何でも話しますから聞いてください」

興味津々だ。門馬和仁先生、数学、三十歳。黒のスーツを着用してネクタイはしてないが休日だからだろう。ほほを紅潮させて目が見開いている。

「名簿では山川先生ですが」

「教頭に山川先生は手が離せないので先に行くよう言われました。まずかったですか」

「いえ、積極的なご協力有り難うございます。では校長先生と最後に会った日のことから話していただけますか」

「はい、最後に話したのは夏休み初日の七月二十五日です。講習を終えて廊下ですれ違う時に『生徒は頑張ってるかい』と聞かれ、『はい頑張ってます』と応えると『そうかご苦労さん』と言われました。それが最後です」

「校長先生に変わった様子はありませんでしたか」

「まったく普通で、いつも通り元気でしたよ」

「そうですか。校長先生はどんな先生でしたか」

「熱い校長でした。赴任した時、生徒のために頑張ってくれと手を握られて選挙の立候補者みたいだと思いました。部活でも授業でも必要なものは何でも揃えてやる、君のような若手教師がうちには必要なんだと言ってくれました」

「親切な校長先生でしたね」

「ええ、いつだったか『付き合ってる女性はいるか』と聞かれて『いません』と答えると『そのうちいい相手を紹介するから、女子生徒には手を出すなよ』と言ってくれて、気さくな先輩という感じでした」

「校長とお酒を飲んだことはありますか」

「歓迎会と学校祭の打ち上げで一緒になったくらいですが、席が離れていて話はしませんでした」

「その他にどのような話をしましたか」

「赴任した時に朝井先生について説明されました」

「説明というと」

「言葉にすると悪くなりますが、使いものにならない先生で早目に異動させるから我慢してくれと言われました」

「それを聞いてどう思いましたか」

「どんな先生か分からないのではいと答えましたが、聞きしに勝る人でした。教員でいられるのが不思議です。授業はできないし仕事もできない、何か頼むと必ずミスして、間違いを指摘しても表情一つ変えず『はあ』と言うだけです。やることはプリンターの用紙交換と図書整理ですが、飲み会になると必ず参加して黙々と食べてます」

思ったことをずけずけ言うタイプだが嫌みはない。

「そうですか。ところで校長先生の知り合いや親しかった先生をご存じありませんか」

「ある道議と飲み友達だと言ってましたが名前は覚えてません。英語の山川先生と町村先生は可愛がられたと思います、二人ともお綺麗だし」

そう言って門馬先生は意味ありげに笑った。

「お二人が校長先生と親しくされる姿を見たことがありますか」

「いえ、ありません。なんとなくそう感じただけです」

ばつが悪そうに言う。

「校長先生とうまくいかない先生はいましたか」

「それは川谷先生でしょう、とにかく校長にケチつけてはバトってました。あの二人は似た者同士だから互いに嫌いだったと思います。負けず嫌いというか男性ホルモンが強いというか」

言わんとすることは分かる。

「夏休みは何をされていましたか」

「七月いっぱいは講習と部活で、午前中は進学講習で午後はバスケットでした。部員が三人しかいなくて寒別高校と合同練習でしたが、大会も合同で参加する予定です。八月半ばからは実家にいました。ところで校長先生はどうやって殺されたんですか」

乗り出すように聞いてくる。

「それは捜査情報で教えることができません」

村雨の言葉にめげずに続ける。

「そうだ、校長の息子さんは私と同い年で東京にいると言ってました。あんたも息子みたいなものだから何でも遠慮せず言いなさいと言ってくれました」

「そうですか、大変参考になりました。これで終わります、ありがとうございました」

門馬先生はもっと話したい様子だったが、礼をすると未練気に出て行った。

時計は三時半を指している、あと一人か二人。

「面倒見が良い校長先生だったんでしょうか」

加賀が言う。

「門馬先生にとってはな。似たタイプだから自分の若い姿を見るような気分だったのじゃないか」

「将来、門馬先生は校長になるか川谷先生になるかどちらだと思います」

「校長に決まってるだろう。計算できる人間は損する道を選ばないものだ」

戸がノックされた。

「失礼します」

やせ気味の小柄な女性教師が入ってくると、二人の前に立って軽くお辞儀する。

「山川愛です、順番を変更して申し訳ありません。模擬試験の綴じ込みがあったものですから」

「気になさらないでください。こちらこそお忙しいところ申し訳ありません、どうぞおかけください」

初めての女性教師で楽しみだが緊張する。

「失礼します」

整った卵形の顔、四十五歳だが十才は若く見える。彫りの深い美人で髪を後ろに束ねている。仕事柄か化粧は最低限に抑え、淡い黄色のスカートから黒いストッキングに包まれた足が伸びている。英語教師、独身、村雨と同い年だ。悪い癖で、四十過ぎの独身女性に会うと理由を聞きたくなる。統計によると四十才独身女性の結婚率は二％で、男が結婚対象と見ないのかそれとも女性が望まないからか。そんな余計なことを考えながら聴取に入る。

「模擬試験と言いますと三年生ですか」

「はい、センター対策模試です。来年センター試験を受ける生徒が七人いますので」

「七人は多いのですか少ないのですか」

「例年に比べると多い方です」

「希望大学に届きそうですか」

「いいえ、それがなかなか成績が伸びなくて。特に英語が苦手な生徒が多くて困っています」

「私も苦手でした。トムやスージーとうまく会話できなかった」

山川先生が何のことかと村雨を見る。ここの教科書にトムとスージーは出てこないらしい。後で加賀が話題にしたら蹴飛ばしてやろう。

「英語が苦手な理由は何ですか」

「中学校の時に苦手になった生徒が多くて家庭学習もやりません。悪循環です」

「そうですか。校長先生も英語だったそうですが、何かアドバイスされましたか」

「はい、優しい先生でいろいろと教えてくださいました。英語の歌や映画の一場面を使ってはどうかと助言していただき大変役に立ちました」

「そうですか、優しい校長先生でしたね」

山川先生が小さく頷く。

「はい、いつも声をかけて気を遣っていただきました」

「英語以外ではどんな話をしましたか」

「海外旅行の話をしてくださいまして興味深くお聞きしました」

「どこの国の話でしたか」

「ベトナム、タイ、フィリピンなどです」

「そんなに行かれていたのですか」

「ええ、旅先で様々な人と出会うのは楽しいと話されていました」

子どもたちの裸体を撮ったり淫らな行為をした事は話していないようだが、当たり前か。

「校長先生と仲が悪かった先生はいましたか」

山川先生は少し考えて首をかしげた。

「特に思い浮かびません。校長先生はどの先生にも公平だったと思います」

無難な受け答えをする人だ。

「もう一人の英語の先生はどうですか」

「町村先生には面倒を見ていただいています。生徒に信頼される先生です」

「校長先生のお知り合いをご存じありませんか」

「いえ、知りません」

「校長先生の趣味や特技などご存じありませんか」

「いえ、知りません」

余計なことは言わない主義なのだろう。見習うべきだ。

「ありがとうございました。もし後で気づいたことがあれば教えてください」

山川先生は頭をそっと下げると出て行った。加賀に印象を聞く。

「感情をあまり出さない先生で川谷先生と対称的です。聞かれたことに正確に答えようとしますが自分の印象などは話しません。知的できれいな方ですね」

「どうして知的と分かる」

「余計なことを言わないのは知的な証拠です。数学の先生と対称的でした」

「人を見てくれで判断するなと警察学校で習わなかったか」

「父に教わりました。もう一つ、泥棒になるなとも言われました」

「シンプルな教えだな。その二つの教えで立派に育ったわけか」

「よしてください、アバウトすぎないですか。普通は弁護士になれとか医者になれと励ますものでしょう」

「気づいてないだろうがお前は頑固だ。親父さんはその事を知って逆効果になるから言わなかった、そう思わないか」

加賀は意外そうに村雨を見る。

「そんなふうに考えたことはありませんでした。私は頑固ですか」

「そうだよ、知らなかったか」

「知りませんでした」

こつこつと戸が叩かれてモデルのような目鼻立ちの美人が入ってきた。背が高くて百七十センチ近い。美人教師を二人も抱える寄別高校がうらやましい。

「失礼します」

自然な仕草で二人の前に立った。堂々とした印象を受けるのは自信があるからだろう。英語科教師、町村瞳先生、山川先生より一つ下の四十四才。底が十センチ以上ありそうなサンダルを履き、デニムのスカートから伸びる長い足を斜めに揃えて座る。教頭情報では小学生の子どもが二人いて夫は寒別高校の教師だ。

「お忙しいところ申し訳ありません」

村雨が言うと町村先生は緊張した面持ちで応える。

「とんでもありません。大変な事になって私たちも戸惑っています」

「できるだけ早く事件を解決したいと思っています。どうかご協力ください」

「はい、私にできることなら何でも」

まっすぐこちらを見て言う。真面目な人なのだろう。

「校長先生と最後に会われたのはいつでしたか」

「事件の前日です。今、私は二年の担任をしていますがＫという手のかかる生徒がいて、この前も学校の自販機を蹴って壊しました。お金を入れたのにジュースが出ないから腹が立ってやってしまったと本人は反省していますが、父親がいかれた自販機を置く学校が悪いとごねて困りました」

いきなり生徒の話に飛んだ。どこで校長に戻るか不安だがそのまま話してもらう。

「それでどうなりました」

「もちろん停学指導ですが、ご両親が凄い剣幕で納得してくれません。校長もほとほと困って収拾つかなくなりました」

「停学にできなかったのですか」

「いえ、生徒指導部長の小石先生がご両親を説得してくれました」

「どんな風にですか」

町村先生は小石先生の話を忠実に再現した。

「お父さんお母さん、聞いてください。私の長男が同級生を殴って呼び出された時の事です。息子は小四でしたが同級生の宮下君に馬乗りになって殴りました。乱暴な子でないのにと驚きましたが本人も認めています。原因は宮下君が次男をからかったことです。次男は自閉症で特学に通っていましたが、登下校に石を投げられるなど嫌な思いをしていました。いつも長男がかばっていましたが、宮下君はしつこくからかう中心人物で、その日廊下にいた次男に水をかけ『きちがい、お前なんか学校に来るな』と言いました。それを通りがかりに聞いた長男が殴りかかり、馬乗りになったところを先生が見つけたわけです。長男が私に『僕が悪いの』と聞くので『殴ったことは絶対に悪い、だから謝りなさい』と言うと、不服そうでしたが謝りました。家に帰ると『神様は不公平だ、タカは自閉症でいつもいじめられる、タカをいじめる奴なんか死ねばいい』と涙ながらに言います。長男は正義感が強い子で、日頃の怒りがたまっていたのです。しかし暴力でいじめは解決できません。私は言いました。『お前が宮下君を殴って死なせたら、宮下君のご両親がお前を殺しに来るかもしれない。お前が殺されたら、父さんと母さんは復讐に行くかもしれない、そうしたら憎しみや悲しみに満ちた人生をおくることになるが、お前はどう思う。それに神様は不公平じゃない。人は悪いことをしたら必ず苦しむ、それが罰だ。だからお前が罰する必要はない』。そう諭しても長男の悔しさは消えないようでしたが、それでも暴力の愚かさは学んだと思います。そのまま大人になり、誰かに暴力を振るって怪我でもさせたら互いの人生が狂います。だから今学校で学んだ方がいい。停学は罰ではなく、本人が気づく時間なのです。分かっていただけませんか」

「小石先生の話でK君のご両親は納得されましたか」

「はい。すっかり冷静になって停学を受けいれてくれました。Ｋには発達障害があってご両親は悩んでいました。中学校でも事件を起こして損害賠償を請求されたことがあり、それでＫの行動を正当化しようとしたのだと思います。ご両親は小石先生の話を聞いて泣きそうになっていました。障害者を持つ親の苦労が、自分たちだけではないと分かったからです。その事を伝えてくれた小石先生に感謝の一言です」

「担任されると様々なご苦労がありますね」

「ええ、しかし苦労と喜びは裏表。あら、これも小石先生の受け売りです。だから今は苦労を楽しんでいます」

「そうですか。その事で校長先生はどうでしたか」

「何度かＫは大丈夫かと声をかけていただき、事件前日もＫの話が出ました。夏休みに家庭訪問したので元気ですと伝えましたが、それが最後でした」

うまい具合に校長の話に戻ってきた。

「そうでしたか。校長先生はどんな方でしたか」

「よく声をかけてくださいました。生徒のこと、授業のこと、子育てのこと。先輩として教えていただきました。ただ女子会に参加されて困ったことがあります」

「女子会というのは」

「本校の女性職員で作る会で、二か月に一度くらいご飯を食べたりお茶します。校長先生が参加したいと言われ一度だけならと招待しました。中間考査の二日目で、夕方、鈴木先生の運転で寒別の中華料理店に行き、校長と女性教師と事務の松本さんの七人で会食しました。ところが校長が酔って乱れた感じになり、私たちの肩を叩いたり足に触ります。それでお開きにしましたが、帰りの車でもカーブする度に私や山川先生に身体を寄せてきて、ただのスケベ親父だとがっかりしました」

町村先生は言いすぎたと思ったのか「でもそういう男の人って多いですよね」と言い、我々も男と気づいて「いえ、皆さんがそうだとは言いませんが」と付け加えた。

「すると女性の先生には評判が悪かったのですか」

「はい、あれから飲み会があっても校長の横には行きません。セクハラで訴えるのも面倒だし、それさえなければ良い校長だと思います」

「先ほど山川先生に話を伺いましたが、そんな話は出ませんでした」

一瞬、町村先生に嫌悪の表情が浮かんだ。

「彼女は大人でマイペースな方ですから」

仲が悪いのだろうか。

「山川先生は先生のことを生徒から信頼される先生と褒めていました」

「へえ、そうですか、では私も褒めなければいけませんね。彼女はミステリアスで好きな仕事は一生懸命やる人です」

やりたくないことはやらないと言っているのだろう。話を変えることにした。

「先生はここで何年目ですか」

「六年目で今や三番目の古株です。一番が小石先生で十年、二番が広瀬先生で七年、そして私です」

「小石先生の十年は長いのですか」

「たぶんここで終わるつもりだと思います。大変な学校ばかり経験された先生で、いるだけで学校が落ち着きます。漬物石みたいな存在で困ったら小石先生に相談します。だからみんなの先生です」

「普通その役は校長や教頭がやるものではないのですか」

「そうでしょうが、頼りになる先生が身近にいれば相談します。管理職は二年でいなくなるし我々とは生徒を見る観点が違います」

「川谷先生は小石先生より年上ですが相談しないのですか」

「川谷先生は校長と争ってばかりで子どものけんかみたいです。校長にものを言えるのは自分だけだと息巻いてますが仕事は今一つです。頼りにならないし話がくどくて、そんな感じです」

二人の評価に大きな差がついた。

「校長先生のお知り合いや、揉めたりした方をご存じありませんか」

「校長の知り合いは知りません。揉めたのは川谷先生くらいで、それ以外トラブルは無かったと思います」

「そうですか、有り難うございました。また何かありましたら聞かせてください」

「あら、もう終わりですか。もっと根掘り葉掘り聞かれるのかと思っていました」

そう残念そうに言い、名残惜しそうに出て行った。加賀に聞く。

「どうだ」

「山川先生は牡丹で町村先生はバラです。お二人とも良い感じの熟女ですね」

苦笑するしかなかった。何と言うか考えていたのだろう。

七人の聴取が終わった。あとの三人は明日で終わりそうだ。

「聴取内容をまとめておいてくれ。明日、太田班と情報交換だ」

「分かりました。明日の朝までに仕上げておきます」
収穫はなかったが予想通りで落胆もない。太田班はどうか、署に戻ることにする。

## 7

女は男の枕元に座り、男がぐっすり眠っていることを確かめた。後ろ手に手錠をかけたままいびきをかいている。顔は左を向いて口が開き、口元に白く唾がかたまっている。頭頂部の赤黒い地肌が透けて見える男は道立高校の校長で、職場では二十人の教職員に指示を与え、全校集会で百人以上の生徒に訓示する。部下には厳しい口調で話すが、女好きで女性教師には優しいと自分では思っている。小さな高校といえども社会的地位はそれなりのもので、さらに上に立つことを夢見て退職後の叙勲を楽しみにしている。社会にありがちな俗物で、小さな罪は幾つも犯すが大罪を犯すだけの度胸と力は無い。自己評価はむやみに高いが、その根底にあるものは過去のつまらない成功で、それも人を踏み台にしただけである。

この男から校長の肩書きを取ったら何が残るだろう。酒に酔って裏金の話をするが自分は関係なかったと嘘をつき、生徒に正義や正直を説くが自分は実践せず、熱血教師のふりをして校長になった。道教委の意に沿って学校を動かし、上の者にごまをすって校長会の会長になることを夢見る男。一度も神と話したことがなく、話そうともせず、欲望達成に生きるだけの男である。英語を少し話せることが自慢だが、原書でシェークスピアもヘミングウェイも読んだことがない。哲学書の一つも読まず、飲み食いと色事と出世が生きがいの男だ。この男は私の身体をいたずらに弄んだ罰のため生贄とならなければならない。女はバッグからアイスピックを取り出した。長さ十五センチほどの鋭く伸びた鉄の刃は、心臓に届くには十分である。手で男の背中を探った。左の肩甲骨の終わりから少しだけ右に降りたところ、そこに抵抗なく刺さる部分があり指で確かめた。男は探られてもぴくりともせず眠り続ける。女は玄翁を右手に持って男の横に正座した。左手にアイスピック、右手に玄翁、その姿は呪いをかけるようにも見える。男の皮膚にアイスピックの先をそっと乗せると、背中に大小七つの黒子が見えた。人間には必ず黒子があるというが、その人の運命でも表しているのだろうか。

女が玄翁を軽く振り下ろすと、アイスピックは手応えも無く身体の中に潜り込んだ。びくんと一度男の身体が痙攣して口が開き、奇妙な声が漏れて首がぐっと後ろに持ち上がる。閉じていた目がかっと開き、何か叫ぼうとするが言葉が出てこない。手錠に緊迫された手が激しく動き、背筋運動のように弓なりになり、その姿勢で足をばたつかせた。それから足が動かなくなり、身体が二度痙攣して目が閉じ、背中の緊張がとれて静かになった。男の五十五年の人生は数回の痙攣と硬直と弛緩で終わった。女はその死体を見ながら、生きている時と同じだと思った。本人が気づかなかっただけで、実は生きながらにして死んでいたのだ。手錠を外してバッグに入れた。あとは浄めるだけである。女は台所に行ってフライパンをコンロに乗せ、サラダ油を注いでティッシュを二枚まるめて入れ、点火スイッチを回した。テーブルにある自分のコップとおちょこを洗って片付け、テーブルを拭く。一連の迷いのない行動を終えると、女は身なりを整え、忘れ物が無いか確認した。座布団の横にある男のケータイと財布をバッグに入れ、自分のものが何も残っていないか再度確認する。あったとしてもどうせ燃えてしまう。玄関に行って靴を履き、少しだけ戸を開けて外を見る。誰もいないことを確かめると、女は素早く外に出て足早に闇に消えた。

# 第2部

# 8

摩耶は五歳で孤児となったが、摩耶を引き取る親戚は誰一人としてなく、寄別に一番近い慈愛院という孤児院に入ることになった。慈愛院は運営全てが寄付金と補助金で賄われる孤児院で、就学可能な幼児から高校生までの女子が生活する施設である。小学部・中学部・高等部の三つに分かれ、子ども達はここで生活して学校に通う。日課と規律は細かく決められ、団体生活の中で社会性を身につけ、高校を卒業すると自立して自活することになる。児童数は三十五名で職員は七名、別に給食員が二名と校務補が一人いる。慈愛院は地元の名士である豊山一郎が作った社会福祉法人で、理事長、副理事長、院長を一族で独占し、副院長だけ実務に長けた退職校長を迎える。

豊山一郎は戦後の建設ブームに乗り、親から引き継いだ建設会社を大きくした人物だ。さらに系列会社を次々に増やし、今では七つの会社を経営して巨大な財を築き、道東の田中角栄とも言われた。どれだけ儲けたかはその邸宅を見れば分かる。五百坪の土地に邸宅と別邸と庭園と池を設け、高さ二メートルの石塀で囲った。池にはちゃんと鯉がいて、庭師が剪定のついでに面倒を見ている。五十才を過ぎた辺りで政治家を志して町長を一期やり、その後、道議に転身して一度は道の知事候補になった男だ。豊山一郎は地元住民を率先して自分の会社に雇用して、さらに国や道から委託される町の土木工事や道路工事を一手に引き受け、その支配力を高めて町の支配者となった。住民の多くは豊山一郎を崇めて様々な頼み事を持ち込むようになり、一郎もそれに応えて次期衆院選に立候補することを決めたのである。上京して何度も政権与党の幹事長に巨額の政治献金を渡し、公認の約束を取り付け、立候補すれば当選間違いなしと言われた。還暦を迎えて本体の豊山建設とトヨヤマ工業の社長に長男を据え、豊山コンクリートとトヨヤマ重機、トヨリースは次男に継がせた。さらに一郎の兄をトヨヤマ鉄工の社長にして、自分は政治に専念することにしたのである。

一郎は妖怪のような者たちが跋扈する国の政界にひどく興味を持った。権力に吸い寄せられて合従連衡を繰り返し、虚偽と画策と裏切りに明け暮れる権力亡者の世界。権力とは不思議なもので、形も色も味もないのに魔術のように人を引き寄せ、一度発動すると巨大な波となり何もかも呑み込んでしまう。その権力を巡っての駆け引きは事業とは異なるスリリングさで、一瞬の油断や判断の遅れが致命傷になる世界だ。佐藤家や小泉家、さらに鳩山家のように何代にも亘り政権の中枢にいる一族がいれば、田中角栄のようにぽっと出の政治家もいる。長らくこの世界にいると財界の大物、さらに宮家とも複雑な関係が生まれ、民衆には見えない上流社会が形成されるのだ。豊山一郎はその一画に食い込むことを晩年の目標としたのである。一郎は政界デビューが遅すぎて、自分が権力の中枢に座ることはないと分かっていた。しかし大学を卒業して立派な後継者に育った息子たちは違う。自分が何期か議員をやった後、どちらかを後継者に指名して地盤と看板を継がせる。三十代で政界入りすれば未来の大臣や総理の座も夢でなく、もし息子が総理大臣にでもなれば豊山家は不滅の存在となる。それは権力の中枢から遠ざけられた北海道の長年の夢でもある。九州は南端の鹿児島まで新幹線が敷かれたのに、北海道はやっと函館と札幌間が開通しただけだ。バブル崩壊の時に真っ先に潰された北海道拓殖銀行や全国に先駆けて財政再建団体とされた夕張市。いつも北海道は見せしめにされたが、それも権力の中枢に実力者がいなかったからだ。資源と食料供給地としてこれほど内地に貢献してきたのに、あまりにひどい仕打ちを受けた。これからの北海道には田中角栄のような人間が必要である。

そんな一郎だが一つだけ悩みがあった。長女の留美子である。生まれつき可愛げがなく、誰にも好かれない娘だった。丸太のような身体だが目が細くつり上がり、巨大なキツネを思わせる顔だった。幼少時から疑い深く、そのずる賢さは群を抜いた。一度池の鯉が何匹か死んだことがあり、どうしたのかと思ったら留美子がエサを求めて口を開ける鯉に太い針金を突き刺し、痛がって悶える姿を楽しんでいた。見つけて叱ると、母から貰った大切な人形を池に落としたら鯉が呑み込んだので捜していたのだと言う。叱るに叱れず有耶無耶にしたが、留美子が人形で遊んでいる姿など一度も見たことがなかった。IQが高くて見たことは一度で覚えるが、二人の兄と違って真面目に勉強しないので成績はいつも下位だった。しかし本人は成績など気にせず、クラスの弱い者をいじめては喜んだのである。高校生になる頃には身長百七十五センチ体重百二十キロの巨体となり、体格の良い男子でも弾き飛ばした。これで愛敬があればまだしも、人を支配して自分の思い通りに操ることが好きで、何人ものクラスメートがいじめの犠牲者となった。一度に数人が学校を辞めて問題になったことがあるが、この時は一郎が金を積んでもみ消し、何とか卒業にこぎ着けたのである。そして名前さえ書けば合格する札幌の短大に入れ、毎月三十万円を仕送りして平安を得た。しかしその後、何度も金の催促が来て、三十万円で足りない生活がどのようなものか恐ろしくて聞けなかった。母親は留美子が三歳の時に他界して、それが不憫で一度も叱らず育ててしまい、それが悪かったと後悔したが遅かった。何があったのか留美子は二十六歳で札幌から突然戻り、その扱いに困ることになる。一郎は後妻をもらわずマンションに愛人を囲っていたから、留美子が家にいるのは問題なかった。問題は家政婦をこき使うことで、二人の家政婦はたちまち辞め、その後何人か雇ったが一か月ともたなかった。一郎は留美子に仕事をさせようとしたがパソコンも経理もできず、苦肉の策で慈愛院の院長にしたのである。職員管理と子どもの生活指導は副院長の小島に任せ、留美子は名前だけの名誉職の予定だった。ところが案に相違して院長職が気に入り、熱心に仕事を始めたのである。

慈愛院はキリスト教の精神で運営される施設だが、一郎はクリスチャンでも何でもない。ある仏教系の団体に対抗してそうしただけのことだが、一郎の政治的手腕と旭川の高名な作家を講演に招いたことで、全国のクリスチャンや教会から寄付金が集まるようになった。国と地方自治体からは補助金を引き出して必要以上に運営資金を賄ったが、留美子はこれに目をつけて経理を担当するようになった。すると意外な能力を発揮して寄付金も補助金も前より集め、慈愛院の金の全てを留美子が取り仕切るようになったのである。一郎が仕方なく目をつぶると留美子は副院長の小島を切り、職員を総入れ替えして院の方針まで変えた。新しい方針は厳罰主義とできる限りの節約で、それを職員に徹底したのである。食費と光熱費をとことん切り詰め、それまでの三分の二に減らして年間三百五十万円を浮かせた。食事があまりに粗末になり、給食員の一人が増額を申し出るとすぐに解雇された。その後、その女性が院の職員と不倫して妊娠したとの噂が立ち、町を出ざるをえなくなった。

院の方針を決める時、留美子は子ども向け聖書物語を読んだが、最後まで読むのが面倒で旧約聖書のところでやめた。神が人々に罰を与える神であることに満足して、愚かな子どもを従わせるため罰による支配を実行したのである。職員全員に慈愛棒という樫の棒を持たせ、命令に従わない子どもは容赦なく叩かせて一切の反抗を許さなかった。留美子の口癖は「お前なんか地獄に落ちろ」で、そう言われると子どもだけでなく職員も絶望的な気分になり、留美子のような口汚い鬼が地獄で待っている恐怖に襲われた。子ども達は何かにつけて罰せられ、寝坊、遅刻、忘れ物、けんか、笑い声、目つきまでが罰の対象となり、職員の気分一つで棒が叩きつけられた。ただし出血しない部分と外から見えないところだけ狙われ、職員は互いの叩き方の巧さを競った。どんな小さなミスでも尻や太ももさらにふくらはぎに慈愛棒が振るまわれ、子ども達は毎日を怯えて暮らした。叩かれなかった日は神に感謝して、その意味で院は神の支配下に置かれたことになったのである。叩くことを嫌う職員は留美子に叱責され、それでも従わないと解雇された。

小島の後の副院長に武田という男が据えられた。世の中には人をいたぶって喜びを感じる人間がいるものだが、まさに武田はそんな男だった。おべんちゃらのうまい四十男で、強い者に愛想を振りまき弱い者には残酷に振る舞った。妻子持ちで丸顔の愛嬌ある顔だが年上の妻に相手されず、その鬱憤を晴らすのが楽しみだったのである。武田は留美子の手足となって動き、留美子と武田は七人の職員を呼び捨てにして、給食員二人はおい呼ばわりした。誰もが留美子を恐れ、留美子はその恐怖を自分への畏怖と尊敬として満足した。職員の本来の仕事は子どもの世話だが、留美子が院長になってから罰することに変わった。院の勤務は夜勤もあって明らかに労働基準法に違反したが、誰も文句を言わなかった。留美子に逆らうことは豊山一族に逆らうことで、町にいられなくなることを意味したからである。摩耶が入所した時、留美子は四十三歳で慈愛院を完全に私物化していた。身体はさらに巨大化して周囲を圧倒し、目は肉に埋もれて一本の線と化して笑っているように見えた。しかしそうでないことを知る者は、少しでも近づくことを恐れた。ことある毎に留美子は「お前たちの仕事は生徒を罰することだ」と職員に訓示したが、それは職員の上にいる自分の仕事はお前たちを罰することだと間接的に言っていたのである。

入所して間もなく摩耶は小学校に入学したが、孤児になった淋しさを慰められることもなく、慈愛棒の洗礼を受けて笑わない子になった。慈愛院の子どもは叩かれないことに全力を注いだので、猛禽に脅えるウサギのような子どもになったのである。キリスト教の愛の名で運営される慈愛院だが、実は愛のひとかけらもない場所であり、摩耶は年を取るにつれてその恐ろしさを知ることになった。

入所して一年後、摩耶より一つ年上の川端祥子がおもらしした。夜に風邪薬を飲んだせいで眠りが深く、夢でトイレに行ってしまったのである。報告を受けた武田は祥子の尻を十回叩き、はさみを目の前にふりかざして次は髪を切ると脅した。想像力が豊かな祥子は唇が青くなるほど震え上がり、三日後に再びおもらししてしまった。パニックを起こした祥子は院の庭の汚い池に飛び込み、大量の水を飲んでしまった。職員に助けられて救命措置を受けたが、十日後に肺炎で死んだ。院長の留美子は子ども達を集め「国民の貴重な税金で買った布団を汚した罰が下ったのだ。お前たちはそんなことがないよう気をつけろ」と訓示した。

摩耶が八歳の時、中学部の田中綾が就寝時間に本を読んで見つかった。武田は子ども達に寝るように脅しつけると綾を舎監室に連行した。一時間後、真っ青な顔で戻った綾に高等部の本田真由子が「大丈夫、綾ちゃん」と聞いたが、綾は何も言わずベッドに入った。それから何回かお仕置きと称して武田に連れて行かれ、綾は一か月後に院を飛び出したのである。その後、死んだとの噂が立ったが真偽は分からないまま終わった。

九歳の時、文部省の役人が視察に来ることになり、生徒たちは一月も前から院の掃除をやらされ、歓迎の挨拶を繰り返し練習した。小六の菅野和美が「今日はお忙しい中、お越しいただきありがとうございます。どうか今日はこの院と私たちの生活をご覧になってください」と最初に挨拶する大役に当たった。

その日は朝から日差しが強く、玄関先で立ったまま三十分以上も待たされた生徒は疲れていた。文部省の役人と地元議員二人が黒塗りの車で現れ、院長と職員が総出で出迎える。三人の男が生徒の前に立ち、和美は一歩前に出たが声が出ず、それどころか緊張と疲労でばたりと倒れてしまった。それを見た文部省の役人が驚いて言った。

「大丈夫かなこの子たち。ちゃんと食事しているのかな」

それを聞いた留美子の顔が青くなりそれから赤くなった。

「ええ、ええ、もちろんですとも。この慈愛院は決められた以上のカロリー豊かな食事を出してます。子どもたちの健康を第一に考えていますから、風邪もひかないし健康ですの。みんなとても元気に過ごしていますの」

そう言うと役人に背中を向け、子どもたちを鬼のように睨みつけた。皆、あまりの恐ろしさに顔を下に向けた。役人たちはホームを一巡し、全員で帰る車を見送った。車が見えなくなると留美子はどすどすと足を踏みならして院に戻り、菅野和美が寝ている保養室に入ると慈愛棒で殴り始めたのである。そこにいた職員は恐怖を感じてすぐさま外に出た。保養室から激しい泣き声とごめんなさいと謝る声が聞こえたが、しばらくすると声がしなくなり殴り続ける音だけが聞こえた。その日から和美はいなくなり、武田が菅野さんは病気で入院したと説明したが、二度と慈愛院に戻らなかった。

摩耶が十歳の時、最年長の本田真由子が摩耶のところに来て言った。本田は中学二年生の時に交通事故で両親を亡くして入所したが、院では珍しく批判的精神を持つ子で、摩耶や小さい子の面倒を見るお姉さん的存在だった。

「摩耶ちゃん。あなた武田に目をつけられたみたいだから気をつけて、どんなことも失敗しないようにしてね。それからできるだけ私と一緒にいて」

摩耶は本田の言うことがよく分からなかったが、言われたとおりにしようと思った。気をつけていると武田が執拗に見て、見ぬふりをしながら横目で見るのが分かった。それは蛇が獲物を付け狙う目で、摩耶は子供心に恐怖を感じ、愛きょうある顔の武田だが実は鬼が人間の面をかぶっているのだと思った。ある日の夕食、摩耶は隣の美智子と禁止されているおかずの交換をした。美智子が摩耶のリンゴをほしがったので代わりにコロッケをもらったのだ。素早くやり見つからなかったと安心したが、就寝時間になって武田が来て言った。

「夕食の時に禁止されたおかず交換をした者がいる。自分から名乗り出て舎監室に来ること。誰も名乗り出ない場合、明日の夕食は全員半分にする」

そう告げて出て行った。

「誰よそんなことしたの、ただでさえ少ないのに半分にされたら死んじゃう。名乗り出なさいよ」

中学部の金田春代が言い、そうだそうだと声が上がった。摩耶と美智子が起きあがると本田真由子が言った。

「二人とも行かなくていいよ、半分にしたら学校の先生に言いつけるから。だから摩耶も美智子も行かなくていい」

「だけど学校の先生に言ったって何もしてくれないよ」

金田が言い返す。

「それでもいい。行ったら何されるか分からないから行ったら駄目」

それで金田は黙ったが、摩耶と美智子は目を合わせて行くことにした。慈愛棒は痛いが我慢しようと思った。自分たちのせいで給食が半分になったらいじめられるかもしれない。高等部の女子が見てないと中学部の子どもは小学部をいじめる。

「大丈夫です、行ってきます」

そう美智子が言って、二人で舎監室に行くと武田が待っていた。

「ごめんなさい。私たちがやりました」

美智子が言うと武田は摩耶を睨み付けた。

「よし、美智子は正直に言ったから帰っていい。摩耶だけ残れ」

「いえ、二人の責任だから一緒に罰を受けます」

そう美智子が言ったが、素直に戻らないと給食を半分にすると脅されて帰った。摩耶一人が舎監室に残され、武田が摩耶を睨みつけると慈愛棒を手にして命令した。

「よし、四つん這いになってこちらに尻を向けろ」

摩耶は言われたとおりの格好になって目を閉じた。武田は摩耶のパジャマに手をかけて膝まで下ろし、パンツにくるまれた摩耶の尻めがけて慈愛棒を打ちつけた。摩耶は声を出さぬよう耐え、打擲は十回で止んだ。すると武田がパンツの上から「痛かったろう」と触り「どれだけ腫れたか見てやる」とパンツを下げた。武田は尻をなでながら言った。

「少し腫れたみたいだな。仕方ない薬を塗るからそのままじっとしてろ」

何かひんやりした物が何度も尻に塗りつけられ、指が摩耶の性器や尻の狭間にまで届いた。変な感じはするが痛くなくて良かったと思った。その時ドアを強く叩く音が聞こえた。

「本田真由子です。摩耶ちゃんを迎えに来ました」

武田はびくっとして「ちっ」と舌打ちすると摩耶のパンツとパジャマを戻した。

「よし、帰っていいぞ」

膝が震えたが何とか立ち上がり、ドアを開けると真由子がいた。摩耶を見ると何も言わず抱きしめて連れて帰ってくれた。摩耶が慈愛院にいた五年間に何人もが理由も分からずいなくなった。院に入った子どもは例外なく栄養不足で血の気のない顔になり、小学部の子どもが生理になることはなかった。園長の留美子は財布の中身を増やすことに専念し、子どもの健康には無関心だったのである。院の子どもは人の愛と食い物に飢え、ひたすら身の安全を願って院を出る日を夢見た。しかしそんな摩耶の生活を変える日が来た。

ある日の夜、突然留美子が慈愛院に車で乗り付け、就寝準備する子どもを監視していた武田が飛び出して出迎えた。間もなく武田を従えて留美子が現れ、子ども達に話した。

「五日後だが、院に多額の寄付をくださる相川夫妻がお見えになる。寄付がどのように使われているか視察するためだ。お前たちの態度一つで寄付金が変わるかもしれないから、精一杯準備してお出迎えしろ。前のような失敗は許されないからな、分かったか」

留美子に睨まれて生徒は頷いた。寄付が増えたところで生活は変わらないが、文部省の役人のことが頭に残っている。話し終えると留美子は舎監室に行き、武田は子どもたちが寝るのを見届けて留美子の所に行った。しばらくすると、高等部の竹中富子がむくりと起き上がった。

「どうしたの」

本田真由子が聞くと富子が言った。

「何を話してるか聞いてくる」

「やめなさい。見つかったらどんな目に遭うか分からないよ」

「大丈夫、今日は武田一人だもの。あいつ鈍いし、私、忍び足が得意だから」

皆の心配をよそに出て行って十五分後、富子は無事に戻った。皆が富子に顔を向けた。

「最初はホームの経営とか食事の話だったけど、途中から院長が変な声で唸り始めた」

真由子がどんな声かと聞くと、苦しいような唸るような声だと言い、びちゃびちゃと変な音も聞こえたと言った。聞こえるのは院長の声だけで、最後に大きく叫んで止んだと言った。すると真由子が皆に寝るように言い、この話は二度としてはいけないと言った。その後、何度か留美子が来て武田と舎監室にこもった。ドアには頑丈な鍵がかけられて、中から留美子の象のような唸り声が聞こえてくるだけだった。


子ども達が教師や役場に院の実情を訴えることはなかった。そんなことをしてもどうにもならないと知っていたからだ。毎日叩かれてあざが絶えず、いつの間にか誰かがいなくなる。ご飯は少なくておかずはみすぼらしくおやつは一切ない。お風呂は週に二度だが掃除は毎日で、ひどく劣悪な生活だがどうしようもなかった。それが当たり前だと思い、子ども達は高等部を卒業して独り立ちする日を夢見た。子ども達の願いは無事に院を出ることで、出たらどこか知らない遠い町へ行き、二度と院の日々を思い出さないことだった。

留美子の話があってから五日後、相川夫妻が慈愛院を訪問して摩耶に出会った。相川夫人は痩せこけた摩耶を一目見て気に入った。それは摩耶が誰よりも可愛くて額に知性が溢れ、人形のような整った顔をしていたからである。

「あなたはここを出て普通の家で暮らしてみたいと思わない」

相川恵子がそう申し出ると摩耶が言った。

「院長先生に了承していただけるなら、普通のおうちで暮らしてみたいと思います」

院長が横にいるのでそう言ったのだが、その気遣いに相川夫人はいたく感動した。

「天使のような子」と相川恵子は夫に語り、是非自分で育ててみたいと頼んだ。相川武彦は妻の申し出に驚いたが、これで自分への関心が薄れ、夫婦関係が改善されるかもしれないと思って同意することにした。子どもができない恵子の良いおもちゃになる、そんなことを女の子の可愛い顔を見ながら思ったのである。

「子どもが一人減ると補助金が減ってしまいますのよ」

そう留美子がずるい表情で抜け目なく言うので、見てくれ通りがめつい女だと思いながら、武彦は寄付の増額と女の子を引き取りたい旨を伝えた。すると留美子は二つ返事で了承した。留美子は美しいものが大嫌いで、特に美しい女性は皆死んでしまえと思っていたから、痩せこけても美しい摩耶が目障りだったのである。

一週間後、相川夫妻が再び慈愛院を訪れて摩耶を引き取った。摩耶は粗末な服のまま車に乗ったが、乗る前に建物を振り返り、全部燃えてしまえばいいと思った。何もかも神の火に包まれて院長や武田、他の職員も全員焼け死んでしまえ、そう強く念じながら院を去った。五才だった摩耶は十才になっていた。

# 9

八月二十日、土曜日夕刻七時、二回目の捜査会議が開かれた。地取班から不審人物の情報はないと報告されたが、周辺住民の聴取は始まったばかりだ。鑑取班からも有力な情報はなかった。取り敢えず町の飲み屋、保険屋、銀行、ガス屋、灯油店、出入りの宅配便などに当たるが、過去に遡っての調査はこれからである。チャイルドポルノを担当する釧路の刑事から該当国はタイとベトナムで、複数で遊んでいる動画があり、今後、国内のポルノサイトで同じものが出回っていないか調べると語られた。鑑識班から幾つか指紋は出たがデータバンクになく、今後、先生方との照合が必要になると述べられる。村雨も高校教師からの聞き取りで、犯人につながる情報は今のところないと報告した。課長から引き続き有力な手がかりを探るよう訓示され、次の会議は二日後、月曜の十九時と告げられて解散した。

村雨は高校班を集めて情報交換するが、校長と大きなトラブルを抱える教師はなく、校長につながる不審人物も出なかった。太田刑事が「複数の先生から川谷先生が校長と口論していたと聞いた」と報告し、村雨が「組合員と管理職のバトルで事件に発展するものではないようだ」と応じた。村雨班も太田班もあと三人だが、混乱を避けるため明日で終わらせたいところだ。

「これがプロの仕業だとしたら、すでに日本を出たかもしれんな」

太田刑事はあくまでプロの犯行と考えている。

「それはそれで仕方ないので、我々はやれることをやりましょう」

村雨がそう言って打ち合わせが終わった。帰り際に加賀が来る。

「係長は外国人の犯罪だと思いますか」

「あり得るが明らかに外人と分かる人物なら目立つ。やるとしたら日本人と見極めがつかない奴だが、とりあえず手がかりがない。もう一度犯行について考える必要がある」

そう言って家路についた。捜査の九十九パーセントは徒労に終わるが、その九十九パーセントを潰さなければ一パーセントが浮かび上がらない。キリギリス一匹掴まえるのに周りの草を根気よく踏むのと同じで、それを知っているから捜査員は誰も文句を言わない。今日一日で教師の一端に触れたが、学生時代に思っていた教師像と違う。完成された大人を想像したが、実際は様々な感情を持つ生身の人間だった。生徒の時は教師のプライベートなど考えたことがなく、先生が土日の部活に来るのは当たり前と思ったが、何も知らず生意気な文句を垂れて申し訳なかったと思う。明日はどんな話が聞けるかと思いながら家路についた。

## 10

タクシーと飛行機と運転手付きの自家用車を乗り継いで神戸の相川家に着くと、そこは鉄の門がある大きな白い家で、二人のお手伝いさんが出迎えてくれた。

「さあさあ、いらっしゃいまし、お疲れ様でございました」

年を取ったお手伝いさんがそう言い、もう一人がお母さんの荷物を受け取った。大きなドアを開けて入ると明るい照明がついた広々とした玄関で、靴のまま居間に入った。吹き抜けの部屋の真ん中に大きな皮のソファと大理石のテーブルがあり、壁には摩耶よりも背の高い柱時計や不思議な形のお酒が並ぶ大きな棚があった。天井にはシャンデリアがあって、ガラスの大きな粒がキラキラと輝いている。摩耶が不思議そうに見ていると、お母さんが手を取って家の中を案内してくれた。一階にはお父さんとお母さんの寝室、お父さんの書斎、お茶を点てる和室、対面式のキッチン、ジャグジー付きのバスルーム、お手伝いさんの休憩室があり、緩やかにカーブする階段を上がった二階には広いテラスと四つの洋室があり、どの部屋にも立派な絵が飾ってある。その一つが摩耶の部屋で、おずおずと入ると濃い緑の絨毯が敷かれ、まるで野原にいるような感じがした。正面の大きな窓には白いレースとピンク色のカーテンがかけられ、右の白い壁に一時間ごとにディズニーの主人公たちが現れて踊るからくり時計があり、その下に両袖机がついた大きな木の机がどっかりと座っている。反対側の壁に摩耶が五人くらい眠れそうなベッドがあり、見るからにふわふわの布団がかけられ、その上に子供用の服が置いてあった。少し離れたところにカーテンで仕切られた服を掛けるスペースがあり、何十着も掛けることができそうだ。入り口の壁にはがっしりとした本棚があり、真ん中の列にだけ何冊かの本が並んでいて、それ以外の列は空いている。するとお母さんが摩耶に言った。

「摩耶ちゃん、子どもが読める本だけここに持ってきたのよ。もっと読みたいなら、きっとお父さんが買ってくれるわ。日当たりが良いからここをあなたの部屋にしたのだけど、気に入るかしら」

本当にここで生活することができるなら夢のようだと思った。映画でしか見たことがないような部屋で、お金持ちのお嬢様が暮らすとしたらこんなお部屋なんだろうと思った。

「さあ、疲れているだろうから少し休むと良い。三時になったらベッドに置いてある服に着替えて下に降りておいで。皆でおやつを食べよう。それが三人揃っての最初の食事になるからね」

お父さんがそう言って、二人は下に降りた。一人になって外側に突き出た窓から外を眺めると、何本かの木と私が知らない黄色い花が見えた。塀の外には大きな住宅が建ち並び、それぞれが塀で囲まれた一つの独立した空間になっている。北海道の家には塀がないので不思議な気がした。ベッドにある服を手に取ると、白いレースの飾りがついたワンピースと絹の靴下と赤いエナメルの靴だ。それを着て窓の前に立つと自分の姿がうっすらと映り、本当のお嬢様がいるように見える。どうしてそうなったのか分からないけれど、私は今日からここでお嬢様になるのだと思った。

数日が経つ頃には摩耶は様々なことを理解した。慈愛院では食事時も勉強する時も職員が後を歩き、姿勢が悪いだけでぶたれたがここでは誰もぶたない。お手伝いさんは私のことをお嬢様と呼び、いろいろと気遣ってくれる。お父さんとお母さんはとても優しくて、来た日に大きなイチゴと白いクリームがたっぷり乗ったショートケーキをご馳走してくれた。こんな美味しいケーキは初めてで涙が出たが、そんな私を見てお母さんが「可哀想」と抱きしめた。三日目、七階建のデパートの子供用の服を売る店で、フリルがついた赤いスカートや白いブラウス、キティちゃんの靴下やディズニーのパジャマを買った。きらきらした飾りがついた黒いドレスを着ると、お父さんがとてもよく似合うと褒めてくれて、鏡には外国人形のような自分が見える。それからレストランに行き、ナプキンをつけて予約席でコース料理を食べた。次から次へと料理が出て、最後のデザートは宝石のような真っ赤なイチゴがちりばめられたタルトというお菓子だった。お店の人がお皿に切り分けてくれた時、本田真由子さんの顔が浮かび、いつも私を守ってくれた真由子さんにこのタルトを食べさせてあげたいと思った。

お礼の一言も言わずに院を出てしまったが、もう一度どこかで会ってちゃんとお礼が言いたい。あと半年で本田さんは慈愛院を出るが、どこへ行くのだろう。

私が通うことになった三愛小学校は小中一貫の私立校で、格式が高く医者や弁護士、政治家や重役の子どもたちが通う。生徒はおとなしくて礼儀正しく、先生方は大人に話すように接してくれる。摩耶さんとさん付けで呼ばれた時はとても良い気分だった。算数や国語の他にキリスト教の授業があり、週二回、シスターがキリスト教にまつわる様々な話をしてくれて、神の愛や隣人愛、マザー＝テレサや世界の貧困、キリスト教の伝来や殉教のことなどを教えてくれる。この前は三浦綾子先生の小説を紹介してくれて、私は感動していつか北海道にいる先生に会いに行こうと決めた。

新しいお母さんは熱心なクリスチャンで、私がシスターから聞いた話をするととても喜んでくれる。いつか摩耶ちゃんも洗礼を受けてクリスチャンになるのよ、その時までしっかりキリスト教を信仰して洗礼を受けなさいと言ってくれた。私が早くクリスチャンになりたいと言うと、お母さんはもっと信仰を深めてからでいいのと言った。私はキリスト教の神は本当に素晴らしい神だと思う。平等に愛を注ぐ神、太陽のように人々を見守る神、そして何よりも強く邪悪な霊を退治する神。私はここに来て初めて神様の本当の姿を知った。慈愛院の院長はいつもこう言った。

「孤児のあんたらの面倒を見る職員に感謝しな。お金がないあんたらを世話して飯を食わせ学校まで通わせる、それがどれだけ大変なことか分からないだろう。本当ならお前たちなんか野垂れ死にするところだ。それを忘れずに感謝しな。世話する職員に逆らったら容赦しないよ、地獄に落ちると思え。いいかい、神様はずっとお前たちを見ていて、お前たちの我が儘を見過ごさないし許さないからね。分かったか」

慈愛院で教わった神はいつも私たちを見張って罰を加える神だったけれど、シスターやお母さんが語る神はまるで違う神だった。慈愛院では「お前たちが孤児になったのは前世で悪いことをしたからだ」と言われて怯えて暮らした。自分が悪いのだから仕方ないと下ばかり見て過ごしたが、ここに来て初めて空が美しいと思った。青い空の下で幸福を手に入れることができたのは、きっと神様のおかげなんだと思う。神様は私のことをずっと見守っていて、助けてくれたに違いない。

私は自分の部屋の本をすぐに読んでしまい、もっと読みたいと言うとお父さんが書斎の本を読んでも良いと言った。お父さんの書斎には偉人伝や歴史物、経理と経営の本、ルパンやホームズの推理小説や探偵物、日本の古典、日本と世界の現代の名作、そしてSFまである。私は夢中で読んで不思議な世界にのめり込んだ。さらに学校の友人からマンガを借りて大島弓子、萩尾望都、竹宮恵子、山岸凉子の世界に浸った。一番気に入ったのはSFでお父さんの本を読み終えると図書室のSF傑作選を片端から読み始めた。カレル＝チャペック、フレドリック＝ブラウン、レイ＝ブラッドベリ、アイザック＝アシモフ、星新一、小松左京、平井和正を読んで異次元やタイムトラベル、火星人や遠い星に生きる不思議な生物、未来人と宇宙人、核兵器の恐怖や宇宙の果てを空想した。

いくらでも本が読めるきれいな部屋とお手伝いさんが作る美味しい食事、綿飴のように柔らかな布団と優しいお父さん、お母さん、そして孤児院の子と蔑まれない学校生活。私はこの生活を失いたくないと思った。だからいつまでもこの家にいられるよう、お父さんとお母さんの言うことを何でも聞こうと決心した。近所の人はこの家のことを白亜の御殿と呼び、ここら一帯でもひときわ大きな家だ。二人の通いのお手伝いさんはタミさん五十八歳と三十四歳の佐々木さんだ。タミさんは何でも知っていて、私をかわいがってくれるから私もタミさんが好きだ。二人の子どもがいたが、二人とも幼くして死んでしまい夫と別れたと話してくれた。仕事の合間に椅子でうつむくタミさんは、額にしわがより秋の花のようにぽつんとしている。ここで働けて良かったと言うが、還暦前なのに腰が曲がっておばあさんのようだ。佐々木さんは見習いで、タミさんに紅茶の入れ方や皿の並べ方、靴の揃え方、買い物する店と料理を教わる。その通りにしないと叱られるので、時々小声でうるさい婆さんだ早く死ねばいいのにとつぶやいている。タミさんにいつまでもいてほしいけど、ずるいところがある佐々木さんの方が長生きしそうだ。

お母さんは毎週日曜に私を教会に連れて行ってくれる。深緑色の蔦が絡まる白い壁の教会で、講堂の正面には聖母マリア像と十字架に磔にされたイエスの絵が掛けられている。そこで白髪の神父さんが神の話をして、聖書に書いてあることはとても大切な教えなのですと語る。お祈りは少し退屈で本を読んでいる方がいいけれど、信仰を深めるために必要なことだと思うから私は一生懸命お祈りする。お母さんは教会に行くと摩耶ちゃんの魂が清らかになるのよと言うが、私は自分の魂がどこにあるか分からない。お母さんは礼拝堂の一番前に座り、お祈りが終わると神父さんが真っ先に話しかける。お母さんは誰からも大事にされているけれど、お父さんといる時間が少なくて悲しそうだ。お父さんは幾つもの会社を経営して、お母さんが教会に誘っても忙しいと断る。お母さんは会社の役員をしながら慈善事業にも力を入れて、周りにいるたくさんの人とチャリティーの話をする。その人たちはお母さんの横にいる私を見てフランス人形のようだと褒め、お母さんは嬉しそうに私を見つめ、いつかこの子が私の代わりをするのよと言う。

「若い時は武彦さんも教会に行ったのよ。いつも二人で神について話したの、あの頃が懐かしいわ。今、武彦さんは会社のことが忙しくって」

お母さんは悲しそうに言うが、私はお父さんも大好きだ。たくさん本を買ってくれるし服も買ってくれる。お母さんは贅沢させない方がいいと言うけれど、お父さんは女の子だからと買ってくれる。お母さんは私の魂の担当でお父さんは欲しいもの担当だ。お父さんは帰ってくると私を抱き上げて髭を擦りつけ、お母さんへのキスは二番目だ。だから私は岩のように大きくて優しいお父さんが大好きだ。

家に来て一年が過ぎた頃、二階で本を読んでいると誰かが戸を叩いた。お母さんは料理の講習会でいないはずだから誰だろうと思った。

「摩耶ちゃんいるのかな」

お父さんだ。帰るのが早くて私が何をしているか見に来てくれた。

「はーい、どうぞ」

私が言うと戸を開けてお父さんが入って来た。手に白いウサギのぬいぐるみを抱えている。

「ありがとう、お父さん」

嬉しくて抱きつくと、お父さんはウサギを頭の上にあげた。

「いじわる、早くちょうだい」

お父さんの周りをくるくる回って飛びつくけど、胸や背中に触るだけでウサギに届かない。

「お父さんったら、意地悪しないで早くちょうだいって」

するとウサギを下ろして、ウサギを抱いた私を抱きしめたままベッドに運んだ。そしてスカートをめくってパンツに手をかけた。

「何するの、お父さん」

そう聞くとお父さんは急に怖い顔になった。

「これからのことはお母さんに言ったらダメだよ。その代わり何でも買ってあげるからね」

お父さんは私のパンツを脱がして両手で足を広げると、いきなりあそこに顔を押しつけた。私は恥ずかしくてウサギを胸にぎゅっと抱きしめた。ウサギの黒い鼻と目だけ見ていると、ウサギが大丈夫だよと話しかけてくれる気がした。

「もうおしまいだからね」

そう言ってお父さんが立ち上がると、顔が赤くて口の周りが濡れたように光っている。私はとてもいけないことをした気持ちになって、このことはお母さんに言ってはいけないと思った。

お父さんは優しく言うと私のパンツを上げてスカートを下ろした。私が疲れてそのままでいるとお父さんは毛布を掛けて出て行き、翌朝、お母さんに起こされるまで眠った。

「摩耶ちゃん、お母さんには内緒だよ」

「あら摩耶ちゃん、着替えないで寝ちゃったの。珍しいわね」

私はこくりと頷いて体を起こしたがウサギのぬいぐるみがあった。あれは夢ではなかった。お母さんが下に降りたのであそこに触ると少しぬれた感じがする。着替えて下に降りてお母さんと二人で朝食を食べた。トーストしたパン、目玉焼きとベーコン、厚く切ったハム、イチゴの粒が残るジャム、牛乳入りの紅茶、オレンジジュース。もし昨日のことを話したらこんな朝食は二度と食べられなくなる、そう思った。だから昨日のことは絶対秘密にする。私はそう決心した。

二日前、相川夫妻は何度も二人で繰り返した話をした。

「あいつらは寄付が貰えるからお前の取り巻きになるが目的は金だ。金がなくなったらあっという間に去っていくさ。お前はパトロンだからちやほやされているだけだ」

武彦が言うと恵子が言い返す。

「お金お金って、お金が神の国で通用しないことは武彦さんだって分かってらっしゃる。どれだけお金を積んでも神の国の扉は開かないのよ」

「それはそうだ。魂の世界で金は無用だがこの世で金は大切だ。だからあいつらは群がるが、そんなことはお前も分かっている。分かっていながら良い気分を味わって、中世の坊主どもと同じことだ」

「どうしてそんな酷いことを言うの。私はあなたの分まで魂を清らかにしようと努力しているのよ。あなたが会社のことで一杯だから私は心配しているの」

「言っておくが、お前は神ではないから私の魂を救うことはできない。それに自分だけが神に仕えると思ったら大間違いで、私だって事業でたくさんの人を救っている。多くの社員が私の金で家族を養って生活しているが、それだって神に仕えることだ」

「いいえ違います」

きっぱりと否定されて武彦は顔をしかめた。どうせ婿養子だから自分の思い通りになると思っている。義理の親が生きていた時はそうだが今は違う。しかし妻は多くの株を保有して幾つかの会社の筆頭株主だから、無視することはできない。

「お金はあなたのものではありません。神が与えてくださったもので、神が見守るから会社はやっていけるのです。神はあなたの全てを見ていて、あなたが神の恩寵を理解しなければ事業はいつか失敗することでしょう。昔のあなたはそんなことを言わなかった。今のあなたは事業とお金の奴隷になっています。お金で買えないものが沢山あるとあれほど二人で話したではありませんか」

「また昔の話か。言っておくが私は金の奴隷になどなっていない。その証拠にどれだけお前の慈善団体に寄付した。数千万円も投げ出している。しかし今はだめだ。傘下企業をグループ化するには四葉銀行と提携が必要で財務状況を公開しなければならない。四葉にメインバンクになってもらい、いずれ私が四葉の筆頭株主になる。そうしたら五大グループに次ぐ六つ目のコンツェルンの誕生だ。そんな今、グループが特定の宗教団体に関係すると思われたら困るのだ。だから寄付は増やせないと言うのに、なぜそれが分からない」

「必要だから言うのです。寄付がなければ多くの貧しい人が困り、命を落とすかもしれません。寄付で多くの人が救われますが、それこそ神の意志に叶うことです」

「もし会社の利益を全て寄付したらどうなる、会社は潰れて寄付もできなくなる。そうなったら元も子もないだろう。だから今は増やせない」

「いいえ増やせます。あなたが出来ないなら私の持ち株を売却することになりますが、それでいいのですか。寄付を倍に増やしてもあなたの会社は倒産などしないはずです」

　相川武彦はうんざりして目をつり上げる妻を見た。どうしてこんなに頑固なのだろう。金を出せと言うが自分で働いて稼いだことは一度もなく、アルバイトさえしたことがない。金持ちの家に生まれ、裕福な仲間に囲まれてぬくぬくと育ち、善意と笑顔の中でキリスト教をひたむきに信じる令嬢として育った。あの頃はその純粋さが魅力的だったが、四十過ぎても魂の救済を訴える女は厄介である。いつも武彦が信じもしない神を押しつけて金を出せ、金をつぎ込めと迫る。父親が肝臓ガン、母親は肺ガンが全身転移して発狂状態で死に、それから慈善事業に没頭し始めた。様々な団体に惜しげもなく寄付するよう要求するが、やりたいなら自分で稼げばいいのだ。これまでの事業の成功は神の恩寵と言いつのり、今後も神の力を信じることが成功の道と語り、あなたの魂を私が救うと言う。そんな幻想に浸って生きる女だ。

「分かった、一週間だけ待ってほしい。それくらいは待てるだろう」

妻が急に笑顔になり、そして勝ち誇って武彦を許すように言った。

「分かってくださってありがとう。一週間待つよう私から皆に伝えます」

一年前、武彦は妻の申し出で北海道に行き、寒さ厳しい小さな町の孤児院を視察という名目で訪ねた。視察はどうでも良かったが、札幌支社に用事があり、たまには妻のご機嫌を取る必要があったからだ。町の外れに十字架がこれ見よがしに屋根に掲げられた孤児院があり、院長は象のように巨大な女で細い目が笑っているように見えた。そこで出会った十歳の少女が摩耶で、フランス人形のような女の子に妻は一目で惹かれた。一週間後に引き取ったが、それは妻が自分の愛を証明するためである。摩耶はことのほか聡明な子で妻はずいぶん可愛がり、関心が武彦から摩耶に移って夫婦関係は安定した。妻は摩耶を連れて教会に通い、神を一生懸命信じる子に育てた。聡明な摩耶は妻に素直に従ったが、そんな摩耶を自分は汚した。抑えきれない衝動だったが、なぜあんなことをしてしまったのだろう。しかし予想外なことに摩耶は自分を受け入れ、さらに今では求めている。

武彦は妻が最も大切にしているものを汚すことで妻への復讐を果たしたが、そのことに気づいてはいなかった。しかし神を信じない武彦にとってもその行為が罪深く、許されないことであることは分かっていた。しかし禁断の実は罪深いからこそ人を惹きつけるのであり、武彦はその罪から逃れることができなかった。

## 11

日曜午前九時、村雨と加賀は寄別高校の相談室にいた。昨日に引き続いての聴取だが、すでに七人終えて残り三人だから気が楽だ。最初は国語の竹本有紀先生、三十二歳。独身でこの四月に赴任したばかりだ。入ってきたのは顔も体もふくよかな女性で、目がぱっちりとして愛敬があり天真爛漫という言葉がぴったりの女性だ。沈痛な表情を出そうとしているが成功せず、親父ギャグ一つで爆笑しそうだ。

「お忙しいところ」と断って聴取を始める。

竹本先生からもめぼしい情報は出なかった。校長と話したことは一、二回で、竹本先生が指導する演劇部についてだけ。女子会のことを聞くと「校長先生が乱れてちょっと驚きましたが、校長先生は私に触ろうとしなかったんです」と少し残念そうに語った。とくに校長に悪い印象を持った風ではなかった。

「校長先生はあまり私に興味がなかったように思います。英語の授業はよく参観に行きましたが私のところは一度も来ませんでした。お話ししたことはほとんどありませんし、校長先生のお知り合いの方も知りません」

これで一通り先生方から話を聞いたが、校長と教員の関係が予想以上に希薄なことに驚いた。二十人程度の企業なら社長と従業員の関係はもっと濃密になるが、そんな感じがないのは校長が二年程度で異動することと利益が絡まないからだろう。中小企業なら社員の動向が企業経営に直結するため、社長や管理職は社員一人一人の状況にもっと気を遣い、残業の状況や組合活動の実態も把握しようとする。しかし高校は校長が教師に給料を払うわけでなく、監督責任はあるがよほどの重大事件でもなければ自分の首に関わることはない。さらに自分の教科でなければ指導に口を出せない実態があるようで、村雨から見ると放任に思えた。しかも先生方が遅くまで残業しているのに、校長が真っ先に帰るというのは企業ではあり得ないことで不思議な世界だった。取り敢えず朗らかで無邪気そうな竹本先生に礼を言い、教頭を呼んでもらうことにした。現れた教頭はひどくやつれていて、マスコミ対策、保護者対応、教師への指示、道教委との連絡で神経を使ったことが見て取れる。椅子に座るとがくんと肩を落とした。

「朝早くすみません。お忙しいでしょうね」

そう切り出すと力なく村雨を見て頷いた。

「これまで八人の先生から話を伺いましたが、皆さん協力的に応じてくれました。改めて教頭先生に幾つかのことを確認させてください」

教頭が力なく頷いてこちらを見る。

「校長先生は先生方とあまり深い関係を持たなかったようですがどうでしょう」

「ええ。以前も申しましたが、校長は仕事のことでは先生方と直接話しませんでした。必ず教頭を通せが校長の考えで、校長が疑問に思うことは私が先生方から聞いて説明しました。私を飛ばして直接話すことは無く、組織の上下関係にうるさい校長でした。教頭を無視して校務を進める校長もいますが、そんなことは無かったですね。だから先生方は校長との距離が遠いように感じたのではないでしょうか」

「なるほど。学校によっては組合と対立することもあるようですが寄別高校はどうですか」

「本校の組合の先生は二人で、会議で採めることはほとんどありませんでした。川谷先生が進路研究指定校に反対したり卒業式の日の丸・君が代に反対しましたが、先生方の賛同は得られませんでした。日常の仕事で信頼されない先生は会議でも支持されません。もう一人の安田先生はまだ二十四歳で職員会議で発言することはありません」

「そうですか。ところで組合はなぜ日の丸、君が代に反対するのですか」

「戦前の教育に逆戻りすると考えるからでしょう。文科省は卒業式と入学式の日の丸掲揚と君が代斉唱を義務づけましたが、その結果、強硬な反対派が実力を行使して日の丸を下ろすようなことも起き、現場が混乱しました。その混乱を収めるため自民党は国家国旗法を通しましたが、その時、先生方には君が代を歌うことまで強制しないと言いました。しかし法律が施行されると、教師が歌っているかどうかビデオで検証する県まで出てきて組合は態度を硬化させます。そんな経緯があって職員会議で採めてきましたが、時とともに定着して今は大きな混乱はありません。若い先生はそんな経緯を知らないし関心も薄く、日の丸君が代はすでに時代遅れの議論になったのかもしれません」

「そうですか。このことについて校長先生の考えはどうでしたか」

「もちろん法律に従って行事を進める立場ですから、日の丸を掲げて君が代を斉唱するよう指導します。しかし本心は混乱無く終わるなら、君が代がテープで流れ日の丸がどこかに掲揚されていれば、先生方が歌わなくても構わないと考えていたと思います」

「それは生徒のためですか」

「それもあるでしょうが、先生方と無用な対立を避けたかったと思います。簡単に言えば面倒なことはいやだったと思います」

「面倒なことと言うのは」

「君が代斉唱を拒否する先生がいると校長は命令を出してやらせることになります。そうしなければ自分が処分されるからですが、そんなことはしたくなかったと思います」

「校長は命令を出したがらないものですか」

「そうです。日の丸を揚げて君が代を歌えば愛国心が育つ、誰もそんな風には考えていませんよ。国が決めて文科省通達があるから仕方なくそうするだけです。そんなことで先生方とは対立したくないでしょう」

「そうですか。しかし職員会議で質問されたら必要性は説くのでしょう」

「それはそうです。校長になれば私もそうすると思いますが、本音と建て前は別です」

「そうですか。ところで漠然とした聞き方ですが、校長先生の仕事にはどのようなものがありますか」

「まず学校の意思決定です。職員会議が学校の意思だった時代もありますが、今は全て校長決裁です。ですから校長は職員が決めたことでも覆すことができます」

「実際にそんなことがありましたか」

「一度もありません。職員会議は月ごとにありますが、その前に部長と主任は提案事項を教頭である私に提出します。私がそれを校長に見せて、校長が疑問に思う事や同意できない案件を調整するよう私に言います。こうして手直しされた案件が部長主任会議で議論されますが、この段階で再度校長が判断して駄目なものは通りません。ですから職員会議に出る案件は校長が了承したものだけになります」

「職員会議で反対意見が出たらどうなります」

「うちのように小さい学校はベテラン教師が部長や主任ですから、反対意見はまず出ませんね」

「すると職員会議は議論の場でなく、儀式ということですか」

「儀式というと大げさですが、先生方に方針や決定事項を伝えて共有する場でもあります」

「校長が独裁的な権限を持っているように聞こえますが」

「いえ、実際はそうではありません。毎年の業務は大枠が決まっているし、生徒指導原案も過去の事例にならいます。だから校長と先生方が大きく対立することは滅多にありませんが、改革的な校長が前例にないことをやろうとしたり、先生方に無断で研究指定校を持ってくると揉めます。ただ学校は先生方の協力がないと運営できませんから、よほどでないと校長も無理に押し通そうとはしません。時には校長がやり過ぎてベテラン教師に叱られることもあるくらいです」

「なるほど。それ以外の仕事は何ですか」

「校長は自動的に名士が集うロータリークラブのメンバーになり、町内会二班の班長になりますが、これは名誉職で何か仕事があるわけでありません。さらに来校者の対応をしたり、町長や役場に学校支援の陳情をします。二年前から他町の中学校まで生徒募集に出かけ、私と手分けして本校自作のポスターを持って回ります。あとは校長会で年に四、五回は札幌に出張しますね」

「なかなか多忙ですね」

「業務は一般教員と違いますが、小規模校の校長はそれほど暇ではありませんよ」

「なるほど。ところで校長先生に外国人のお知り合いはいませんでしたか」

「外国人ですか。国際交流でカナダに行ったことがあるので、カナダに何人かはいると思いますが、それ以外は分かりません」

「校長先生がベトナムやタイに旅行されていたことはご存じですか」

「ええ、土産を貰いました。ベトナムのやたらに甘い菓子やタイの酸っぱいインスタントラーメンです」

「旅行の目的は観光でしょうか」

「さあ、そうだと思いますがそれが何か」

「いえ、回数が多いと思いまして」

「私が知っている限りでは二回です」

「我々の調べではかれこれ八回は行ってます」

荒俣教頭は驚いたようだ。

「そんなに行っていたのですか」

「知りませんでしたか」

「前教頭からそんな引き継ぎはなかったし、とくに仕事に差し支えませんでしたから」

「そうですか。夏冬休みに行っていたようです」

「よほど気に入ったところがあったのでしょうが、事件と何か関係ありますか」

「いえ、分かりません。ところで校長先生の趣味などご存じないですか」

「趣味ですか、知りません。私的なことはあまり話さない方でした」

「この前、校長によく叱られると言ってましたが、お二人の関係はどうでしたか」

「どうと言われましても、普通だと思います。たしかに会議が校長の思うようにいかないと司会が悪いからだと叱られたり、先生方の書類が遅いと何やってるんだと怒鳴られました。だからといって校長に恨みを持ったことはありませんよ、仕事ですから」

校長は教頭には強いが、先生方にはそうでもないようだ。しかし教頭が校長についてこの程度しか知らないとなると、先生方が知らないのも無理はない。結局、誰からも校長に関わる不審人物は出なかった。明日のことについて聞く。

「明日から生徒が登校しますが、授業は普通通りにやりますか」

「一時間目は全校集会で、今回の事件を報告して動揺せず学校生活をおくるよう話します。二時間目は大掃除で三時間目から授業です。保護者への説明はまず文書でやり、その後役員会で検討して必要なら説明会を開く予定です」

「その文書を見せていただけますか」

荒俣教頭は少し迷ったが了解した。

「後で持ってきましょう」

「ありがとうございます。最後に事務長をお願いします」

荒俣教頭はほっとした様子で出て行った。

「お疲れですね」

加賀が気の毒そうに言う。

「いきなり矢面に立たされたからな」

「係長、一通り聴取が終わったら我々は何をしますか」

「どこかの班が手がかりを掴むまで我々は聴取だ。二回目に入る」

加賀が頷く。間もなく事務長が現れたが、顔と体からどうしても古狸をイメージしてしまう。腹を中心に上下に行くほど小さくなり、腹の細いベルトが巨大に見せる仕掛けのようだ。こんな体型で軽快に踊る芸人がいたが名前が思い出せない。

「事務長から見て校長先生はどのような方でしたか」

「こんなこと言っては何ですが、激しい性格のわりに気が小さい人だったと思います。教頭を叱りつけた後でしょんぼりして、あんな風に言わなければ良かったと後悔していました。女性の先生に優しいのは妻に優しく出来なかったからだと自分で言ってました。道教委に頼まれると何でも引き受けるので、道教委からは理想的な校長だったでしょう。その分先生方に負担がかかりますが、自分もそうしてきたのだからと言ってました。上昇志向が強い人で、酔うと俺はいずれ校長会の会長になると豪語していましたが、学閥がないのでどうかなとは思いましたよ」

風貌に似ず率直な物言いだった。

「学閥というのは」

「まず北大か教育大、次が北海学園か日体大、さらに他の国立大か有名私大ですが校長の出身大学はどれにも当てはまらない学校でしたからね」

「そうですか。お子さんが訪ねてくることはありませんでしたか」

「一度か二度、娘さんが来たと思いますが私は会っていません」

「奥さんはいつ亡くなられたのですか」

「かれこれ六年になるようです。気楽な一人暮らしだと言ってましたが、ご両親を早くに亡くして奥さん方の親戚付き合いもなかったようです」

すると海外旅行は寂しさを紛らわせるためか。チャイルドポルノは異常だが、子どもを性の対象にする愛好者は多く存在する。需要があるから供給があり東南アジアはその一大拠点で、チャイルドポルノだけでなくニューハーフ、レズ、ホモ、異常性愛など金さえあれば何でも叶う。それが目的で旅行する日本人も多く、捜査で押収したチャイルドポルノの映像が浮かんだ。どう見ても十代前半の黒髪の女の子と二人の黒人が出てきてあり得ないことを行うが、そのあり得ないことを喜ぶ大人が大勢いる。人間は欲望を抑えきれない動物で、法で規制するがそれでも欲望の闇は消えない。

「退職後どうされるか、聞いたことはありますか」

「新しい妻でももらって気楽に暮らすかなと言ってました。あてはありますかと聞くと、今のところないが一人暮らしは寂しいからと言ってました」

妻に先立たれた淋しい中年男、そんな姿しか浮かばず、殺されるほど誰かに強く恨まれる人間とは思えなかった。いやチャイルドポルノのことがある。職場で見せる姿とは違う一面があるのかもしれない。

「先生方以外で校長先生と親しかった方などご存じありませんか」

「さあ、そういうことはあまり話さない人でしたね」

「ありがとうございました。話は変わりますが、先生方の給料は勤続年数で決まるのですか」

「そうです。ただし近年はボーナスだけ評価ランクで差がつくようになりました」

「評価ランクというのは」

「校長、教頭が教員を評価してAからDまでランクをつけ、そのランクで調整額が変わります。たいした額ではないですよ、ほんの心遣い程度です」

「評価に納得しない教師はいませんか」

「いるでしょうがランクごとのパーセントが決められていて、校長も夏と冬でできるだけ多くの教師がAかBになるようにしていました。どんな評価をしても不満が出るので大変だったでしょう」

また一つ新しいことが分かった。管理職による教師評価とボーナス査定。

「分かりました。ありがとうございました」

これで担当の十人から一回目の聴取が終わった。会議に上げるようなめぼしい情報はないが、ロータリークラブと町内会のことは鑑取班に伝えよう。これで明日までのんびり出来るが加賀でも誘って飲みに行くか。

## 12

私は三愛小学校を卒業して三愛女子中学に入学した。規律が厳しくて服装や頭髪、持ち物検査が毎週月曜の朝に行われる。生徒は羊のように体育館に集められ、生徒指導部の教師が一斉にチェックする。スカートを短くしていないか、爪にマニキュアを塗っていないか、耳にピアスをしていないか、頭髪を染めたり脱色していないか。少しでも違反していると家に連絡が行き、完全に治すまで登校できないことになっている。私はおしゃれにも化粧にも興味は無いが、そこまでして生徒に何を守らせたいのか理解できない。登下校の時は男性教師が交代で門の前に立って生徒を観察するが、それは見守りでなく監視である。生徒に無神経に話しかける教師もいるが私は無視する。体育教師の平井が『相川は美人だが無表情で怖い感じがする』とクラスの子に言ったらしい。私はいつもうつむいて通り過ぎるが、それは恥ずかしいからでなく平井の目に卑しいものを感じるからだ。平井は自分では気づいていないが、慈愛院の武田と同じ蛇の目をしている。

ここの生徒は真剣に授業を受けてサボらないが、それは定期考査の順位を一つでも上げるためで、上位三十番以内で素行が良いと姉妹校の敬愛女子学園に推薦入学できる。敬愛女子学園は関西屈指のお嬢様校で、他県からも希望者が殺到するキリスト教系の女子高だ。高校界の宝塚と言われ倍率は三十倍以上で、お母さんは私が敬愛女子学園に入ることを強く望み、私はいつも十番以内の成績を取って喜ばせる。お父さんも私が変な男に誘惑されないよう敬愛を勧める。

お父さんはお母さんの予定を慎重に確認して、絶対に留守の時だけ私の部屋に来て儀式を行う。ぬいぐるみや服、時にはアクセサリーを持って来るようになった。中学生になって私は行為の意味を知ったが拒否することはしなかった。拒否したら家を出されるかもしれないし、あの快楽は他に得がたいからだ。私の汚いところを舐めてお父さんも私も満足する。お父さんが舐めるとあそこが熱くしびれたような感じになり、最後は光がきらめいて破裂する。その後、お父さんはペニスを出して私に握らせ、自分の手を添えて何度も動かす。ペニスが硬くなってびくびく動き、最後に白い精液が迸る。お父さんは髪を乱したまま深いため息をつき、涙を流して私を抱きしめる。私は気にしなくて良いよとお父さんの髪をなで、そんなお父さんが可愛いと思う。月に一度か二度、私とお父さんは秘密の儀式を行う。

「摩耶、摩耶がいるから私は頑張れるんだよ」

そう言って辛そうな顔になる。お父さんの頭は会社やお母さんのことでいっぱいで、私は儀式をやめさせようと思わない。私はお父さんの安らぎで、それが社会的に悪いことでも平気だ。きっと神の意志に叶った行為だと思う。この頃、私はロシア小説の虜になってトルストイ、ドストエフスキー、プーシキン、ソルジェニーツェンを片端から読んだ。私はとりわけチェーホフの「黒衣の僧」に惹かれた。一千年前、砂漠を歩いた黒衣の修道僧の蜃気楼が光のいたずらで宇宙にさまよい出る。一千年後、僧は選ばれし者のところに現れる。選ばれたコブリンが「永遠の生命の目的は何だろう」と黒衣の僧に問うと、僧は「あらゆる生命の目的と同じ、快楽だ」と答え「選ばれし者は数千年も早く人類を神の王国に値する存在にする」とも語る。独り言を言うコブリンを見て、妻は狂気に取り憑かれたと思い懸命に治療する。薬と牛乳と禁酒でコブリンは正常な人間に戻るが、以前の明るくて生き生きした魂は消え失せた。失意の中でコブリンは死ぬが、その間際に僧が現れて告げる。

「なぜお前は私の言葉を信じなかったのだ」

神の声を聞いた者は自分が狂気に取り憑かれたとおののき、誰にも理解されない不安に駆られる。それでもひたすら神を信じなければならない。選ばれし者は神を理解するが周囲からは理解されない存在になる。イエスも迫害と無理解の中で死ぬが、真理を示して未来に生きる多くの者を救うことになった。一方、凡人は神の声を聞かず、聞いたとしても神の声を信じることができない。つまらない社会常識がカビのように心を覆い、神をどこかで疑っているからだ。それゆえ凡人は真理に貢献することがない。アルジャーノンは知性を得て初めて、光輝く世界を見て神の偉大さを知った。知性の光を失ったなら生きることに何の意味があるだろう。私にもいつか神の声が届き、真理に貢献する日が来るに違いない。私は教会で洗礼を受けて敬虔なクリスチャンとなり、信仰を深めて、この世の悪について考えた。

社会的な悪は社会が定めた法や道徳に違反することだが、法や道徳は国ごとに異なり悪のあり方も異なる。一夫一婦制の社会では夫婦以外の結婚は悪だが、一夫多妻の社会では貧困女性への慈善行為である。先進国で十六才に満たない子どもとの結婚は罪だが、発展途上国では当たり前のことで不道徳な行為ではない。ニーチェに言わせると道徳や法律は弱者が弱者の権利を守るために作った制度で、強者がそれに反することは悪でも何でもない。近現代、独裁者に支配されていた民衆は市民革命という暴力で権力を奪い取り、民衆が主人公の社会を作った。そして二度と独裁者が現れないよう法や道徳を整備したが、ヒトラーやスターリンのような強者が現れて社会をずたずたに破壊する。ナチス政権下、ヨーロッパでは六百万人のユダヤ人が虐殺され、スターリン独裁下のソ連でも数百万人の罪なき者が殺された。しかし独裁者が死ぬと民衆社会が復活してさらに強固な民衆社会を作る。ところが不思議なことに、その社会の中に小さな独裁者が次々に生まれて弱者を支配する。カリスマ経営者が出現すると彼の意志は最高善となり、社員はその意志の実現に奔走して会社に身を捧げ、死後も神として敬い続ける。宗教界にもスポーツ界にもドンとかカリスマと呼ばれる独裁者が現われ、彼らの信者はその言葉を無条件に信じて盲従する。つまり弱者は自分で考えることを放棄して、誰かに命令されることを望んでいるのだ。弱者は強者の命令に先回りして動くことが自由であると勘違いして、自分の意志などないことに気づかない。愚者には愚者という自覚さえ芽生えず、一心不乱に奴隷になることを望んでいる。それは学校の教師も同じことで、何のための検査か考えもしない規則の奴隷たちだ。規則が何のために存在するか考えもせず、盲目的に生徒に強制する愚か者。それなのに彼らは自分が愚か者と気づかず、生徒の上に君臨する崇高な存在だと思い込んでいる。そんな愚者が神に選ばれることはなく、どこまでも無価値で無意味な存在なのだ。だから私は教師たちを無視する。シスターは『私はあなた方を愛して信じます』と語るが、愛して信じるなら検査など必要ない。検査は生徒を屈服させて支配するためのもので、そんなことさえ理解できない者は信用できない。彼らは社会の道徳や法に盲目的に従う無知で無意味な存在に過ぎない。

しかし私が知りたいのはそんな相対的な悪ではなく絶対的な悪だ。神が創ったこの世界になぜ悪が存在するのだろう、その悪と神はどのように関係するのかということだ。神はなぜ蛇を創ったのだろう。神は蛇がイブを欺くことが予見できなかったのだろうか、それともそのことさえ見通して蛇を創ったのだろうか。もしアダムとイブが原罪を犯して楽園を追放されることが予定されたことなら、悪さえ神のものである。すると悪も神の本質の一つであり、人間には耐えられない悪でも神にとっては違う意味があることになる。歴史に現れた様々な悪。何千万人もの人間が無意味な戦争で死に、幼い子どもが酒酔い運転に巻き込まれて命を失い、それを悲しんだ母親が自殺すること。結婚前の若い娘が誰でもいいから殺したかったという通り魔に殺され、何十年も真面目に働いた経営者がバブル崩壊で会社が倒産して自殺に追いやられ、悪を追求した弁護士がカルト教団に狙われて家族もろとも殺されること。そんな悪さえ神の栄光に必要だったことになる。パウロに始まる様々な殉教と虐殺も神が実現しようとする世界の一つのピースで、それら全てのピースが揃った時に世界は完結して、その時、神の喜びの声が高らかに鳴り響いて世界は喜びに満ちる。そう信じて人々は祈り、信じられないほどの悪と神の沈黙に耐えた。

　しかしそれが勘違いだったとしたらどうだろう。人間が自分を慰めるために神を作り、理屈で説明つかないことを説明するために神を発明したとしたらどうだろう。最初から神などいなくて、いないから姿も見せない。そう考える方が辻褄が合うのではないか。そんな思いに人々はおののき震えた。神は死んだのではなく最初からいなかった。もしそれが真実なら全ては無意味で無価値となる。神がいない世界は無意味の連続で、無意味なことが灰のように積もるだけの世界だ。国を守る戦争で死んだことも、神のための殉教も全ては無意味だった。この地球も人間も特別な存在ではなく、生きる行為には生物的な意味しかない。愛や慈悲、慰めや勇気、そして祈りと囁きも永遠に触れることなく、ただ自分を慰めるための行為に過ぎなかった。神がいない世界とはそういうことだ。その恐怖に耐えきれずニーチェは発狂した。神が存在しないこと、それこそが真の悪なのだ。だから私は洗礼を受けて神のしもべとなり、神を待つ者となった。神が私に話しかける日、それはいつか分からないがきっと来る。今の私の生は神のおかげで、もし神がいなければ慈愛院で死んでいた。そうしたら何も知らず、何も理解できず、魂を持つことなく死んでいた。それは無意味のままに終わることである。だから私は信仰を持ち、神を信じて神の言葉が下る日を待つ存在となった。

　誰かが帰って来た音が階下でした。今日はお母さんが遅くなる日だからお父さんに違いない。お父さんは間もなく私の部屋に来る、そう思うとあそこが熱くなった。スカートの上から押さえてもほてりは消えない。私はこの部屋でお父さんを待ち、そして神が語りかける日を待つ。それが私に出来る唯一のことだ。

## 13

八月二十二日、月曜、夕刻五時。二回目の会議から丸二日経って三回目の合同捜査会議が開かれたが、この日もどの班からも有力情報はなかった。凶器と思われる鋭利な物が何か確定されず、現場周辺からそれらしき物は発見されず、犯行動機も目的も判明せず、校長につながる怪しい人物も浮かばない。それゆえ強盗なのか怨恨なのか行きずり犯なのか、まるで見当がつかない状況だ。殺され方から強盗にも恨みにも思えるが、どちらにしても不自然な点がある。たまたま侵入した強盗が顔を見られて殺すにしても、あんな奇妙な殺し方はしない。殺してしまって慌てて退散したならわざわざ服を脱がす余裕も必要も無い。怨恨なら打撲の一つくらいありそうだが、死体には手首の軽いうっ血しかなかった。恨みを持つ者が誰かに殺人を依頼したことも考えられなくはないが、フィリピンやアメリカならいざ知らず、この日本に殺し屋などそうそういないし、殺し屋に接触することも普通の人間には困難だ。今のところ校長周辺にそんな人物は見当たらないし、犯行の日に不審な人物は目撃されておらず、いつもと違う車があったとの情報もない。真っ赤な車が出入りしたとの情報があったが郵便配達車だった。

「爺いと婆あばっかりで、一つのこと聞くのに小一時間もかかって参るよ」

釧路の捜査員が愚痴をこぼすと周りの刑事が頷いた。周辺住民への聴取は記憶が薄れないうちが勝負だが、今のところ有力情報は全くない。

「くさらず続けてお願いする」

課長がねぎらうが、休日の捜査で愚痴の一つもこぼしたくなる。鑑識班から火元がガスコンロであること、台所から居間の焼け方がひどく指紋採取ができなかったこと、校長室にあったものはほとんどが校務に使用するもので、私物は何冊かの小説だけであること、指紋が椅子や机から出たが、今後、先生方と一致しないものについて調べると報告された。村雨も聴取内容を報告するが誰も興味を示さず、犯人につながる情報はそこにないと考えているようだ。被害者の二人の子どもは今夜にも寒別入りして署長と課長が状況を説明するが、二人から犯人につながる有力情報は期待できそうにない。

「地取班は範囲を広げてお願いする。鑑取班は過去に遡って人間関係を洗い出し、鑑識班は再度調べて髪一本、繊維一つ見逃さないようお願いする。高校班は更なる聴取で手がかりを探ってほしいが、今日から生徒が登校しているため慎重に動くよう教育長から要請が入った。この件はマスコミの関心が高く、そのことを十分に考慮して捜査に当たってほしい。次の会議は明後日水曜の夕刻七時、良い情報を期待する」

課長の言葉で会議が終わるが、寄せ集めチームだから親密な雰囲気はなく、どこかに集まって情報交換することもない。釧路と帯広の刑事は鼻から寒別の刑事を馬鹿にして、情報を流そうとしない。捜査員たちは三々五々散り、村雨も加賀と本部を出る。

「明日も先生方から聴取するが、一回目と矛盾することがないか聞いてくれ」

「分かりました。係長、先生方の中に犯人がいる可能性はどれくらいでしょうか」

加賀が聞く。

「校長を殺すほど恨んでいる教師がいる確率はどれくらいだと思う」

「ゼロに近いと思いますがゼロではないと思います」

「そうだ、ゼロではない。だから続ける」

「これからどうしますか」

時計は五時四十分をさしている。

「寄別高校に行って教頭に会う。確かめたいことがある」

「アポイントは取っていますか」

「七時過ぎなら何とかなるそうだ。それまで飯でも食うか」

窓ガラスに赤く大明園と書かれた地元で有名な中華料理屋に入り、村雨は回鍋肉定食、加賀は餃子定食ライス大盛りを頼む。脂ぎったテーブルに酢とラー油と醤油が置いてある。注文するとすぐに何か炒める景気の良い音が聞こえてきた。

「全国で何軒の中華料理屋があるか知らないが、もう少し中国と仲良くしてもいいのじゃないか。無人島一つであんなに揉める必要はないだろう」

「尖閣諸島のことなら私に良い解決策があります」

加賀が自信ありげに言う。

「ほう、どんな策だ」

「驚かないでください、一石三鳥の名案ですから」

「もったいぶるな」

「まず3・11の原発事故で発生した汚染土壌や汚染水を全てタンカーで秘密裏に島に運びます。その時、イノシシや山羊などの動物も一緒に置いてきます」

「尖閣に山羊はいるって話だぞ」

「そうですか、それなら好都合です。運び込んだあと警備を手薄にして、中国の漁船員が上陸するのを待ちます。最初は少人数で上陸するでしょうが、退去命令だけ出して実力行使しません。そのうち大挙して押し寄せ大っぴらに我が物顔するでしょうが、抗議だけしかしません。そしていよいよ中国海軍がやって来て島を実効支配します。日本は国連で激しく中国の暴挙を訴えますが、中国はそんなことにお構いなく尖閣は自国の領土だと宣言するでしょう」

「なるほど。世界中が中国を非難するが島は放射能汚染で使い物にならない」

「しかも放射能で動物が突然変異して巨大になり、ゴジラみたいな奴が現れるかもしれません」

「たしかに名案だな。汚染物質におさらばして領土問題が片付き、しかも中国を非難する口実ができて世界も中国を警戒する」

「でしょう。日本が失うのはプライドと無人島だけです。被害者として国際的に強い立場に立ち、うまくいけば中国軍と巨大生物の戦いが映画化できるかもしれません。特撮は日本が担当して日中合作でやりましょう。ゴジラ・ガメラに次ぐ第三の怪獣が生まれるかもしれません。イノシラーなんてどうですか」

「お前は史学部だよな」

「はい、それがどうかしましたか」

「いや、史学部にしては斬新な発想だと思ってな」

定食が運ばれてきた。湯気が立ってうまそうだ。加賀の考えはむちゃくちゃで面白いが、どこに出しても非国民扱いされるだろう。それにしても、なぜこんなことを考えているのだろう。無心に餃子を食べる加賀が奇妙な奴に見えた。

## 14

私は十五才になり、周囲の期待を叶えて推薦で敬愛女子学園に入学した。そのことを父も母も喜んだが、勉強と読書と信仰しかない私には当然の結果だった。最近になって私は重大なことに気づいた。義理の母、相川恵子がとても愚かな女で、ニーチェもキルケゴールも読まず聖書だけを信じる馬鹿な女であると分かったのだ。慈善活動にのめり込み、貧乏人への寄付行為を隣人愛と勘違いし、父が稼いだ金を湯水のように垂れ流す。それは愚かな農民が天国への切符と信じて免罪符を買ったのと同じで、母は寄付という金で神の国の切符を買おうとしている。そんな金をどれだけ積んでも天国の扉は開かないが、そんなことも理解できないのだ。母は子どもを生めない石女で、私を育てることで自分の夢を実現しようとした。母は私を『摩耶さん』と呼ぶようになり、私の機嫌を伺って歓心を買おうとするが、私の心が読み取れたなら軽蔑と嫌悪しかないことが分かったろう。しかし私はこの家の養女にすぎず、この家に私のものは何一つなく、父や母に気に入られなくなったら追い出される存在だ。私はほとんど母と話さなくなったが、無神経な母は『摩耶さんの悩みが解決するよう神に祈りましょう』としつこく話しかける。しかし母は神に選ばれた者ではないから、どんなに祈っても神の声を聞くことは無い。

父と母の仲は悪くなる一方だが、あれだけ母が愚かなのだから仕方ない。父は母を相手にしないが、母は自分が父を拒否して性の誘惑に打ち勝ったと信じている。母は自己欺瞞が得意な哀れな女で、その事に気づかないよう自分の心を振り返ろうとしない。父は母の手前神を信じるふりをするが、実は現世のことにしか興味がなくキルケゴール風に言うと倫理的実存に生きる男だ。ただ父の賢いところはそんな自分を理解して、自分の弱さと堕落を認識していることだ。私と儀式を行った後、神など信じていないのに泣いて私に謝るが、それは本能という欲望に勝てない罪悪感からである。儀式を重ねるごとに私と父の関係は微妙に変わり、私の精神的優位が増した。父はしもべになりつつあるが、私は女王のように振る舞わずあくまで何も知らない少女を演じる。それが儀式に必要なことだと知っているからだ。

父は母の親から事業を受け継いで発展させて成功した。今は母から自由になりたいが母が大株主であるためにそうできない。また母の両親の伝で知り合った財界の大物や政界の有力者たちとのつながりを失うことが怖ろしく、本当は別れたいが離婚を持ち出せないでいる。母も離婚は望まないが、それは孤児を育てる理想の夫婦を演じることで幾つもの称号が得られるからだ。血のつながらない子を育てる慈悲深い女、多忙な夫を助けながら子育てする家庭的な女、母娘で教会に通う信仰深い女、慈善団体に多額の寄付をする優しく情け深い女。母はそんな理想像を演じて、周囲の人にマリアのようだと褒め称えられる。しかし家の事は全てタミに任せ、外面だけ美しく繕った女である。タミは去年、私が中学三年の時に誤飲性肺炎で死んだ。見舞いに行くと『お嬢様すみません』と呟き込みながら泣いて謝り、死ぬ間際に『いつまでも天国からお嬢様を見守っています』と言い残した。私の胸に悲しい気持ちが湧いたが、タミは天国に行かないだろうと思った。善でも悪でもない者、つまり無価値な者は土に帰るだけだ。人間は土から創られ神の息吹で生命を得たが、その後、増えに増えて神の息吹を受け継がない者で溢れた。そういう人間はもともと魂がなく、ただ本能で動いているだけだから死ぬと土に還る。神に選ばれた者だけが息吹を受け継ぎ、天国の扉はその者に開かれる。息吹を受け継いだにもかかわらず、ニーチェのように神に反逆した者は地獄で罰を受けることになる。

タミが死ぬと家政婦の佐々木が私を奇妙な目で見るようになった。まるで人間でないものを見るような目で、私は父に佐々木がタミの言いつけを守らず悪行を行ったと告げて解雇させた。新しい家政婦の伊藤春子は六十過ぎの独身女で、余計なことは詮索しない無害な女だ。もう一人の高木敦子は十九才の愚鈍な女で、何を着てもだらしなく見える太った愚か者だ。父と母がいない時、私の指示に従わなければクビにすると脅すと二人とも上目遣いに私を見て頷いた。

私はこの世に魂を持たない者が大勢いることに驚いた。敬愛女子学園の生徒は羊のように従順で、自分の頭で考えることをしない集団だ。神父である学園長とともに週に一度全員で祈りを捧げ、それから学園長が神の話をする。マザーたちもことある毎に神を持ち出すが、教師も生徒も無邪気に信じるだけで神の本質を理解しようとしない。神の本質を知らない者に真の意味で神を信仰することはできない。最近、私に解決すべき問題が幾つかできた。犯した罪は必ず罰せられるのか、信仰は世俗的な成功と関係するのか、仏教徒やヒンズー教徒など非キリスト教徒に神の罰は下るのか、そして最大の疑問は神の沈黙である。こんなに信仰しているのに、なぜ神は私に語りかけないのだろう。いつまで神は沈黙するのだろう。それとも私は選ばれた者ではないのだろうか。不安と焦りから私は高校をやめて修道女になることも考えたが、その決断ができないまま時が過ぎた。

夏も過ぎた十月、恐ろしいことが起きた。父は母が教会に行った事を確かめて私の部屋に来て儀式を行った。父はベッドに寝そべる私のスカートをまくってパンツを下ろし、私の足を左右に広げた。

ひんやりする空気が素肌のおなかと足に触れ、ほてった身体を冷やしてくれた。父があそこに唇を寄せた時、突然戸が開いて母が現れ私の股間に顔を埋めた父を見た。振り向いた父とベッドに寝ている私、それを凝視する母。悪魔の笑顔のように凍りついた時間が流れたが、母はゆっくり振り向くとぎくしゃくと手足を動かして下に降りて行った。父は私のスカートを戻すと母を追って去り、私はベッドに寝たまま天井を見た。これからどうなるのだろう。罰せられて終わるのだろうか、それとも家を追い出されるのか。深刻なことなのに、不思議と自分のことではなく他人事のように思えた。

## 15

マンションに戻ってビールを二缶飲み干し、何日も干してない湿気った布団に寝転んだ。一日が終わった。何も考えたくないが、どうしても事件について考えてしまう。犯行状況と手口から強盗でないことは確かだ。保険金の線も消えた。受取人は息子で犯行の日は青森にいた。もし怨恨だとしたら犯人は校長と顔見知りで、校長が自分で玄関を開けたことになる。例えば仕事のことで叱責された教師が来て校長が家に上げ、そして話がこじれて校長を襲って殺す。しかし殴られた跡がなく抵抗していないのが不自然だ。それに教頭は仕事のことで校長は先生方とは話さないと言っていたから、そんな強い恨みを買うとは思えない。教師でない何者かが校長を恨み、依頼された複数犯による犯罪と考えたらどうだろう。一人が脅してもう一人が手を縛って殺す。しかし殺すなら包丁で刺すかバットで殴ればいいのに、なぜあんな特殊な殺し方をした。犯行を隠すためだろうか。だが火事を装うなら服は着たままでよく、裸にした理由が説明できない。この仮説も無理がある。窃盗でなく保険金でなく恨みでもないとしたら何が考えられる。やはりチャイルドポルノに関わることだろうか。その所有を知った者が校長に金銭を要求するが拒否されて殺した。いや、それならチャイルドポルノを所有していると暴露するだけで校長を社会的に抹殺でき、実際に殺す必要はない。動機から追うのはやめて、もう一度状況を考えてみよう。放火は夜の十二時前、校長は酒を飲んでいた。かなりの量だったからそれなりの時間をかけたはずだ。一人で飲んで酔い潰れたところを襲われたのか、いや、真っ裸で飲んでいたとは考えにくいし、手首にうっ血の痕がある。誰かと飲んでいたということか。女という可能性はどうだろう。女なら遊びと称して校長の手を縛り、油断させて殺すことができる。しかしそんな殺し屋のような女がいるだろうか、いたとしても動機は何だろう。捨てられた恨み、それとも金の恨みだろうか。それなら一緒に飲まないだろう。いや油断させるために飲んで肉体関係を持ち、そして眠ったところを殺した。だから裸だった。そう考えたら辻褄は合うが、それならば実に計画的な犯行になる。

今日の会議で大倉校長の経歴が報告された。室蘭出身で高校ではサッカー部だった。室蘭のマラドーナと呼ばれてチームを全道に導いたが、学校の成績はぱっとせず二浪して小樽国際大学に進学している。二十四才で卒業するがその年の教員採用試験に落ち、期限付教諭として札幌の高校に赴任した。翌年、試験に合格して豊富工業高校に行き、七年後、札幌啓北高校に赴任するが、年間三十人以上が退学するハードな高校だった。最初の年は教務部だが、強気の姿勢が買われて翌年には生徒指導部に配属されている。三年後、三十六才で生徒指導部長に抜擢され、各地で生徒指導の事例発表などして実績を積んだ。四十才で行政に入り、上川教育局を皮切りに十勝教育局、函館教育局で勤務。

四十七才で道南の小さな高校の教頭になるが、そこは組合と管理職が厳しく対立する高校だった。そこで徹底した組合潰しをやって認められ、帯広の進学校に異動してまた組合潰しをやっている。その後、札幌の大規模校の副校長になり、そこで道議の及川公平と知り合った。及川は道東選出の教育問題にうるさい族議員で思想は右翼に近い。教科書検定や教師の勤務時間問題、組合活動のマイナス面を議会で取り上げ、組合の責任を徹底して追求した。その及川が師と仰ぐのが衆議院議員の高井勇二で、高井は共産党は日本の敵と憚りなく公言する右寄りの政治家である。その高井や及川にとって大倉は志を同じくする同士で、教育現場の情報を直接手に入れられる貴重な存在であった。反組合の共闘関係を作って大倉は彼らに情報を流し、引き換えに及川らの引きで校長になった。この経緯を考えると大倉は組合から恨まれていて、その怨恨ということも考えられなくはない。しかし組合と右翼の戦いは今に始まったことでなく、ましてや大倉は高木や及川の手下で政治的な力はない。見せしめでも殺されるとは考えにくく、狙うなら政治家だろう。そんなことを考えていると目が冴え、眠気がやってこない。仕方なく目を閉じるが、いつものように相羽さんの顔が浮かんでくる。今もおつとめだ。やばい人でいつもひりひりしていた。

１９９３年、警察庁は全国に銃器摘発キャンペーンを張った。自民党副総裁の金丸信が狙撃されるなど全国的に銃撃事件が発生し、それを受けてのキャンペーンだった。北海道警察防犯部にも銃器対策室が設置され、摘発に本腰を入れた。その十年後、札幌の歓楽街薄野でヤクザ同士の発砲事件が起こり、厳しい取り締まりと銃の摘発が期待された。しかしさっぱり銃は摘発できず、幹部はいらだち、実績がある相羽さんが旭川から抜擢されたのである。対策室に三つのチームが作られ、相羽さんはＣ犯の班長として自分で人選してチームを作った。相羽さんを含めて六名。村雨もその一人でチーム最年少の三十一才、刑事になって三年目で役割は相羽さんの運転手といったところだ。相羽さんは凄かった。密売人、ヤクザ、ロシア系マフィア、パキスタン人、中国人、あらゆるところから情報を集めて銃を摘発した。摘発場所は駅ロッカー、公園のベンチ裏、無人の事務所、ゴミ箱、若いヤクザが自分で持ってきたこともある。月一丁のペースで摘発して全国でもトップクラスと注目された。チームは連日薄野へ繰り出して、派手な姉ちゃんがいる店をはしごしてシャンパンを開けた。金は全て相羽さんが支払った。その後も摘発は順調に進んだが、妙なことにほとんどが持ち主不明の首無し銃だったのである。相羽さんはゴッドハンドと呼ばれ、課長も丁重に扱い「今月もう一丁何とかならんか」などとせびってご機嫌を取った。銃の情報は相羽さんが一人で持ってきて、メンバーは言われたとおりロッカーやベンチから運ぶだけである。チーム内でもどうしてそんなに出るか不審の声が出たが、実績が物を言い誰もそのことを言い出せなかった。

ある日相羽さんを乗せて運転していると新川の司ビルに行けと言われた。言われた通り行くと相羽さんがついて来いと言う。四階建ビルの四階、安藤事務所とペイントされたドアを開けると、受付の若いチンピラが相羽さんを見て慌てて奥へ入った。すぐに金髪の四十代らしき男が出てきて、相羽さんにお辞儀して中へ案内する。二人のやくざがいて、一人は縦縞の紺のスーツに細い銀縁眼鏡、中肉中背のサラリーマン風の四十代で、もう一人は白髪交じりだがライオンのような髪の精悍な男だった。黒のダブルスーツで左手の中指と薬指に大きな指輪をしている。後で安藤組の若頭と組長だと分かった。刑事になって三年目だったが、暴力団幹部との接触は初めてで心臓が高鳴った。

「相羽さん、若い刑事さんを連れてきましたね。二人でやることにしたんですか」

「いや、ちょっと紹介しておこうと思ってな。村雨って若手の刑事だ、覚えておいて損はない」

そう紹介されて仕方なく軽く頭を下げた。

「そうですか、相羽さんが見込んだなら凄腕なんだ。よろしくお願いします」

そう言って二人は深々と頭を下げた。嫌な気分だった。

「巡回中に寄ってみた。どうなってるか聞きに来た」

「いやあ、どうもなってませんよ。あと三つはきついです」

「分かってるよ、だけど記録がかかってんだから頼むよ、新記録だ。俺だけの問題じゃなくて署全体の問題なんだから。俺だって署長に頼まれてるからさ」

「頑張ってますが、今はタイミングが悪いんですよ」

「だからこうして来たんじゃないか。二つでいいから頼むわ」

「なんとかやってみますが、あまり期待しないでくださいよ」

「そう言うなって、持ちつ持たれつなんだから」

「分かってます。相羽さんとは長い付き合いですから、今後もお願いしますよ」

帰る時、金髪男が相羽さんに白い封筒を渡した。事務所を出て車に乗るとすぐ言われた。

「村雨、分かってるだろうがこのことは誰にも言うな。署長直々のご依頼だから仕方ないんだ」

会話のやりとりが首なし銃であることはすぐに分かった。こんなやり方で摘発していたのかと怒りが湧いた。

「相羽班長、いくら何でもまずいですよ。ヤクザに頼んで銃をあげたら、何かあっても摘発出来なくなります」

後ろの席にいた相羽さんが、背もたれにどんと足を上げて怒鳴った。

「お前は馬鹿か。いいか、違法な銃はどうやったって押収しなけりゃならんのだ。出回ってりゃ人が死ぬかもしれん、だからやり方はどうあれ押収しなけりゃ駄目なんだ。俺がどれだけ押収したか知ってるだろう」

そう言って運転する村雨のポケットにぐいと何か突っ込んだ。

「私は間違っていると思います。相手はヤクザです。違法なことをやって稼ぐ奴らで、警察にも市民にも敵ですよ」

「いいか良く考えろ、ノンキャリアの俺たちが上に行こうとしたら実績しかないんだ。文学青年みたいなこと言っても世の中良くならないんだよ。一生巡査のままキャリアに顎で使われてへいこらするか。お前は世の中のことも警察のことも知らないんだから考えるな。黙って運転して俺の言う通りにしてりゃ良いんだ」

相羽さんは不服そうに話を打ち切った。あとでポケットを確かめると万札が十枚あって、返そうとしたが機会がないままあの日が来た。

突然、相羽さんが逮捕されたのである。発端は中華料理屋の料理人で、覚醒剤を持っていると自分から通報して捕まった。薬の出所を聞かれると相羽さんの名を挙げ、奴は自分でも使っていると自供した。薬物対策課が相羽さんを連行して尿検査すると、陽性反応が出てその場で逮捕された。マンションをガサ入れすると、ロシア製の拳銃三挺と覚醒剤一袋百グラムが出たのである。取り調べで相羽さんは押収した麻薬を売りさばき、自分でも使ったと自白した。道警は慌てて相羽警部個人の不祥事として発表して懲戒免職にした。こうして事件は一人の不良警察官の不始末で終わるはずだった。

その一週間後、拘置所にいた料理人が靴下の片方を口に詰め、もう片方を首に巻いて死んだが、窒息による自殺と発表されたのである。そんな自殺ができるものかと誰もが疑ったが、署内でそのことに触れる者はいなかった。料理人の死はあくまで自殺で押し通されたが、身の危険を感じた相羽さんは内部調査にとんでもないことを自白し始めた。それが道警を揺るがす裏金事件の幕開けである。

自白によると相羽さんは首なし銃を出させる見返りに、安藤組に風俗店の摘発情報を与えていた。安藤組の息がかかった店だけ摘発を免れ、さんざん甘い汁を吸ったのである。さらに複数の協力者に情報料として大金を払ったことも自白したが、その総額は数千万円にのぼった。とても給料で賄える額でなく、金の出所が問題になった。一つは押収した覚醒剤を売りさばいた金だが、それに加えて相羽さんに多額の捜査協力費が渡されていたことが分かったのである。道警の予算に捜査協力費があり、実績に応じて刑事に配分される。これは領収書の要らない金で概ね副署長が金を渡す役を務めるが、相羽さんには通常の数十倍もの金が渡されていた。

さらに調べていくと得体の知れない金の存在が浮かび上がった。それがカラ出張による裏金で、署ごとに架空出張を作り旅費を裏金としてプールしていたのである。札幌だけでなく地方の署でも作られ、分かっただけで数十億円にのぼった。この一部が相羽さんに流れていたが、幹部たちの飲み食いや遊興、接待にも使われた。しかし道警はその事実を一切認めず、沈静化を図るため道警本部長が定例会見を開き、「調査したが、不正経理の事実はなかった」と否定した。続いて道知事が「疑惑を否定した道警本部長の言葉は重い」とコメントしたが、メディアは追及の手を緩めなかった。

騒ぎのさなか元釧路方面本部長が記者会見を開き、現役時代に裏金を作ったことを赤裸々に告白した。そして相羽事件の背景に捜査費の流用があると証言し、続いて弟子屈警察次長職を最後に退職した元生活安全部長が同様の証言をしたのである。元方面本部長と警察次長の告白は驚愕的で、マスコミはさらに大きく事件を取り上げた。そんな２００４年、興部警察署長が自殺し、遺書に「自分も裏金を作り受け取っていました」とあった。北海道新聞は一大キャンペーンを展開し、道警はやむなく警察官の大量処分に踏み切ったのである。全体で三千二百三十五人、最も重くて停職一か月、あとは戒告と口頭注意。そして二億五千六百万円を道に返還して一件落着とした。

ついに問題の全容は明らかにされないまま終わった。裏金作りがいつ始まり、誰が関わり、何のために作られ、どれだけの金が消えたのか、それら多くの謎を不透明にしたまま終了とした。その背後には暴力団との癒着と裏取引、私的流用、政治家への賄賂、事件のもみ消しなどがあったのではと疑われ、幾つかの確かな資料も出た。しかしそれらは闇に葬られ、二度と表に出ることはない。これが道警の黒い歴史だ。村雨にも処分が下った。口頭厳重注意、下から二番目の軽い処分で係長に呼ばれて言い渡された。

「君は相羽のチームにいたからなあ。しばらく地方でおとなしくしてくれ、ほとぼりが冷めたら君にふさわしい道が開けるだろう」

メンバーのうち三人は辞職した。白井さんは辞めなかったが四年後、地方の役場に転職して「警官はもういいわ」と村雨に言った。村雨は十四年間ドサ回りして、中央のルートに戻ることはないと分かった。十万円が入った茶封筒は今もベッドの下だ。

瞬く間の十四年間だった。政権のたらい回し、３・11、アラブの春、ロシアのクリミア占領、イスラム国。世界はめまぐるしく動き、国民は裏金問題のことなど忘れた。村雨は結婚を考えた女性と別れたが理由は今も分からない。その資格がないと思ったからか。

一つの考えがぼんやりと浮かんだ。この事件が解決したら刑事を続け、解決できなければ辞表を出そう。課長はつまらないことをするなと言うだろう。そう思いながら村雨はやっと眠りに落ちた。

## 16

父との儀式が母に知れた翌朝、摩耶は母に呼ばれた。そこに父の姿はなく能面のような顔の母が部屋の真ん中のテーブルに座り、摩耶に反対側に座るように言った。摩耶が座ると告げた。

「摩耶さん、あなたには施設に戻ってもらいます。急には無理だから三日後にします。学校には私が退学届を出します。教会に行く必要もありません。教会は汚れた人が行くところではありません。残念ですがあなたは五年前と同じ暮らしに戻ります」

摩耶が何か言おうとすると母は手を挙げて止めた。

「何を言っても無駄です。何も言う必要はありません。これは私と武彦さんの決定で、あなたが何を言っても変わりません。では二階に行って施設に戻る支度をなさい。衣服は自由にしていいけれど施設で使えるかどうか自分で判断しなさい。今日からあなたの食事は二階に届けます。以上です、行きなさい」

そう言って野良犬を追うように手を振る母の顔には絶対的な拒絶が張り付いていた。話し合う余地がないことを理解した摩耶は言われたとおり二階へ上がり、大きなベッドの端に腰掛けて母の言葉を復唱した。三日後には施設に戻ってもらいます、つまり五年前の生活に逆戻りすることになる。不衛生で貧しい食事、固くて冷たいベッド、意味の無い労働、棒で叩く職員たち、いやらしいことをした武田、そして鬼のように力と恐怖で支配する院長。慈愛院の日々がよみがえり、毒蛇に触れたような嫌悪感が溢れた。摩耶は震えて両手で肩を抱いた。そうしてひとしきり嫌悪感と戦った後で、どうしてこうなったのか考えた。悪いことをしていないのにこうなったのなら、神は私に試練を与えたのだろう。それは何人もの義人が試されたのと同じことで、イエスが処刑されたと同じようにこの日が来ることは決まっていたのだ。何もかもが神によって決められ、突然やってきたように見えても実は遙か前に決まっていたことなのだ。運命であり避けられないことだったに違いない。そう考えると摩耶の心に試練に立ち向かう気持ちが生まれた。ところで私は母に何を言おうとしたのだろう。止められて言えなかったこと、それは何だったろう。私は相川夫妻に拾われた子で、だから母は簡単に捨てる。私は相川夫妻が愛情溢れる人間だと証明するためのペットで、母の意に背くことをしたから捨てられる。真実の愛とは相手の全てを受け入れる危険な行為だが、母の愛はペットに注ぐ程度の愛に過ぎなかった。それは自分を危険に陥れない安易で手頃な愛で、愚かな母にふさわしい手軽な愛である。母は豊かな家に生まれ、小さい時から両親の愛を一身に受け、ちやほやする取り巻きに囲まれて育った。無邪気な信仰とわずかな知識と貧弱な経験しか持たず、そうして作られた古びたヤニのように堅牢な常識はそれに反する何物も受け付けない。どれだけ聖書を読みどれほど教会で神父の話を聞いても母は淫売に石を投げる民衆の一人で、イエスの教えなど何一つ心にないのだ。

　夕方六時を過ぎた頃、戸の外で物音がした。扉を開けるとプラスチックのトレイにロールパンが二つとパックの牛乳、ゆで卵があった。これから三日間、私はこうして飼い犬のようにエサを与えられる。階下は不気味に静まりかえり物音一つ聞こえない。摩耶は自分のつま先を見ながら、このまま父と会わずに家を出るのだろうかと思った。食欲はなく椅子に座ってぼんやりと時計を見る。時計が動くから時が刻まれるのか、時が刻まれるから時計が動くのか考えた。世界中の時計が動くことを辞めたら、時も止まるのではないか。五年分逆戻りさせたら五年前に戻るのではないか、しかし現実の世界ではそんなことは起こらない。秒針で刻まれる時は均一に進むように見えるが、本当は早くなったり遅くなったりしているのではないだろうか。しかしそれは人間には理解できないことで、赤血球が自分の速度を理解できないのと同じことだ。摩耶は時計の針を見ながらこの五年間が幻影だったことを理解した。身寄りの無い孤児だった自分が、こんな豪華な生活をすること自体が不思議なことだったのだ。慈愛院は孤児にふさわしい場所だが。この家を出されるからといって慈愛院に戻る必要があるだろうか。五年の月日は小学生だった私を十五歳の高校生に変え、もう何も分からない子どもではない。世の中や人のこと、歴史や思想を学んで神について考える自分がいる。慈愛院など恐ろしくないが、そこに戻らなくても生きていけると思った。愚かな母に言われるまま三日も待つ必要はなく要るものだけ持って家を出ればいい、そう思うと気が楽になった。誰もがいつかは独り立ちするのだから、それが早まったと思えば良いだけのことだ。摩耶は唯一の友人の塔子に電話した。塔子の家には三回ほど遊びに行ったことがある。塔子はこんな時間にどうしたのと聞き、摩耶はお母さんと喧嘩して家を出ると話した。塔子は来ていいよと言い、摩耶はこれから行くと言った。塔子の父は四つ葉銀行の支店長で、４ＬＤＫの家に夫婦と塔子の三人で暮らしている。摩耶が行くと塔子の母は歓迎するが、それは相川家と近づきになれるからだ。塔子はおとなしい子で摩耶の話を飽かずに聞き、こけしのような黒髪をこくりこくりと傾かせる。クラスにいても分からないほど目立たない塔子だが乾いた目で世界を見ていた。一度摩耶に「親って子どもを育てたら死んだ方がいいよね」と言って摩耶の目を覗き込んだ。塔子は目立たない子で、誰の邪魔にもならないが心に怪物を飼っている。そう思う摩耶を塔子も同じ目で見ていた。

家を出る支度を始めた時、誰かが部屋に入って来るように感じた。振り向くと時代外れの奇妙な黒い服を着た小柄な男が立っていて、摩耶が見つめていると男が口を開いた。

「やっと来ることができた。何せ道が狭いし遠かったのでね」

男の声は低くてかすれていた。そしてやさしく、だがずるそうに微笑した。摩耶は理解した。長い旅だったろうが、やっと黒衣の僧が私のもとを訪れたのだ。

「ああ、やっと来てくれた」

摩耶がそうつぶやくと僧はベッドの端に腰掛けて話し始めた。

「私が来ることは分かっていたのだろう。だがいつ来るかは分からなかった。それは仕方のないことだ。私は多くの者と話をしなければならないが、現在だけでなく何百年も前の人間だったり何千年も後の人間だったりするのだ。その意味がお前に分かるだろうか」

摩耶は僧が空間だけでなく時間をも移動することを理解した。考えてみるとそれは当たり前のことで、空間を瞬時に移動できるなら時間をも超越する存在になる。僧が五光年先に行けば五年前の摩耶を見る事が出来る。

「さて時間がないから問題を整理しよう。お前は母から出て行けと言われ、その母の意志は変わりそうにない。だから出て行く準備をしていたが、何がこうなった原因だろう。原因は父の淫らな行為で、幼いお前は拒むことができなかった。それは社会的に児童虐待と呼ばれる行為で罰を受けるべきは父親であり、そのことを五年間見過ごした母親も同罪だ。そう思わないかね」

摩耶は母に言おうとしたことを僧が口にしたことに気づいた。母は一方的に私を責めたがそれは違うのではないだろうか。

「そうは言ってもお前の母はそのように理解しないし決定も変わらない。愚か者はいつも自分の決定が正しいと信じ、どれだけ間違いだと説明しても理解しないのだ。お前の母は恵まれた家に生まれて名声を得たが愚か者なのだ。なぜなら神の声を聞くことがなく、実は神を信じてもいないからだ。慈善行為で名声を得るが、そんなものは神の喜びと何の関係もない。神を信じていないから慈善活動に熱中するだけで、だから愚かなのだ」

その通りだと思った。母の愚かさは自分の偽善に気づかないことだ。

「お前の父も愚かだ。欲望に駆られてお前を蹂躙し、悪い行為と知りながら何度も繰り返した。お前はそんな父を受け入れて愛を与えたのに、父はお前が誘惑したと母に告げて母はその言葉を信じるふりをした。それは今後も立派な夫婦を演じるための芝居であり、真実のひとかけらもない」

「父は私を愛したわ」

「違う、それは嘘だとお前がよく知っている。もしそうなら家も財産も捨ててお前を守るだろうが、そうしないのは事業と財産と欺瞞の夫婦関係が大切だからで、愚かな母にふさわしく愚かな父なのだ」

「私はどうすればいいの」

「簡単なことだ。時計を見なさい。十二時を過ぎてお前の母は泣き疲れて睡眠薬を飲んで寝た。父もウイスキーを大量に飲んで泥酔して家政婦は帰宅している。下に降りてガスコンロにフライパンを乗せ、油を入れて火をつけるのだ。それから家を出て友人の家に行けばいい、友人に電話したのだろう。後は神の計らいだ」

「神はどう計らうの」

「それならすでに聖書に書かれている。ソドムとゴモラがどうなったか、お前も知っているだろう」

十月二十二日、相川邸で火事が起き、午前一時半に消防隊が駆けつけた時は手がつけられなかった。炎が勢いよく立ち上がり、海中の赤い生物が触手を動かすように四方に揺らめいた。白亜の御殿と呼ばれた白壁の二階から炎が吹き出し、サーチライトのように辺りを照らしたのである。隣家との距離があって火災は相川家だけで済んだが、完全消火に五時間かかり鎮火は朝方になった。焼け跡の一階の別々の部屋で黒焦げになった死体が二つ見つかり、警察が現場検証に入った。養女の相川摩耶は友人宅に泊まって難を逃れたが、翌朝、登校するとすぐに担任から火事のことを知らされ、教師二人に付き添われて現場に駆けつけた。まだところどころ煙が立ちのぼっていて警察官が立ち入りを制止し、その時点では両親の安否が分からず、摩耶は学校の保養室に保護された。翌日、焼死体が相川夫妻と判明し、母の指輪が摩耶に渡されたのである。

警察の事情聴取に対し、家政婦は九時に帰宅した時点で変わったことはなかったと証言した。友人宅にいた摩耶も前後の事情を聞かれたが疑われることはなかった。検証の結果、外から火をつけた形跡はなく、警察は台所の火の不始末が原因と結論づけた。残された莫大な資産を巡って親族が協議を始めるが、相川武彦の遺言が選任弁護士に託されていたことが分かった。家と土地、株券の多くが摩耶に譲られ、三百坪の土地は三億円の価値がありさらに預金と株を合わせて十億円ほどあった。遺産総額は合わせて十三億円になり、成人するまで専任弁護士が後見人となって預託することになったのである。摩耶の希望で土地と株は売却され、相続税を払って八億円が銀行預金の形で残された。一夜にして身寄りを無くした摩耶に同情して、敬愛女子学園は学費を免除して学業の継続を勧め、摩耶は女子寮に入寮して卒業までの二年と四か月を模範生として過ごした。

三年の三学期になり教師たちは関西の大学を勧めたが、摩耶は東京の大学を希望した。卒業すると周囲の反対を押し切って東京の私立大学に進み、その後、学園や友人との連絡は途絶えた。住所はおろか電話番号も分からなくなり、数年も経つと摩耶のことを思い出す者はいなくなった。皆の記憶から消え、摩耶は都会のどこかに姿を消したのである。

## 17

捜査本部の立ち上げから三か月が過ぎたが、不思議なことに犯人につながる手がかりは一つも出なかった。チャイルドポルノを追って釧路署の刑事がベトナムとタイに飛んだが、何の手がかりも得られないまま帰国して海外旅行かと陰口をたたかれた。鑑取班が過去の人間関係を洗い出すが、大きなトラブルを抱えたり恨みを持つ者は浮かばなかった。前任校で異動を巡って校長とトラブルになった教師がいたが、事件当日は部活の遠征で函館にいたのである。校長室から幾つか指紋は出たが犯人と結びつかず、来客名簿全員に当たるも怪しい者はいなかった。

十一月になると冬の準備が本格的になり、各家庭では除雪のスコップやスノーダンプを用意し、灯油タンクを満たし、厚手の防寒着や手袋を押し入れから出した。寄別高校を囲む木々も十月中旬に紅葉し、赤やえんじや黄色や緑が重なるあざやかな景色を見せて終わった。すでに初雪は降って日ごとに寒さが強まり、間もなく本格的な冬に入る。ここらは日本で最も寒い地域で、カイロメーカーのC

Mに使われたこともある。盆地のため冷気が溜まり、マイナス二十度は当たり前でマイナス三十度を記録する日もある。どれだけ早足で歩いても身体は暖まらず、手袋で口を覆って歩かないと肺が痛くなる。家庭用冷蔵庫の冷凍庫がマイナス十六度だから、人々は冷凍庫より寒いところで暮らすことになる。こんな北の大地が育む子どもたちは、鮭が荒波にもまれるように逞しく育つ。

寄別高校では毎年十二月初めに見学旅行を実施する。訪問地は沖縄でマイナス二十度の寄別からプラス二十度の那覇へ飛ぶが、その気温差は四十度だ。十二月の沖縄の海が生徒を迎え、海がない寄別の子ども達には夢の世界だ。美ら海水族館を見学してバナナボートで海を満喫する。平和記念館やひめゆりの塔、さらにガマを巡って太平洋戦争を学習し、最終日は沖縄の家庭に泊まってサータアンダギーを作りエイサーを踊る。生徒は満足して北海道に帰り、ひと冬越すと最上級の三年生となる。教師たちは生徒全員が進路を決めることを願って教育活動に励むが、それは地道で神経を遣う仕事だ。

教師たちの毎日は多忙だ。授業だけでなく分掌業務、部活の指導、父母対応、行事の運営、さらに町内会の葬儀手伝や祭の巡回、ボランティア活動にまで駆り出される。そんな中でも生徒は容赦なく飲酒、喫煙、カンニング、暴力、窃盗、いじめ、不登校など様々な問題を起こす。その都度教師は奔走し、詳細な指導計画を作り、何度も家庭訪問を繰り返して指導する。それでも時には指導が悪いと親からクレームがつき、神経をすり減らして対応しなければならない。その合間を縫って学級通信や学校新聞を作り、定時に帰宅する教師はほとんどいない。

長期に亘り月八十時間以上の残業が続くと過労死ラインとされるが、そんな教師はざらである。一日四時間の残業を続けると月八十時間を超すが、十時以降まで居残る教師も珍しくない。若手教師は部活の指導が終わった六時過ぎから教材研究や通信作りをするが、経験のストックがなく手探りの仕事で帰宅が遅くなる。管理職は早く帰るよう促すが、教師が抱える業務を減らす努力はしなかった。自分たちもそうして一人前になったとの自負がある。全国的に過労死が問題になり政府や企業に働き方改革が求められたが、道立高校の校長は自分たちの力で解決しようとしなかった。それはあくまで道教委の問題で、自分たちの責任でないと考えたからである。タイムレコーダーの設置を禁止する規則はないが、校長の誰一人として率先してタイムレコーダーを設置しようとせず、教師の残業実態を把握して改善策や改革案を積極的に道教委に提示しなかった。道教委から通達が出るまで待つが基本姿勢で、下手に先走って睨まれたら地方に飛ばされるかもしれない。そんな状況でも教師たちは黙々と仕事をこなし、目の前の生徒を何とかしたいとの思いで身を粉にした。しかし中には重要ポストや担任など大変な仕事はやらないと決め込んだり、得意な部活の顧問だけ一生懸命やり後の仕事は他の教師に任せたり、最低限の仕事だけやってあとは適当に切り上げて帰宅する教師もいる。その結果、仕事をやる教師の負担がますます増え、仕事量に大きく差があるのに給料は変わらないのだ。そんな不公平感が教育現場をむしばみ、真面目な教師ほど無力感に囚われて負傷兵のように現場をリタイアした。さらに教師が疲労する原因の一つに保護者の教師に対する姿勢がある。大学出の保護者が増えて教師は特別な存在ではなくなった。教師が学級経営に失敗すると父母が集まって徹底的に批判することは普通で、それで心が病んで辞めてしまう教師が数多くいる。

こんな危機的状況を見かねて文科省は幾つかの改革案を出した。部活動を週に一、二回は休みにして土日のどちらかを休みにする、そう通達しなければ教師は休めない。初任の先生にはベテランの指導教官をつけ、研修プログラムを細かく作成する。全員にストレスチェックを義務づけ、ストレス過多と判定された教師は病院で受診させる。しかしこれらは根本的な解決ではなく、どれだけ効果があるか疑問だった。

根本的な解決とは、教師を正当に評価して仕事に見合った報酬を与えることだがそれが難しい。良い教師と悪い教師の違いは何か。企業ならどれだけ会社に利益をもたらしたかで数値化できるから客観的な評価になる。しかし教師はどうか。生徒を数多く国立大や有名私大に進学させる教師が良い教師で、それが出来ない教師は悪い教師だろうか。同じ高校ならその基準が当てはまるかもしれないが、入試で選別された結果、高校間の学力差は非常に大きい。トップ校の入試平均点は二百七十点を超え、全員が中学校の内容を理解して入学する。その一方、半分も取れずに入学する生徒が大半の高校も多く、勉強も教師も嫌いな生徒たちの集団である。そんな学校では非行事故が多発して、教師は生徒指導に明け暮れて教材研究どころか部活の指導もできない。この二つの高校の教師たちを進学実績で評価することに何の意味があるだろうか。底辺校の教師は疲れ果てて都市部の進学校への異動を望み、念願叶うと二度と地方高校に行かなくなる。それは教師が悪いわけではなく、制度がそのようにさせているのだ。都市部の大規模高校は部活動の実績も期待でき、全道、全国大会に駒を進める。もちろん教師の指導力はあるが、部員が集まらなければどうしようもない。これだけ学校格差があると一律に教師の評価基準を作ることは難しく、評価したとしても給料に反映させることは困難である。強いて言えば良い授業と良い部活指導ができて、生徒からも父母からも教師からも信頼される教師が良い教師だが、そんな評価は仲間内でしかできない。教師は自分の経験から良い教師と悪い教師の見極めがつくが、仲間を評価するシステムはできないだろう。

年度初め、教師は授業や部活指導の目標を作って提出し、管理職はそれに助言を与えて年度末に評価するがその評価は給与にも異動にも影響しない。あくまで努力目標で給与は勤続年数で決まり、異動に至っては何が基準かさっぱり分からない。初任者は四年それ以外の者は六年以上の勤務が条件だが、守られないケースが多くて誰も信じていない。ある教師は都市部の進学校に何十年も居続けて、ある教師は地方の困難校だけ回される。村雨は高校の状況が江戸幕府末期のように矛盾だらけだと感じ、それを証明するかのように教頭のなり手が激減して全道に配属できない状況が起こりつつあった。教育現場を支える教師は疲れ果て、担任を持ちたがらない教師、部活をやりたがらない教師、部長主任を断る教師が増えている。熱意があって正面から生徒に立ち向かう教師の負担が増え、休職や退職に追い込まれる実態がある。先生方と話すにつれ学校が抱える問題や矛盾が見え、解決しないと立ちゆかなくなると思ったが村雨にはどうすることもできなかった。

世間を騒がせた寄別高校校長殺人事件だが、一か月も経つとどこも報道しなくなった。人々の関心はタレントや政治家の不倫、大物歌手の薬物疑惑さらにアメリカ大統領の奇妙な言動に移ったのである。道教委は事件の十日後に新校長を赴任させ、混乱の収拾に当たった。事件は教師や生徒がどうにかできるものでなく、保護者から学校に不満や苦情はなかった。親が求めたのは一刻も早い平常への復帰であり、その期待に応えて寄別高校は日常を取り戻して生徒も何事も無かったように登校している。教師たちは忙しさに紛れ、事件が話題に上ることも少なくなった。

警察にも変化があった。事件の百日後、本部はひっそりとしかし大幅に縮小されたのである。釧路と帯広の刑事は全員帰され、専任で残ったのは課長と六名の刑事となった。高校班の村雨と加賀、そして地取班の二人と鑑取班の二人である。事件の糸口が一つも掴めず長期化の様相が見え始めたが、これだけ調べても有力犯が一人も捜査線に上がらないのはかなり特殊な事件だと感じていた。足繁く高校に通って先生方から話を聞くが、不審な人物は全く浮かんでこない。新校長として赴任した望月校長は寄別高校を三十八年前に卒業して母校に錦を飾った校長で、黒縁の眼鏡をかけて温厚だが引き締まった表情をしている。初めて挨拶した時「ここは私の母校です。こんなことになって残念ですがよろしくお願いします。協力できることがあれば何でも言ってください」と頭を下げられた。事件を忘れたい学校にとって捜査は目障りなはずだが、そんな様子は微塵も見せずお茶を飲みながら三十八年前の町のことを語った。

「私が高校の頃、町は活気にあふれていましたよ。一学年六クラスあり全校生徒は八百十人でした。部活も帯広勢と互角に渡り合い、全国に駒を進めた部が幾つもありました。今や生徒は百人少々になり大会出場がやっとで、野球など他校と合同チームを作らないと出場できない状況です。私の仕事は生徒を増やしてこの学校を存続させることで、そうしなければ町はさびれてしまいます。そうならないよう努力しなければならない」

校長の気持ちは分かったが時代の波というものがある。都市部への人口集中と地方の過疎化、そして日本全体の縮小と少子化の波は食い止められない。その波は次々と押し寄せ、一つ二つ食い止めてもいずれは呑み込まれてしまう。校長の努力は無駄ではないが無力である。地方高校の大半は十年以内に消え、それどころか地方自治体の半数が限界集落化するのだ。高校どころかガソリンスタンド、病院、学校、郵便局さえ消え、老人だけが細々と命をつなぐ町となる。村雨は校長に聞いた。

「いつ教師になろうと決めたのですか」

校長は目を細めて昔を懐かしむ表情になった。

「高校三年生の時です。高田という友人がいて、いつもくだらない話をしました。三年の夏ですが、壊される長屋に一人の女の子がいました。赤い靴を履いたおかっぱの子で、いつも地面に何かを描いています。母親と二人暮らしのはずでしたがいつも外にいて、その子を見た時、心の何かが動いて教師になろうと決めました。あの子がどうなったのかずっと気になっています」

予想以上にセンチな話だと思ったが黙って頷いた。動機がセンチでも心に決めたとおり教師となり、その仕事を三十年以上続けたならもはやセンチとは言えない。人の心が動く瞬間、それは誰にも分からない。

「ところで友人の高田さんはどうされていますか」

そう聞くと校長は面白そうに村雨を見た。

「予想に反して警察官になり、今は道警の釧路方面本部長です」

動揺を顔に出さないのが刑事だがさすがにぎくりとした。

釧路方面本部長、遙か上の存在だ。しかも釧路から刑事が派遣されているから無関係ではない。村雨は体勢を立て直して聞いた。

「では、この事件のことはよくご存じですね。釧路署からも刑事が派遣されています」

「ええ、赴任する前に高田に電話しました。難しい捜査になっているとのことでした。もちろん詳しいことは聞いていませんよ」

不思議なもので、知らないところで関係ができたり壊れたりする。

「先生方への聴取は、今後も必要なら続けてください。私からも協力するよう話しておきます」

村雨は礼を言って校長室を出た。それが九月の終わりのことだ。

その後、何度か先生方や校長と話をしたがやはり有力情報は得られなかった。

十二月になっても事件は進展せず、集めた情報を分析するだけの日が続いた。ある時、村雨は何気なく加賀に聞いた。

「高校時代に憧れた先生はいたか」

加賀はしばらく考えてから言った。

「いました。定年間近の世界史の先生で、知識が豊富で関係ないことを次々と結びつけて教えてくれました。そんな授業は始めてだったので妙に感動しました」

「例えば」

加賀はしばらく考えてから話し始めた。

「キリスト教の教えに非暴力があります。右の頬打たれれば左の頬もさし出せというやつです。その先生はガンジーとキング牧師を例に出しました。インド独立を目指したガンジーは非暴力運動を提唱して塩の行進を始めます。当時イギリスは塩を専売にしてインドで塩を作ることを禁止していましたが、ガンジーは海へ向けて歩きます。数名の行進が数千人に膨れ上がり、海に到達する頃は数万人になりました。彼らは海水を汲んで塩を作ろうとしますが、イギリス人警官が棒で追い払います。しかし多勢に無勢で、警官が無抵抗のインド人を殴る映像が世界に流されてイギリスは国際的な批判を浴びます。その後もインドは根気強く抵抗し、イギリスが勝手に立入禁止にした地区に入り、棒でぶたれても起き上がって入ろうとします。そのたびに警官は無抵抗のインド人を殴りつけますが、さぞかし嫌な気分だったでしょうね。ついにイギリスは撤退してインドは独立を勝ち得ます。それから二十年後、キング牧師がアメリカの黒人差別撤廃を訴えて公民権運動を始めます。ある時、黒人が白人に席を譲らず警官に逮捕されるとキングはバスに乗らないよう黒人に訴えました。このバスボイコット運動にバス会社は困り果て運動は成功しました。それから四十年後、ブルーハーツが『青空の下で』を作ります。思想が現実の社会を変え、さらに歌になる。こんな授業をしてくれたのはあの先生だけです」

「面白そうな授業だが、イエスとガンジーとキングは殺された。生き残ったのは甲本ヒロトだけだ」

「係長、ブルーハーツ知っているんですね」

「そんな授業で受験は大丈夫だったのか」

「受験なら参考書で十分です。高校生が求めるのは単なる知識でなく、時代を超えて受け継がれる何か、そんなことを考えさせてくれる授業です」

「因果だな」

「何がですか」

「因果応報の因果だ。原因があるから結果がある。森羅万象に独立したものは何一つ無く、物事は必ず結びついている。受け継がれるというのはそういうことだろう」

「西洋風に言えばバタフライエフェクトですね」

「何だそれは」

「蝶が羽ばたくと空気が動き、その結果、何かが変わる。どんな小さな事でも何かに影響してつながるという考えです」

「諺で言えば、風が吹けば桶屋が儲かるだな。ところでお前は教師になりたかったんだろう、警官は心ならずということか」

「第一希望ではありませんがやりたい仕事の一つでした。この仕事も人助けですから」

「ベクトルが上か下かの違いはあるがな」

「間接的か直接的かの違いもあります。警察は犯罪者を取り締まって間接的に市民を守り、教師は直接子どもに働きかけてより良く生きることを願う」

「そういうものか。ところで大学の卒論は何だった」

「言葉にすると恥ずかしいですが『民衆と為政者の不幸な関係』です」

「恥ずかしくないだろう。どんな内容だ」

「ヘーゲルは歴史の目的は自由の実現だと語りました」

「難しい話になりそうだな。どういうことだ」

　加賀は嬉しそうに話し始めた。

「歴史が進むと自由が広まり完全に自由な社会が実現する、そう思われた時代があります。ヘーゲルは十八世紀末のドイツに生まれ十九世紀半ばまで生きましたが、ナポレオンが活躍した前半に重なります。ヘーゲルは世界精神なるものを考え、歴史は自由を本質とする世界精神の実現過程と捉え、ナポレオンこそ自由の体現者と褒め称えました。しかしナポレオンは他国を支配すると民衆の自由を奪い、皇帝に君臨して支配します。ヘーゲルは怒り『単なる俗物だった』と批判しました」

「見立て違いで、ナポレオンは歴史の目的から外れていたわけだ」

「はい、フランス人は自由になりましたが他国民は支配に苦しみます。その百年後、ドイツにヒトラーが出現します」

「わが闘争、ナチス、ゲットー、ユダヤ人大虐殺だ」

「彼は独裁者として歴史に名を残しましたが、そうなった過程は民主的です。アメリカ発世界恐慌の影響でドイツの失業者は六百万人もいて、成人男性の三人に一人が失業者でした。ヒトラーはアウトバーンとフォルクスワーゲンで失業問題を瞬く間に解決しました。ヒトラーの奇蹟と言われ、国民の絶大な支持を得ると全権委任法で他の政党を葬りました。ヒトラーは民衆の支持で独裁者になりましたが、そのせいでドイツは不幸な歴史を味わうことになります」

「どちらの責任だ。民衆かヒトラーかそれとも両方か」

「責任を問うのは意味が無いと思います。民衆が持つ欲望、その集合体がナポレオンやヒトラーを生み、悲惨な歴史が作られるのだと思います」

「民衆が独裁者を生み出すということか」

「そうです、独裁者は多くの民衆が望んだ結果でした。大戦前のドイツや日本のように行き詰まりを感じ、じわじわと首を絞められるような時代があります。そんな時代、民衆は突破口を開く強者を待望します」

「しかし日本に独裁者は生まれなかった」

「海軍と陸軍が代用したと思います。しかし判断が二つで中途半端になり、負けるはずのない戦いに何度も敗北します。終戦の決断さえ迷走して犠牲を大きくしました」

「それも民衆の希望なのか」

「そうだと思います。日本の民衆は権力が一つに集中することを嫌うのだと思います」

「日本はもう一度戦争をやると思うか」

「やらないと思います。今の日本人は美しい戦争より惨めな平和を望みます」

「惨めな平和か、それも悪くないが果たしてそうかな。アメリカはどうだ、トランプという男は民衆の願望から生まれた大統領なのか」

「そうです。反対者も多数いますがアメリカの民衆願望の象徴だと思います」

ある時代、民衆の欲望を収斂するレンズの役割を果たし、国民の力を集める者が出現する。彼は民衆が感じる行き詰まりを敏感に察知し、突破口を開くため自国の巨大化を図り、侵略と戦争という道に突き進む。その過程で多くの残酷と悲惨が生まれ、累々と屍が重ねられていく。何度も繰り返された歴史の悲劇だが、今も、そしてこれからも性懲りもなくくり返されるのだろう。

十二月も半ばになるとめっきり寒くなり、各家庭で一日中ストーブを燃やすようになった。夜半から朝にかけてマイナス気温で、冬将軍が居座ったことを知る。札幌の繁華街、薄野で大きな火事が起きて三人の死者が出たと報じられた三日後、寒別のアパートでもぼや騒ぎがあり署長から署員全員に火気の取り扱いについて訓示が出された。その翌日、ふらりと加賀が来て言った。

「係長、火事で死ぬ人間がどのくらいいるか知ってますか」

「知らん。交通事故や水死者より多そうだがガンよりは少ないだろう」

「全国の交通事故死者数は年々減って年間四千人、一方火災による死者は年間二千人ですが不思議なことに毎年二千人です。内分けは火災死者が千四百人、残り六百人は自殺か放火です。都道府県別では東京がトップで二位が北海道、三位が大阪です」

「調べたのか」

「はい、署長の訓示がありましたので何かの役に立つかと思いまして」

「役に立ったか」

「いえ、残念ながら今のところは」

「今の子どもは火遊びなんかするのか」

「マッチもライターもない家が多くてしないと思います」

「大人は火遊び好きだが子どもはしないのか」

「上手いこと言いますが、火遊びという言葉自体が死語になりつつあります」

「好きなんだ、火遊びって言葉が。いかにも危ない感じがするだろう」

「原子力発電に勝る火遊びはないと思いますが」

「お、原発を批判したな。警察官は政治的に中立であるべきだと習わなかったか」

「習いました。さらに政治家案件は慎重に扱うよう教わりました。政治家は多数の支持者を持つから個人を相手にすると思ってはいけない」

「その通りだ。政治家はそれがあるから強気だが、選挙に落ちるとただのおじさんおばさんだ。だから選挙になると死に物狂いで金も動く。生きるか死ぬかだからな」

「遠い世界ですね」

「そうでもない、選挙違反者を捕まえるのは我々の仕事だ。教官は他に何か言ったか」

加賀はしばらく考えた。

「犯罪には必ず手がかりがある。まず現場、現場になければ動機そして手口。どちらもなければ過去」

「当たり前だな」

手口と過去、村雨の頭に年間千四百人の火災死者が思い浮かんだ。今回の事件も全焼していたら火災死者扱いだった。犯人が過去に同じ手口で殺した可能性はあるだろうか。火事を装った偽装殺人、取り敢えずやることがないから調べても悪くない。

それから三日間、村雨はパソコンと格闘して幾つかのことを調べた。道内の火事は年間二千件あり、死者を出した火事は一割の二百件。その中で学校とその関係者に絞ると過去十年に十五件あり、さらに死者が出た火事に絞ると三件だ。その一件一件を詳細に調べた。

一件目は七年前、札幌の道立高校で起きている。学校祭の公開日、教室の装飾が白熱電球に触れて発火して逃げ遅れた生徒が一人死んだ。全国ニュースで流れ、道教委は全道の高校に防火マニュアルを徹底するよう緊急通達を出した。二件目は六年前に起きた旭川の道立春光高校校宅の火事だ。五十七歳の男性教師が死亡して北海道新聞の地方欄に載り、火事は夜間に発生して台所の出火が原因とある。三件目は二年前の函館私立あけぼの高校の火事で、理科の実験中に爆発が起きて出火し理科教員が死亡している。二件目の火事が今回の事件に似ている事に気づき、死んだ教師の担当教科を調べるため近場の寒別高校に出向いた。各高校に道教委が作成した名簿があり、高校教師の名と担当教科が高校別に掲載されている。八年前の名簿を見せてもらうとすぐに当該高校が見つかり、火事で死んだ教師の名を見つけた。年齢が上なので前の方にあり英語科教師だった。他の先生の名も何気なく見ていると、そこに驚くべき名前を見つけた。山川愛。八年前の火事で英語科教師が死んだ時、山川先生が同じ高校で勤務している。どういうことだ、にわかに村雨の胸が高鳴った。単なる偶然か。警察に戻ってさらに十年遡って調べると、十七年前にアパート火事で亡くなった教師がいた。道立開明高校の小川道隆、五十六歳。さすがに十七年前の名簿は寒別高校になく、道教委にコピーを依頼する。じりじりして待つこと一時間、コピーが届いた。食い入るように名簿を見るとその名前があった。

山川愛。

## 18

摩耶は敬愛女子学園を卒業すると上京し、月三十万円で渋谷のマンションの一室を借りて一人暮らしを始めた。警備員が常住する高級ホテル並みのマンションで、大学まで徒歩十五分で電車に乗らずに行ける。塔子や教師との連絡を一切絶ち、初めて手に入れた誰にも干渉されない生活を味わった。

専任弁護士の勧めで、莫大な遺産を幾つかの銀行にふり分けたが、その利子は生活を賄いさらにおつりが来る額だった。翌1995年、摩耶は二年生になったが、友人どころか話し相手さえ作らなかった。多くの者が摩耶に話しかけたが心開くことなく、そのうち誰も寄りつかなくなった。殻を作る奇妙な人間というレッテルを張られたが淋しいとか人恋しいと思うことはなく、なぜそれほど群れたがるのか不思議に思った。摩耶は注意深く周りの学生を観察し、男子学生は幼稚で無邪気で自分を誇大に見せる努力が滑稽だと感じ、女子学生は着飾って自分が素晴らしい商品だとアピールし、勉学より交際を重視するように見えた。金持ちの子弟が多いせいか社会に不満を持つ学生は少なく、大学で学ぶ教養は人生を彩る飾りで、人生には次から次に楽しいことが訪れると信じているようだった。

英米文学部では二年の希望者に三か月の短期留学を斡旋する。名目は語学研修だが、箔をつける意味合いが強くほぼ全員が希望した。摩耶は三か月の留学など何の役にもたたないと希望せずさらに孤立することになるが、高校生のようにホームルームがあるわけでなく意に介さなかった。そんな摩耶だが、興味を持った人物が一人だけいたのである。一般講義で神学基礎を教える相沢忠で、三十五歳で哲学科助教授に就任した英才だがその風貌は怪異だった。頭頂部は禿げているが頭側部に縮れ毛がもじゃもじゃと残り、頬はブルドッグのように垂れ下がり、その間の丸く見開かれた目は深海魚を思わせた。眉を寄せ背中を丸めて歩く姿は小太りのキルケゴールを連想させ、灰色の顔は常に悩んでいるように見えたが誰もその悩みに興味を示さなかった。もし彼が美男子で快活な青年だったなら、多くの学生が彼の講義を受けて、知的で誠実な人間だと理解したろう。しかし人間離れした容姿と不明瞭な言語のせいで、講義は常に人気がなく教室はまばらだった。相沢自身も講義などしたくなかったのだが、大学に残るために仕方ない選択だった。小学生の頃から容貌に悩み、何かにつけて人が奇妙な目で見るため自分と人との違いに敏感になった。早くから自分とは何かそして人間とは何か考えるようになり、その結果、神についても考えるようになったのである。本来聡明でまっすぐな性格だが周りの反応のせいで諦めと沈鬱が生じ、優れた知性は社会の構造を理解して他者と調和して生きることが賢明と教えた。しかし心の奥底に生まれた怒りのようなものは歳を取るにつれ膨らんだ。相沢は早くに学者として生きることを決め、その怒りに似たものを学問に注ぎ込み、ドイツ哲学の研究で早くから頭角を現して三十五歳で助教授となったのである。幸いなことに両親と家庭に恵まれ、様々ないじめを乗り越えて助教授になったからそれほど悪い人生ではないと思い、これで伴侶でも出来れば文句なしと思っていた。しかしそれは神のみぞ知るで、この言葉を思い浮かべる時、相沢はいつもゴッドスープのギャグを連想する。神のみぞ知る、神の味噌汁。そして笑いがこみ上げるが、他人が見たら一人笑いする相沢を不気味に思うのだろうと考える。その過敏な自意識が重荷だったが、簡単に捨てることはできなかった。

人の外見は人生を大きく左右し、外見の不出来な者が健全な魂を育てることは、優れた者がそうするより遙かに困難である。いわれなき差別や非難を受け、ゴミ扱いされて心は悲鳴を上げる。ところがそんなことにお構いなく教師や大人たちは励ましの言葉をかける。

「そんなことは気にしなくていい、人は外見でないのだから」

その気楽な言葉の残酷さに気づかず、容貌怪異な者は少数民族のように差別されて生きる。それは法の下の平等な社会で行われる合法的差別だが、差別は見たくない者には見えないものだ。人より優れた容姿を持つ摩耶だが、相沢の屈折したマグマのような怒りとルサンチマンは感じることができた。

講義は難解なうえに声が不明瞭で、回を重ねる毎に受講者が減り、八回目は五人にまで減った。その回は十一世紀のスコラ哲学者アンセルムスが唱えた神の存在論的証明についてで、アンセルムスは緻密な理論で神の存在証明を試みた。『神は完全な存在であるからあらゆる概念を含まなくてはならないが、その中には存在という概念も含まれなくてはならない。それゆえ神は存在する』と語り、神の証明に成功したように思えた。この時代、キリスト教はイスラム教や異端信仰から攻撃され、キリスト教こそ唯一正しい宗教だと証明する必要に迫られていた。そうして生まれたスコラ哲学だから、民衆の救済とはまるで無縁で、キリスト教を防御するための理論の集大成である。神の存在論的証明もその一つだが、摩耶にはアンセルムスの証明に致命的な欠陥があるように思えた。アンセルムスがどれだけ精緻な論理を構築しようと、アンセルムス自身に知らないことや理解できないことが山ほどある。完璧な知識を持たない以上、完璧な論理とはならずその不完全な論理で完全な神を捕捉することはできない。それは虫網を振り回してサメを捕まえるようなもので、網に入れても壊れるだけだ。だから神の存在論的証明は神を証明することにならない、摩耶はそう考えた。晩年アンセルムスは『理解せんがために信ずる』と語ったが、この言葉こそ存在論的証明の限界を語るのではないか。信ずること、つまり信仰が先で理解することはその後である。もともと存在論的証明は人間の都合で生まれたもので、神は存在の証明など望んでいない。摩耶は信仰の力をもってしても神の証明はできないと考えた。信仰は一方的に神にすがることであり、神の存在と何の関係があるだろう。窮地に陥った者がスーパーマンを信じてすがっても、スーパーマンの存在を証明することにはならない。摩耶は講義が終わった後、廊下を歩く相沢を呼び止めた。

「先生、神の証明を試みることは理性にとって有益なのでしょうか」

相沢はまじまじと摩耶を見て、この美しい女子学生が本当に自分の講義に興味を持ったのか疑問に思った。しかしそこには真剣な表情があり、馬鹿にしたりからかったりするものではなかった。相沢はもう一度質問の中身を考えて、それが一言で応じられるような問でなく研究室で説明しようと考えたが、誘うと変に思われるかもしれない。そう思って立ち止まって考えこんだ。

「もし廊下でご迷惑でしたら、先生の都合の良い所で構いません」

今時珍しく人に気を遣える学生だと好意を持ち、研究室に案内することにした。

「では私の部屋で話すことにしましょう」

二人は研究室で向かい合った。

「この部屋に女子学生が来るのはとても珍しいことです」

摩耶は本に埋もれた部屋を眺め、相沢が死ぬまでこの部屋で研究したら何か新しい学説が生まれ、哲学史に名を残せるのだろうかと考えた。その相沢が問いかけた。

「さきほどの質問ですが、神の証明が理性にとって有益かということですか」

「はい、理性は自分の力を過信しているのではないでしょうか」

相沢はしばらく考えて答えた。

「理性には自分の限界を知りたいという欲求がありますが、その欲求を最大に満たすのが神についての思考です。もしも自分より巨大なものを捕捉することができれば、それだけ理性も大きなものに成長するからです」

「成功したら理性は大きな報償を得ますが、失敗したらどうなりますか」

「その心配は要りません。なぜなら失敗しても理性はアプローチを間違えたと思うだけで、それが自己の限界だと思わないからです。理性は別のアプローチを試み、それが駄目なら次のアプローチ、それも駄目ならさらに別のアプローチをして、その試みはどこまでも続くので理性は自己の限界に気づきません。それが理性の長所であり短所です」

「理性はどこまでも神へのアプローチをやめないのでしょうか」

「旧約聖書にあるバベルの塔の話を知っていますね。人は塔を作って神の国へ行こうとしますが、あれは理性が生み出す技術の力で神に到ろうとする試みでした。そのことで人は罰せられましたが、いずれ同じ過ちを繰り返します。現代の進んだ科学技術は生命の領域に深く立ち入ろうとしていますが、理性の挑戦は理性がある限り永遠に続きます」

「先生は人間が神になる日が来ると思いますか。もし人間が神になれば、神の存在を証明する必要がなくなります」

「それは無限論ですね。一歩でも神に近づくことが出来るなら、無限に繰り返すことで人間は神になります。無限に続く0.9999・・・は1と同じですが、その証明はあなたも習ったでしょう」

摩耶は高校の数学教師が得意げに証明したことを思い出す。0.9999・・・をXと置くと10

Ｘは９・９９９９・・・となる。10Ｘから１Ｘを引くと９Ｘとなり、９Ｘ＝９となる。つまりＸ＝１。

「これは人間が一歩でも神に近づくことができるとの前提ですが、一歩も近づけないとしたら人間が神になることはありません。アンセルムスは理性と信仰の二つの力が大切と語りましたが、信仰も理性も神から授かった力であり、神に近づくことではなく神を感じることが大切だと語ったのだと思います」

摩耶はさらに質問した。

「信仰と理性が必要なら、どちらも持たない民は神と無縁な存在になります。中世の僧や学者はそのように考えたのでしょうか」

「そうではないでしょう。理性はなくとも信仰はあったはずです」

「しかし免罪符を嬉々として買った農民に信仰があったでしょうか。自分の信仰が信じられなくて免罪符を買ったのではないでしょうか」

「それは仕方のないことです。彼らは聖書を読むことができず、神父の言葉は神の言葉でした。だから神父の言うことを信じたのです」

「神は判断力も理性もない者の信仰を喜ぶのでしょうか。それは邪神を信じる盲信と何ら変わらないのではないでしょうか」

「イエスは心貧しき者は幸いなるかなと説きましたが、これは学者や知者への警告です。理性の力は時に神を曇らせて見えなくしますが、信仰は常識に妨げられず神をまっすぐに見ることができます」

「では神学という理性の学は神にとって無用であり、信仰の妨げになる学問なのではありませんか」

相沢は考え込み、恨めしげに摩耶を見た。

「理性は必要なのです。それも信仰と同じく神から授かった力なのです」

「先生は神の沈黙についてどう思われますか。どれだけ神を求めても神の声を聞くことなく多くの者が死にました。神は人間に責任を感じないのでしょうか」

「毎年山で何百人もの人間が死にます。エベレストには凍ったままの死体が何十体も転がっているそうですが、彼らは死ぬ時に山に責任があると思ったでしょうか。山はただ存在するだけで、死んだ者の責任はその者にあるのです」

「しかし神は人間を創りました。なぜもっと語らないのですか」

「私はこんなことを考えることがあります」

そう言って相沢は本棚から一冊の本を取り出すと最後のページをめくった。

「全部で五百五十七ページの本ですが百四十四ページを開きましょう。主人公のアリョーシャがナターシャに語りかけるところで、このページ全てがアリョーシャの言葉です。このページの一文字にごく小さな生物がいて、彼が奇跡的に自分の文字の解読に成功したとしましょう。その文字は別の文字と合わさって単語となり、さらに幾つもの単語がつながって文章となります。小さな生物がこのページの全ての意味を理解したとしても、次のページや前のページをめくらないと物語の全体が分かりません。神が書いた本は一ページが一億年で、我々人類は百四十四ページ目にいます。我々はこれから全てのページをめくることができるでしょうか、また過去のページを読み取ることができるでしょうか。つまり神は雄弁に語るのですが我々はその物語の全てを読むことができない、そういうことではないでしょうか」

「すると、神の声を聞いた者は間違い犯したことになるのですか」

「イエスやモーゼは神の声を聞いたでしょう。しかしそれは神の声の一部であり、神の全てではないのだと思います」

相沢はさらに続けた。

「このページが絶望的な言葉に溢れていても、最後は歓喜で終わるのかも知れません。ひょっとしたらその逆かもしれませんが、それは神にしか分からないことです」

これ以来、相沢は摩耶を意識するようになった。神について真剣に思考する者がいることは相沢の講義に慎重さと緊張感をもたらしたが、そのせいで講義は慎重でまだるこしいものになり受講生はさらに減ったのである。十二回目の講義は摩耶だけで、相沢がどんなに小声で語ろうと聞き逃す心配はなかった。週に一度、相沢と摩耶は教室で向かい合い美女と野獣と話題になったが、学生の興味は長続きせず噂もそのうち消えた。

摩耶は相沢の知性と性格を理解したが愛することはなかった。なぜなら摩耶には愛が何か理解できなかったからである。物心ついた時から愛されず、愛に触れたことがなく本で読み頭で理解した愛しか知らなかった。しかしそれは本当の愛ではなく、紙で作った巨大な船のように空疎なものだったのである。もし摩耶の心を覗くことができたらぽっかりと開いた巨大な空洞が見えたろう。

秋になっても講義は摩耶だけに語られ、二十五回目の講義終了後に相沢が珍しく話しかけた。

「こんなことを言っては何ですが新宿に奇妙な店ができました。自分は神と語る店主がいて、知識人が押しかけて話題になっています。新興宗教の教祖ではありませんが興味深い人物です。良かったら行ってみませんか」

摩耶は学問にしか興味ないと思った相沢がそんな店に興味を持ち、さらに自分を誘ったことに驚いたが、相沢が予約して木曜日の夕刻に行くことにした。その日、相沢は驚かないようにと念を押して摩耶を案内したが、店は新宿の風俗店やバーが入る八階建ビルの最上階にあった。エレベーターを降りるとＡＭＡＲＡと彫られた大理石の石版があり、八階全てが店のフロアである。入口にプロレスラーのような巨大な黒人が立ち、表情一つ変えず二人を見下ろしている。上下漆黒のスーツだがネクタイだけピンクで巨大な舌のようだ。

「相沢です」

相沢が告げると黒人が中に入り、間もなく戻ると顎をしゃくって入れと指示した。相沢に続いて入ると入り口からは想像できない広い空間が広がり、左に長いカウンターと中央にテーブル席が九つ、正面にカーテンが下りたステージがある。中の女性たちが一斉にこちらを見たが、摩耶は奇妙な違和感を感じた。一人が近づいて「あーら相沢さん、いらっしゃいませえ」と明らかに男の声で言った。ここの女性は男たち、つまりおかまなのだ。

「驚きましたか」

相沢が言う。

「相沢先生がこんな店を知っていることに驚きました」

「そうですね。私も案内されて来ましたがなかなか面白い店ですよ」

美しく着飾ったおかまがもう一人やってきた。

「あらあ相沢ちゃんいらっしゃい。隣のお嬢さんは初めてよねえ、とても可愛い娘さん。食べてしまいたいくらい、食べちゃおうかしら」

そう言うが、なぜ若い娘がここに来たのだという感じが露骨に出ている。

「すみません、アマラさんに会わせたくて連れてきました。私の生徒です」

そう相沢が引き取る。

「こんな可愛い生徒を教えるなんて相ちゃんも役得ね。でも教室だと二人きりになれないから残念よねえ」

そう言われて相沢は苦笑するが、いつも二人きりとは言わなかった。

「アマラ様は第一ステージが終わらないと来られないから、それまで私たちで我慢してしてして」

「あらお姉さん。そんなこと言わないインポ」

おかまたちの掛け合い漫才は相沢に任せ、摩耶はアマラが現れるのを待った。客が続々と入り八時には満席となり、間もなく照明が消えると無伴奏チェロ組曲が流れ、ステージが開幕した。クジャクのような羽を背につけ、南国の鳥を思わせる被りものの美しいおかまたちが袖から次々に登場して総勢十人が並んだが、いずれも切れ込んだレオタードからすらりと足が伸び、どの胸も豊かに突き出ている。音楽に合わせて静かに舞い始めるが、激しくもなく情熱的でもなく、ただゆっくりと動くだけの奇妙なショーだ。曲が終わるとさっと左右に分かれ中央に何かを迎える空間ができると、せり上がりでステージの真ん中に一人の巨大な人間が現れた。誰よりも美しい虹色の羽をつけ、誰よりも美しい顔を持ち、誰よりも巨大な人間だった。褐色の肌はブロンズの彫像を思わせ、彫りの深い顔は日本人離れして、その巨大さで周りの踊り子が小人のように見える。音楽がドラムだけの演奏に変わると、風を巻き起こすように踊り始め、摩耶はアマラの圧倒的な巨体と異様にくねる腰、バスケットボールをつけたような胸とギリシア彫刻を思わせる端正な顔に見とれた。人間以上の存在が出現して圧倒的な力を辺りに振りまき、ブラックホールのように全員の視線を吸い込んだ。店内は言葉一つ無く静まりかえり、ドラムの響きと踊りだけの別世界が現れた。アマラの足と手は空間を切り裂き、そして再び新しい空間を作り出す。身体から飛び散る汗はダイヤのように輝き、異次元へと誘う精霊が魅惑するようである。すると静止していた他の踊り子たちも踊り出し、ステージは異様な熱気に包まれた。何羽もの巨大な鳥が一羽の雄をめぐって求愛するようでもあり、幾つもの惑星が光の尾を引きながら宇宙の彼方を目指すようでもあるが、突然シンバルが鳴り響くと踊りは終わった。しばらくの静寂の後に大きな歓声と拍手が湧き起こり、一回目のステージが終わった。テーブルにいたおかまが感無量とばかりにため息をついた。

「素敵だわアマラ様、ああ、一度でいいからアマラ様に抱かれたい」

そう言うともう一人のおかまが言った。

「あなたなんか無理よ、アマラ様は美しい者にしか興味がないもの。その点私なんか大いに可能性ありまんこ。ああ、アマラ様の三分の二でいいから欲しいわあ」

そう言うおかまに相沢が「三分の二って何ですか」と聞く。

「あらいやだ、アマラ様の三分の二だからマラに決まってるじゃない」

そう言って二人でケラケラ笑った。

摩耶の目に右奥の扉が開いて巨大な人間が現れるのが見えた。光に照らされながら一直線に摩耶のテーブルに向かってくるが、それはまるで巨大隕石の襲来のようだ。テーブルまで来るとおかまの一人が慌てて立ち上がり、カマラは摩耶の隣にふわりと腰を下ろした。周囲の目が一斉に注がれる。

「ようこそお嬢さん、ショーはどうでしたか」

そう言って摩耶の目をのぞき込むアマラの声は、ベルベットのなめらかさだ。二人のおかまは押し黙り額に汗を浮かべている。摩耶は何を言うべきか考えたが、感じたことをそのまま言うことにした。

「天界から降り立った精霊が悪霊を切り裂くようでした。美しくて残酷でしたが、あまりに美しい者は周りの者に絶望を感じさせます」

アマラは驚きの表情を見せ、摩耶の手を取って語りかけた。

「あなたは人のことがよく見えるようね。でもあなたの目はお人形のガラス玉のよう。美しいけれど心が見えないわ。どうしてそんな目になったのかしら、あなたはなぜここに来たの」

相沢が何か言おうとすると、手を上げてアマラが制止した。

「私はずっと神の沈黙について考えています」

アマラは不思議そうに摩耶を見つめると言った。

「神は死んだ、誰かにそう宣告されたのではなかったかしら」

「宣告したニーチェは自分の言ったことの恐ろしさに負けて発狂しました」

「おやおや、あなたはクリスチャンなの」

相沢がそうなのかと見るが、お構いなく摩耶は続けた。

「神を捨てた社会主義が敗北したように、神に逆らった者はいずれ敗北します」

「社会主義なんてクズだもの。あんな出来損ないの思想がまだ世界に残っていることが驚き。一体、中国人の何人が社会主義を信じているのかしら」

アマラは面白そうに言った。

「それでも社会主義は多くの貧しい人を救った時代があったでしょう」

「多くの貧しい人を虐殺したの言い間違いかしら。毛沢東、スターリン、ポルポト、彼らは何千万人も虐殺したけど、そんなにたくさん金持ちはいなかったはずよ。社会主義はマルクスの怨念だから憎しみを生み出すだけ、それがあの結果なの。科学的社会主義なんてレッテルを張っているけど、中身は金持ちへの恨みつらみだもの」

「アマラさんは神を信じないのですか」

「神のことを語ってもいいけれど今日はここまでよ、知りたければまた来なさい」

アマラはそう言うと立ち上がり、魔神のような身軽さで消えた。

「あなた、よくアマラ様と普通に話せたわね」

額に汗を浮かべたおかまが言い、もう一人のおかまも手を神経質にこすり合わせて摩耶を不思議そうに見た。

「あなた何だか怖い。アマラ様があなたを選んだとしたら、私たちなんか出る幕ないわ」

そう言うと二人は席を立ってどこかへ行ってしまった。この頃からおかまはニューハーフと呼ばれるようになり、世間に認知され始める。男でありながら男に愛されるため美しい女と化し、性転換してでも男と結ばれたいと願う者。手術代を手っ取り早く稼ぐには水商売が良く、そんな美しいニューハーフと一夜をともにしたい男たちが大挙して押し寄せた。彼らの中には美しいニューハーフと同棲する者もいたが、歳を取ると相手がただの中年のおかまだと気づいて破綻したカップルが多い。それでも一時の夢を見た者は幸福で、おかまの中には手術に失敗したり性病を患ったり仲間のリンチに遭い、社会生活ができなくなった者が大勢いる。アマラはそんな影のあるおかまとは全く異なり、弱さ、もろさ、はかなさ、かげりなどと無関係で鮮烈かつ強烈な存在だった。バブル崩壊後、日本全体に女々しい雰囲気が漂うなか、圧倒的な存在として支持を得たのである。アマラの出自、経歴、正体は誰も知らず、店は前触れもなくオープンして、あっという間に人気店となった。好奇心の強い作家や知識人がひっきりなしに訪れ、銀座の一流店より上客が集まる店となったのである。アマラは神が告げるように語り、客はどんなに突拍子の無いことでも御託宣のようにありがたく受け取った。店のニューハーフはアマラがセレクションした者たちで、容赦ない毒舌を客に浴びせて客に奴隷の快感を味わせた。ここではアマラが神でニューハーフが召使い、客は奴隷である。例外は摩耶でドアボーイの黒人は摩耶を見ると笑顔でドアを開け、摩耶が入店しても誰もつかず一人でカウンターの端に座る。ショーが終わるとアマラと二人きりで話をするが、五分のことも三十分のこともあった。摩耶が特別な存在だと誰もが理解したが、とうの摩耶は自分がなぜアマラに受け入れられるのか分からなかった。

一か月が経った頃、店の閉店後、アマラに誘われるがまま店の奥の隠れた特別室に案内された。棚にありとあらゆる酒とバカラが並び、床も壁も燃え上がるような赤で統一され、中央に漆黒のソファとテーブルが一つと奥まったたところに巨大なベッドが見える。

「この部屋のゲストはあなたで五人目」

アマラが言った。

「先の四人はどういう人なの」

「一人目は与党の有力政治家で次期幹事長候補。次が新宿署のお偉いさんで、三人目は警察庁安全局の課長さん。四人目は今をときめくノーベル文学賞候補の作家よ」

「なぜ警察の人を二人も入れたの」

「新宿はダニが多くて日本のダニだけでなく中近東や中国のダニもいる。ダニを近づけないためには一番強いダニを飼うのがいい、それだけのことよ」

「作家は」

「インスピレーションが得たいからと無理に頼まれて、お金はいくらでも出すと言うから一度だけ入れてあげた。するとその後もしつこく入れてくれと言うから出入り禁止にしたわ。ドアボーイに泣いて頼んだけど叩き出されたみたい」

そう言ってアマラはおかしげに笑った。

「作家なんて屑よ。妄想をつぎはぎして物語を作る、ただそれだけなのに特別なことをしていると勘違いしてる」

「でも多くの人が作品を読んで影響されるわ」

「影響されるのは程度が同じか低いからで、自分より浅はかな者に人は耳を傾けないものよ」

摩耶はあの日アマラが答えなかったことについて聞いた。

「アマラは神の沈黙に耐えられるの」

「神の声を聞きたがる者は弱者よ。神になった者は神の声を聞く必要がない」

「アマラは自分が神だと言うの」

摩耶が聞くとアマラは口角をあげて悪魔のように笑った。

「あなたは私に恐怖しない数少ない人間ね。店のおかまたちは私を死ぬほど恐れているし他の客もそう。それなのに私の引力に捕らわれて離れることができない。巨大引力に捕まったちっぽけな宇宙船のようね」

「アマラは神の声を聞きたいと思ったことがないの」

「さっきも言ったようにそれは弱者がすること、私はしない」

「弱者とはどういう人なの」

「悪は弱さに由来する。弱者と出来損ないは滅ぶべし、これは我々の人間愛の第一命題。彼らの滅亡に手を貸すことはさらに我々の義務である。あなたが好きなニーチェの言葉よ」

「しかしニーチェは敗北したわ。神を否定したけれど、神の力にあらがえず屈した」

「そうかしら。ニーチェの思想に共感したヒトラーは巨大帝国を築いた」

「彼も敗北したわ」

「そう。強者は弱者に引きずり下ろされるけれど再び現われる。真の強者が現れた時、人は自分の弱さを思い知り重い腰を上げ松葉杖を捨てて歩き始める。私はそんな弱者を覚醒させる者なの、見なさい」

そう言うとアマラは服を脱ぎ捨てて摩耶の前に立った。巨大なペニスが摩耶の前に突き出され、それを手で掴み上げて足を開くと完成された女性器があった。

「私は店のおかまたちと違って完全な男であり完全な女。せっかく両性具有に生まれても社会は認めず、本人の意思も確認せず半分に削るけれど、私はそんな社会の勝手な理屈から逃れて育った完全体。それゆえ思考も肉体も完全に成熟して完成された特別な存在よ」

摩耶はプラトンの話を思い出した。その昔、人間は四本の足と四本の手を持ち、神々に匹敵するほど強かった。彼らはボールのようにくるくる回って戦ったが、神々に敗北して二つに分けられることになる。だから今でも片割れを捜してさまようのだと言う。

「舐めなさい」

摩耶は目の前の巨大なペニスの先端を口に含んで舐めた。

「指を入れなさい」

言われるままアマラの女性器に指を入れ、口と指を動かすとアマラが言った。

「ベッドに行きなさい」

大きなベッドに横たわった摩耶の服を剥ぎ取り、アマラは摩耶の全てを舐め回して快楽を与え、そしてペニスを入れようとした。

「私は処女なの」

アマラが不思議そうに摩耶を見た。

「こんなに感じるのに処女と言うことは、誰かにいたずらされたのね」

摩耶は迷ったが告白した。

「お父さん」

「その男は地獄に落ちるがいいわ。私があなたをまともな人間にしてあげる」

そうして濡れた女性器にペニスを差し入れ、摩耶は少しの苦痛とめくるめく快楽を味わった。アマラは摩耶をひとしきり抱くと言った。

「摩耶の目は外のものしか映さないわね。あなたはどんな子なのかしら」

「分からない」

「教えてあげるわ、あなたは淫乱な子よ。何があなたをそんなに淫乱にしたか分からないけれど、ずうっと抱かれ弄ばれることを求めている。あなたの身体はこれから開くけれど罪悪感を感じる必要はない。肉体は道具だから楽しめばいいだけのことよ」

「キリスト教は肉の喜びを禁じているわ。アマラはキリスト教をどう思うの」

「人に罰を与えるため、ありもしない物語を作った宗教よ」

「それはどういうこと」

「人を支配する方法は幾つもあるけれど暴力、権力、金、性そして罰もその一つ。キリスト教は人に自分が罪深い存在だと納得させる巧妙な物語を作った。昔々お馬鹿な夫婦が蛇に騙され、神の言いつけに背いて智恵の実を食べ、持つはずのない羞恥心を持った。それが原罪というなら、羞恥心が強い日本人は欧米人より罪深いことになるわね」

「神はエデンを閉鎖して生命の実を食べられないようにした」

「そう、智恵と永遠の生命。この二つを手に入れたら人間はいずれ神になる」

「神は人間が神になることをどうして嫌うの」

「嫉妬よ。神は嫉妬深く、エデンの園は人間を陥れる罠だった。もしそこに罪の根源があるなら、楽園こそ神の落とし穴というわけ」

「アマラは神が人間を陥れたと言うの」

「違う。キリスト教は神を信じさせるための巧妙な物語だと言ってる。イエスはユダヤ教で育った男でありながら、ユダヤ教最大の反逆者でしょう。そのユダヤ教を邪魔に思う者たちが、イエスは罪を一身に背負った英雄という物語を作った。そのために新しい神が必要になりでっち上げた。もしイエスが罪を背負ったなら、人間の罪は無くなったはずでしょう。しかし彼らはいまだに人間は罪深い存在だと宣伝して金儲けしている。中世の坊主は無知な農民から金をむしり取ったけれど、今も同じ事があちこちで繰り返されている。神を騙って金を巻き上げる悪党どもよ」

神とキリスト教の否定はアマラの特異な肉体と強靱な生命力に裏付けされた確信で、そのことでアマラがニーチェのように発狂するとは思えなかった。

「アマラ、この部屋はどうしてこんなに赤いの」

「教えてあげるわ。私はツァラトゥストラ、火を司る神よ。摩耶、あなたにいいことを教えてあげる」

「いいこと」

「そう、人の簡単な殺し方。うつ伏せになった人間の背中は無防備、特に裸はね。左の鎖骨の真ん中から指の幅だけ降りたところ、天使の羽が終わるところ、そこにアイスピックを刺すと簡単に死ぬ」

「アマラは人を殺したことがあるの」

アマラは悪魔のような笑いを浮かべると、摩耶を抱き寄せた。アマラは巨大で繊細、芸術的で暴力的、神的で悪魔的だった。そして端正な顔を微動だにせず摩耶に告げた。

「私が神よ、あなたは私の使徒になるの」

摩耶はかすれた声でアマラに聞いた。

「アマラは何のために生きるの」

「必然だから。私に偶然はなく全てを決めて決められている」

「禅問答みたいね」

アマラが摩耶の手をペニスに持っていく。アマラは自分の指を自分の膣に差し込んだ。

「私が味わう快楽は永続する神の快楽。完璧な快楽を味わう者に奉仕するのはとても幸福なことよ」

アマラが摩耶の頭を抱えてペニスに誘導する。摩耶は両手を添えて先端を唇で優しく包み、アマラの指が次の快楽を求めて激しく動く。ペニスの硬度が上がり摩耶は神に奉仕する幸福を感じた。アマラの口が開いて何かに耐える表情を浮かべ、摩耶は舌の動きと手の運動を強める。アマラが摩耶の頭を掴んで喉の奥深く差し込んだ。

「おおおお」

猛獣の咆吼とともに喉を突き破る噴射を感じ、摩耶は強烈なエクスタシーに達した。

# 第3部

# 19

十二月十一日の夕刻四時、村雨は加賀のところに向かった。加賀は書類整理をしていたが、村雨の顔を見て何事かと見返す。村雨があごでついてこいと合図して、二人は声が漏れない資料室に入った。

「係長、どうかしましたか」

村雨はメモを取り出して読み始めた。

「北海道の学校関係の火事で死者が出たものについて、過去二十年遡って調べた。四件あって生徒が一人、教師が三人亡くなっている。生徒は学校祭中の失火で亡くなり場所は教室だ。教師の方は中学校が一人で高校が二人。二年前、函館の中学の理科教師が実験中に爆発を起こして亡くっている。場所は理科室だ。六年前、道立旭川春光高校の独身の英語教師五十七歳がアパートの火事で亡くなった。出火場所は台所で火の不始末が原因。十七年前、道立札幌開明高校の英語教師五十六歳が校宅の火事で亡くなっている。出火場所は台所で火の不始末が原因。いずれも夜半の火事で焼死となっている」

「二人の高校教師の火事は今回の事件と似ていますね。しかしそれがどうかしましたか」

「この二人が火事に遭った時、同じ高校に山川先生が勤務していた」

加賀に驚きの表情が浮かんだ。

「山川先生、ですか」

「そうだ。山川先生だ」

「両方の高校にいたのですか」

「そうだ」

「しかし、しかし、そんなことが」

二人はしばらく見つめ合った。これが単なる偶然でないことを確かめる時間だった。

「しかしなぜ、そんなことを」

加賀が振り絞るように言う。

「動機は全く見当がつかない」

「それなら犯人が山川先生と決まったわけでは」

そう言って加賀は黙り込んだ。そんな偶然が起きないことは刑事なら誰でも知っている。村雨は加賀が山川先生に好意を抱いたことを知っている。誰でも控えめで知的な女性には好意を持つ。

「このことを課長に伝えたのですか」

「いや、まだだ。お前と二人で行く、チームだからな」

一瞬加賀の表情に喜びが浮かんだがすぐ消えた。

「分かりました」

二人は課長室に向かった。課長はそれ以上伸ばせないほど背筋を立てて書類を見ている。机にあるのはパソコンと決済ずみと未決済の書類を入れる二つのボックスだけで、几帳面に整理された机の向こうから二人を見て手にした書類を置いた。

「話を聞こう」

課長は村雨が話し終わるとしばらく考え込んだ。表情が微妙に変わり、そして言った。

「そうか、そんな偶然は起こらないものだ。山川先生が犯人と考えて間違いないだろう。問題は物証が一つも無いことだ。前の二件は火事で処理されて死体は残っていないから、今回の事件との関連を見つけ出すことは困難だろう。さらに今回の事件では凶器が発見されず、犯行方法も動機も定かでなく、なぜそしてどのように校長を殺したか説明できない。現状では二件の火事と一件の殺人事件の時、山川先生がたまたま同じ高校に勤務していたというだけだ。弁護側は単なる偶然と主張して、そうでないことを証明しろと得意げに言うだろう」

その通りだ。どれだけ状況が怪しくても証拠がない限り犯罪の立証は難しい。現代法の原則は疑わしきは罰せずで、冤罪があってはならないからだ。あの夜、山川先生が校長宅にいたと証明するものは何もなく、さらに校長と山川先生の間にトラブルがあったとの証言もない。ましてや女性が一人であんな殺し方ができるか、そう反論されると検察側は窮する。

「もう一度、高校に行って話をしてきます」

「今更行くと疑われるだろう」

「山川先生だけでなく他の先生とも話します。捜査体制が変更されたので挨拶に来たと言います」

「何を引き出したい」

「なぜ三件とも火事なのかということです。火事、つまり火にこだわる理由があるはずで、その手がかりを引き出したいと思います」

「何も出なかったらどうする」

「どちらにしても旭川と札幌に行って、当時同僚だった先生から話を聞く必要があります」

課長はしばらく考え込んだ。

「山川先生にかまをかけたらどうだ。何かしら動きを見せるかもしれない」

「揺さぶりをかけたところで、確証がないから警察は逮捕に踏み切らないのだと考えるでしょう。そうだと動かないし却って証拠を隠滅する恐れがあります」

「ガサ入れしたらどうだ」

「証拠が出なければ終わりです。校長のケータイや財布が残っているとは思えません」

「そうか、確かにそうだな。ではまず彼女の経歴を調べてみろ。教師以前の過去は道教委に問い合わせるといい、採用時に出された履歴書がデータ化されて残っているはずだ。それが分かれば札幌と旭川以外にも行くべき所が出てくるかもしれない」

「分かりました。すぐにやります」

村雨は加賀に二つの高校の特徴と当時から残っている教師を調べるよう指示して、その間、道教委に山川先生の履歴を問い合わせる。三十分後、二人は再び課長室にいた。

「履歴書から分かったことですが、神戸の敬愛女子学園というキリスト教系の私立高校を卒業し、その後、東京国際語学大に進学しています。卒業後はマスターに進み、スタンフォード語学大に留学して宗教学を学んでいます。十一月に帰国して翌年七月、北海道教員採用試験に合格しました」

「ずいぶん輝かしい学歴だが、そんな経歴の持ち主がなぜ北海道の高校教師になった。北海道にゆかりでもあるのか。ところで高校以前の経歴はどうなっている」

「北海道の教師になった理由は分かりません。高校以前の経歴は記載されていません」

「採用後はどうなっている」

「試験に合格した翌年四月、道立札幌開明高校に赴任。その八年後に道立旭川春光高校に赴任。さらに七年後、ここ寄別高校に赴任しています」

「寄別高校で何年目になる」

「五年です。二十六歳で採用されていますから今年で四十五歳です」

「すると君と同い年ということか」

「そういうことになります」

「それでどうする」

「明日寄別高校に行って話をして、その後札幌と旭川に行きます。さらに大学時代を過ごした東京、そして高校時代の神戸に飛びます」

「分かった。この事件は喉に刺さった骨で、何とか抜かないと正月が気持ちよく迎えられない。ところで手助けは必要か」

「旭川は太田さんに任せたいと思います。調べると同僚の先生が四人残っていますから、何か掴めるかもしれません。札幌の同僚で残っている先生は一人で、その先生に話を聞いてから東京に飛びます」

課長はにやりと笑って言った。

「太田刑事に手柄を譲ってもいいのか」

「一刻も早く状況を調べることが先決です」

村雨は素っ気なくこたえた。

「そうか。ところでなぜ火事について調べることにした」

「加賀巡査が火事について話してくれたからです」

横の加賀が村雨を見るのが分かった。

「そうか、加賀巡査はいい先輩についたようだ。では行ってきたまえ」

その足で太田刑事のところに行き、事情を話すと太田の細い目が見開かれた。

「村雨さんさすがですね、これで犯人が捕まれば総監賞ものですよ。さっそく明日、田中と旭川に行って絶対に何か掴んできます」

村雨は机に戻り明日の事情聴取について思い巡らした。何をどう聞くべきか、今夜一晩で考えなければならない。犯行につながる何かを山川先生から引き出し、状況と動機を固める必要がある。やっと蛇の尻尾を掴んだ。あとは本体を穴から引きずり出すだけだ。


翌朝十二月十二日、起きてカーテンを開けると一面の雪だった。夜の間にしんしんと降った雪が全てを覆い、根雪になりそうな勢いで積もっている。来年の三月まで本格的な冬になり、雪の中で暮らすことになる。スタッドレスタイヤに変えてはいるが運転は注意が必要だ。警察官が事故を起こしたら話にならない。タイマーつきストーブのおかげで部屋は暖かいが、それだけ外の景色が寒く見える。子どもたちは喜んでいるだろう。まっさらな大地に自分の足跡を刻むのは楽しいが、人生もそうあってほしいものだ。大人は毎年のことだから淡々と冬を迎え、見慣れた客を迎えるように振る舞うだろう。交通課の連中は、やれやれ仕事が増えるとうんざりしているに違いない。人によって雪も様々だが自分はどうだろう。出会いと別れ、そして喜びと悲しみ。村雨は頭を振って湧き上がる感情を追いやった。今日の聴取が一つのヤマで、今は感傷に浸る時でない。あんな冷酷な殺し方が出来る人間とは何者なのか、どう見ても普通の教師だが心に狂気を潜ませている。相手は人を殺しても呵責の一つも感じないモンスターだ。

ヒトラーと側近たち、妻や子どもを愛し犬を可愛がった。音楽を楽しみ芸術を鑑賞する一方、科学者にロケットと毒ガスを開発させ、無差別爆撃を行いユダヤ人六百万人を虐殺した。そのヒトラー一味を民衆は熱烈に支持したのである。カント、ヘーゲル、ニーチェ、ヤスパース、ハイデガー、ドイツはどの国よりも偉大な哲学者を輩出し、どこよりも理性的な国のはずだった。しかし一人のモンスターが理性を蹂躙し、積み上げた善きなるものを粉々に破壊した。毛沢東、走資派を壊滅させるために革命続行を叫び、江青と紅衛兵を使って十年に及ぶ文化大革命で二千万人を見殺しにした。時として理性は狂気に呑まれ、理性が大きいほど狂気も巨大なものとなる。歴史の針は理性と狂気の間を交互に振れ、狂気が大手を振るう時恐ろしいことが起こる。しかしそんな巨大な狂気はいったいどこから来たのだろう。なぜモンスターはこの世に降りて来た、その目的は何なのだ。幸福に生きる者たちの生活を根こそぎ奪い、大量の絶望と悲しみを運んでくるモンスター。神が悪魔に敗北してそうなるのか。村雨にはそう思えなかった。理性と狂気は裏腹で、狂気は理性のもう一つの顔なのだ。悪魔は神のもう一つの顔で、あれほど残酷になれる者、それは神しかいない。だから神に選ばれし者も残酷になる。

村雨は出る支度をした。聴取にあたって先入観はよくない。ひたすら相手を見て言葉の意味を探り、矛盾や破綻がないか確かめる、それが刑事の武器だ。署に出て旭川に行く支度をしている太田と田中に声をかける。二人とも村雨を見ると頭を下げた。

「雪です、気をつけて行ってください。よろしくお願いします」

「タイミングの悪い雪ですわ。必ず何か掴んできますから楽しみにしていてください」

太田がそう言ってゆさゆさ身体をゆすりながら田中と部屋を出た。村雨も加賀と出ることにした。

寄別高校に来るのは三週間ぶりのことで、着くまでの三十分間村雨は黙って考えた。加賀は村雨が聴取のことを考えていると分かって話しかけない。九時半に着いて荒俣教頭に挨拶するが、すこぶる顔色が良くて元気そうだ。

「これはお久しぶりです。どうぞどうぞ」

旧知の仲のような挨拶をされる。小会議室で捜査体制が変更されたことを伝えた。

「そうですか。この事件、解決するでしょうか」

「警察は今後も全力を尽くします。捜査体制は変わりますが事件は必ず解決します。先生方には何度も話を聞かせていただきご迷惑かけました。今後は必要なくなると思いますので、何人かの先生にご挨拶に伺いました」

「そうですか、それはご丁寧に。お陰様で学校もすっかり落ち着きました」

「それは良かったですね。望月校長はどうですか」

「最高です。先生方の話をしっかり聞いてくれますし、生徒好きで授業や部活をよく見に行きます」

「校長先生が授業に来ると緊張しませんか」

「ええ、ですから廊下でこっそり見ています。放課後は毎日のように体育館や外を回って、私もびくびくしないで済むのでストレスがたまりません」

それが前校長の悪口になっていることに気づいたのだろう。

「いえ、大倉校長も悪い校長ではありませんでしたよ。ところでどの先生を呼びますか」

「はい、小石先生と町村先生をお願いします。それに山川先生もおられましたら」

「三人ともいます。九時四十分に授業が終わりますから、手の空いた先生から呼びましょう」

一人目は町村先生だった。淡いクリーム色のセーターに明るい赤のスカート、相変わらず底のぶ厚いサンダルを履いている。

「あら、お久しぶりでした。犯人が捕まったんですか」

ストレートな物言いに素直さと無邪気さを感じる。背丈と同じように心もすくすく育ったのだろう。

「いえ、残念ながらまだです」

「あらそれは残念。今日はなぜいらしたのですか」

あくまで直球だ。

「先生にお伺いしたいことがありまして」

「はい、何でしょう」

「妙な質問だと思わないでください。教師はどんな時に喜びを感じるものですか」

予想外の質問に町村先生は戸惑い、いぶかしげに村雨の顔を見る。山川先生に疑われないための布石だから仕方ない。

「そうですね、やはり卒業する日ですね。生徒が去る日に喜びを感じるのはおかしな話ですが、担任は皆そうじゃないかと思います。あの日の感動を味わうと、また担任をやりたくなります。三年間苦労すると分かっていてもそうなんです。生徒に別れを告げる時、様々な気持ちが溢れますが一言で言うとありがとうです。出会えて良かった、そんな思いです」

そういうものかと思った。自分が卒業式した日、担任は感動したのだろうか。最後のHRが終わると友人とラーメン屋に行った記憶しかなく、担任が言った言葉など何一つ覚えていない。

「その日はもうすぐですね。三月一日まで三か月です」

「ええ、これで三回目の担任が終わります。生徒が卒業すると何もしたくなくなりますが、時間が経つとまた担任をやりたくなります。職業病ですね」

そう言ってころころと笑った。明るさが町村先生の魅力で、教師はどこか楽天的でないとやっていけない仕事なのだろう。

「生徒が入学した時はどんな気持ちなのですか」

「お互いどきどきものです。生徒にとって高校は義務教育でなく中学とは違うという気持ちがあります。悪さをしたら停学になるし成績が悪いと留年があって最初は緊張します。ところが三か月も経つと中学より自由だと感じるようです」

「自由、ですか」

「ええ、うちは自由です。校則に違反すれば指導しますがそれ以外は自由です。勉強や部活を一生懸命やってくださいと言うだけで、それがうちの高校です」

「しかし中には反抗的な生徒もいるでしょう」

「もちろんです。一年生に多いですが根気よく指導すると変わります。教師が敵でなく味方だと分かると、見違えて素直になります。時間はかかりますが、結果的にそれが一番の早道です。事件や事故を起こす生徒は不満があり、それを引き出して理解してやれば治まります。生徒はやむにやまれぬ気持ちで非行や事故を起こすので、力任せの指導ではだめなのだと思います。強い指導で押さえつけても、いずれまたぶり返します。根本的な解決は生徒と信頼関係を築くことで、凍った心を溶かして暖めること、そう小石先生が教えてくれました」

「小石先生は生徒指導部長でしたね」

「はい。力任せの先生が生徒指導部長になりがちですが小石先生は違います。長い目で指導しようと言います。問題を起こした生徒を切らず気長に指導すると、他の生徒も学校や教師を信頼します。一時、腐ったミカン理論が流行りました。駄目な生徒は早くやめさせないと他の生徒に感染して悪くなるという考えですが、それは間違いだと思います。腐った人間などいないし、万一いたとしても捨てずに介抱すべきです。問題生徒を切り捨てるのは簡単ですが、残った生徒は不安を抱きます。自分が問題を起こしたら簡単に捨てられると思うからです。うちはそんなことはしません。だから教師も生徒も小石先生を信頼するのだと思います。そうだ、小石先生が自分の学年の生徒が卒業する時に配った学年通信があります。後で渡しますから読んでください」

　村雨はノーマライゼーションの話を思い出した。加賀が言った様々な者が共生できる社会という理念、たぶん町村先生は同じ事を言っている。

「いい学校ですね」

「自分で言うのも何ですが、私が経験した中で一番良い学校です。指導方針が明確で先生方が共有しているからだと思います」

「先生にはたくさん話を聞かせていただきましたが、最後に一つ聞かせてください。先生から見て山川先生はどのような先生ですか」

　急に表情が変わって険しくなったが、思い切ったように話し始めた。

「山川先生は担任を持ちません。生徒と距離を置くドライな先生で、教師でいて楽しいのかなと思うことがあります。担任こそ教師のやり甲斐なのに、やらないのは逃げだと思います。様々な事情で持てないことはありますが、山川先生はやりたくないのだと思います。これは初めて話しますが、山川先生が英語教室で独り言をつぶやいているのを見たことがあります。最初は英会話の練習かと思いましたが、向かいの椅子に向かって話していました。見てはいけないものを見た気がして職員室に戻りましたが、このことは絶対に言わないでくださいね」

「大丈夫です。言いません」

「ああ、良かった」

そう言って立ち上がったので、加賀と二人で頭を下げた。自分の職場が良いと思える人は幸福だ。その時、窓の外から生徒のざわめきが聞こえた。

「あれ、何だろう」

町村先生がカーテンを少し開けて外を見ると、体育の授業から生徒が戻るところだった。雪のぼんぼりがジャージのあちこちについている。

「雪中サッカーだったんだ、お疲れ様」

町村先生が誰にともなくつぶやき、二人に礼をすると出て行った。村雨は通り過ぎる生徒を見ながら高校時代の部活を思い出した。放課後のバスケットボールが最大の楽しみだったが、弱小チームで大会に出ても常に一回戦負けだった。顧問の若い教師はバスケの素人で、むやみに頑張れと言うだけである。村雨が三年生になって、退職間際の先生が顧問についた。いつも部員より早く来てモップをかけ、我々がやりますと言っても『これが好きだから』とやめない。練習中は椅子に座ってにこにこと見るだけで、指導らしい指導はしない。一度、ボールが先生の椅子まで転がって取りに行くと『打つ時、肘をためて手首を照準にしてゴールポストの少し先を狙うといいよ』と言われた。何だと思ったがその通りにするとシュート率が格段に上がり、最後の高体連は初めて三回戦まで勝ち上がることができた。後で聞くと部員全員が何らかのアドバイスを受けていて、卒業後、その先生が若い時は全日本の選手だったことを知った。いい気でプレイしていた自分が恥ずかしかったが、あの先生はどんな思いで我々を見ていたのだろう。決して馬鹿にしたり、下手な奴らめという目ではなかった。

授業終了のチャイムが鳴り、その十分後に開始のチャイムが鳴った。小石先生が現れて椅子に座りこちらを見るが、心が見透かされそうだ。ベテラン教師ともなれば何百人何千人と生徒を指導して、下手な刑事より人間を見る目がありそうだ。我々が小石先生を理解する以上に小石先生は我々を理解する、そんな風に感じた。

「お久しぶりです。捜査は進んでいますか」

小石先生が軽く探る感じで言う。

「ええ、そのことで先生に伺いたいことがあって参りました」

ほうという表情で村雨を見る。

「校長を殺した犯人は犯行を火事で隠そうとしています。実は同一犯の犯行と思われる事件を見つけましたが、いずれも火事で偽装しています。先生は歴史の教師ですから、火についてご存じのことがあれば教えていただきたいのです」

「火、ですか。インターネットで調べた方が早そうですが、私が知っていることで良ければお話ししょう」

そう言って教師の顔になった。

「まずギリシア神話です。ギリシア神話ではプロメテウスが人間に火をもたらしたことになっています」


「なぜそんなことをしたのですか」

「長くなりますがプロメテウスのプロは先、メテウスは知恵という意味で、未来を見通す先読みの神です。古い神タイタン族と新興勢力のオリンポス神が戦った時、プロメテウスはタイタン族の一員なのにオリンポス神の味方をします。先読みの力でゼウスが勝つと分かったからで、戦いの後、タイタン族は地の奥底に投げ込まれますがプロメテウスだけは生きることを許されました。その後、神と人間で獲物の取り分を決めますが、プロメテウスは人間の味方をします。肉と内臓を胃袋に包んで不味そうに見せ、骨は油で包んでうまそうにして出しました。ゼウスはだまされて骨を取りますが、実はだまされたふりだったのです。その後、ゼウスはその復讐として人間から火を取り上げますが、プロメテウスが盗んで再び与えます。怒ったゼウスは神々に絶世の美少女を創らせて人間界に送り込みます。相手はプロメテウスの弟エピメテウスで、美少女の名はパンドラです。パンは神々でドラは贈り物、つまり神々からの贈り物という意味ですが、ゼウスからの贈り物を受け取るなという兄の忠告を忘れて受けってしまいます。パンドラは性悪で男に寄生して家の蓄えを食い尽くす女で、この時から男の苦労が始まったそうです。さらに嫁入道具として持参した箱を開けると病気や苦しみや災いが飛び出し、人間は苦しみの中で生きることになります。唯一箱に残ったのは希望で、それだけが人間の救いというわけです。火は文明の根源ですが使い方を間違えると厄介事をもたらす、そんな火を人間に与えるのは危険だとゼウスは考えたのでしょう。その後、人間は火の力を利用して様々な兵器を作り殺し合いますが、ゼウスの復讐が叶ったと言うべきかもしれません」

「プロメテウスはどうなったのですか」

「その後もプロメテウスは様々な知恵や技術を人間にもたらします。数や文字、航海や医薬ですが、ゼウスはそれが気にいらなかった。世界の果ての岩山に縛り付け、大鷲に肝臓を毎日食い荒らされる刑に処されることになります」

「先読みの神も自分のことだけは見通せなかったわけですか。しかしゼウスもなかなか恐ろしい神ですね」

「神を優しく慈悲深き存在と見るのは日本人の特性でしょう。キリスト教が伝わった時もマリア信仰が中心でした」

「隠れキリシタンを見つけるためマリア様の踏み絵があったそうですね」

「マリアの方がキリストよりも効果的だったのでしょう」

「ところでギリシア神話以外で火にまつわる話はありますか」

「紀元前六世紀、ペルシアで拝火教が生まれました。ゾロアスター教ですが世界の始まりをこう説きます。世界が始まる前に対立する二つの霊があり、一つは生命と真理を選びもう一つは死と闇を選びます。どちらが正しいか争う場として善神アフラマヅタがこの世界を創り悪神アーリマンと戦います。最後の審判でアフラマヅタが勝ち、世界は天国と地獄に分かれ、死んだ者も生きる者もどちらかに行きます。ちなみにコミックのコブラはこの神話が元ネタですが、サイコガンを持つ男コブラ、知ってますか」

加賀が横で頷いた。そんな古いコミックも読んでいるのか。

「これはキリスト教の最後の審判に影響しました。ニーチェが書いた『ツァラトゥストラかく語りき』のツァラトゥストラとはゾロアスターのことで、賢者が山から下りて人々に啓示を与える書です。寺院にはゾロアスターが灯した神聖な火が燃え、信者は火を汚さぬよう白いマスクをして拝みます。面白いのはこの宗教が近親婚を勧めたことで、親兄弟の結婚が善行とされてさかんに行われました。人が死ぬと鳥葬または風葬にされます」

「鳥葬というのは」

「沈黙の塔と呼ばれる屋根のない塔の石版に死体を置き、ハゲタカに食わせます」

「なぜそんなことをするのですか」

「人の肉体はアフラマヅタの守護下にあり、その死体を汚さぬためだそうです」

「日本にゾロアスター教信者はいるのですか」

「どうでしょう、古代や中世に伝わった記録はありません。1990年代後半、ある占い師が日本ゾロアスター教団を作りましたが、どのような活動をしたか分かりません」

「そうですか。その他に何かありますか」

「神話時代を脱したギリシアでは自然哲学者が世界の合理的説明を試み、アルケー、つまり万物の根源なるものを考えます。ヘラクレイトスは火・空気・水・土が互いに姿を変え、変化こそが世界の真理だと考えました。つまり万物は流転して火は土になり水にも空気にもなるというわけです。ギリシアやペルシアはいち早く軍事力を高めた国で、水より戦闘力の強い火を崇める傾向が強かったのでしょう。ただしこれは私の推測です」

「日本では水が優勢ですね」

「そうですね。日本は農業ですから太陽と水を強く敬うことになります。スサノオが乱暴すると、太陽神のアマテラスは怒って隠れます。光がなくなると邪悪なものがはびこり、困った神々は一計を図り宴会を催して大騒ぎします。何事かと覗いたアマテラスを引っ張り出して光を取り戻し、邪悪なものを払いました。つまり光はハレで闇はケです。日本では汚れを清めるためにみそぎ（禊）を行いますが、みそぎは水ですすぐが語源でしょう」

「アマテラスは男神ですか女神ですか」

「普通は女神と言われますが私は両性と考えています。なぜなら姉のツキヨミは女神で弟のスサノオは男神です。それより上位のアマテラスは両者を統合した両性の神と考えていいでしょう」

「両性ですか」

「ただし、神に人間の性を当てはめること自体意味が無いことかもしれません」

「太陽神なら火にも関係しますね」

「九州辺りでは火を崇める傾向が強いようです。阿蘇が火の力を見せつけ、水よりも強大なパワーと考えたのでしょう。人間を超える力を何に見るか、自然が大きく影響するのだと思います」

「なるほど。ところで今は火を見なくなりましたね」

「そうですね。昔は石炭ストーブがあったしゴミも家で燃やしましたから、火は身近なものでした。学校祭の最終日は枕木を積んで火をつけ、燃えさかるファイヤーを囲んでフォークダンスで盛り上がったものです。女子の手を握る機会など滅多になくてどきどきものでした。ところが二十年ほど前、家庭用焼却炉で燃やすとダイオキシンが発生すると禁止になりました。ダイオキシンはベトナム戦争で米軍が枯葉剤として使った猛毒です。私の初任校時代も焼却炉で燃やしていましたが、今や昔の話です。村雨さんの少し後の年代から学校祭でファイヤーをやらなくなったでしょう」

そうか、ファイヤーをやらなくなったのはそのせいか。話を聞きながら、小石先生の授業はさぞ面白いのだろうと思った。

「ゾロアスター教に火が汚れを清めるという思想はありますか」

「ええ、光は汚れた闇を神聖なものに変え、真理は邪悪を追放します。光の象徴である火はその力で汚れを清めます」

「そうですか。すると火で犯行を隠蔽するだけでなく、清めようとしたとも考えられますね」

「それはどうでしょう。ゾロアスター教の信者は全世界で十万人ほどで、日本にはほとんどいないと思います」

「そうですか。ちなみに宗教の名で殺人が正当化されることはありますか」

「残念ながら、宗教の歴史は殺戮の歴史です。古代中国、秦の始皇帝は何千人もの儒学者を生き埋めにしました。ローマ帝国はキリスト教信者を拷問にかけて殺し、ヨーロッパ中世、教会は魔女狩りで多くの罪なき者を殺しました。イスラム教とキリスト教の戦いは殺戮の応酬で、宗教改革後のカトリックとプロテスタントの戦いも同じです。宗教の名の下に行われた殺人は数限りなくあります」

「そのことについて先生はどう思いますか」

「偉大な宗教や思想は毒も強いのでしょう。絶対的な善きものが生まれると、それ以外は全て悪となります。その悪を滅ぼすのは善いことになり、対立者を殺すことも善になります。それが聖戦で、イスラムは右手にコーラン左手に剣で勢力を拡大しました。唯一神は他の神を認めませんが、それは人間の都合であって神の本意ではないと思います。本当に神がいるなら、殺し合えと命じることはないでしょう。人間が勝手に神の名を借りて殺し合うだけです。宗教は多くの者を救いましたが、多くの者をも殺しました」

「そうですか。ところでキリスト教で火はどう扱われますか」

「それは山川先生が詳しいでしょう。彼女はカトリックで教義や聖書のこともよく知っているはずです」

「山川先生ですか。分かりました、聞いてみます。ところで話は変わりますが、町村先生と山川先生は仲が悪いのですか」

小石先生は『ん』という顔で村雨を見た。ぶしつけに何を聞くのかと思ったのだろう。

「先ほど町村先生と話をしましたが、山川先生は担任を持ちたがらないと言いました。ただしこのことは町村先生にも山川先生にも内緒でお願いします」

「彼女らしいですね。二人の女性がいて心を許す関係になる確率は、そうでない確率の十分の一くらいだと思いませんか」

一般論で返すところはさすがだが、こちらには知りたいことがある。

「町村先生は小石先生のことを心から信頼されています。ところが山川先生のことになると急に様子が変わるので、何かあるのではないかと思いまして」

「何かあるわけではないと思いますよ。気性が合わないだけでしょう」

「お二人の気性は違いますか」

「生まれも育ちも違いますから違って当たり前です」

それはそうだ。

「ちなみに先生から見てお二人の気性はどうですか」

小石先生は答える必要の無い問にどう答えるべきか考えているようだ。

「町村先生は率直で明るくて元気な方です。大きく笑うことができて小細工せずまっすぐ生徒にぶつかる教師です。だから生徒も信頼しています。二人のお子さんを育てて親の気持ちも分かるのでしょう、学級通信にそれが現れています。一方山川先生は落ち着いた聡明な方です。しっかりとした授業をするし、分掌の仕事も確実にこなします。自分の考えを積極的に言う方ではありませんが、けっして弱い人間でありません」

二人とも褒めたが微妙な言い回しだ。町村先生は生徒から信頼されると言い、山川先生の生徒評はなかった。しかしこれ以上聞くと怪しまれるので話を変えることにした。

「以前、ある先生から女子会に校長を呼んだが酒癖が悪くて困ったと聞きました。このことを小石先生はご存じでしたか」

「そんな話も出ましたか。町村先生に聞いていたので夏に校長と飲んだ時、職場はもちろん酒席でも女性の身体に触れるとセクハラになるから互いに気をつけましょうと言いました。ちょうど、どこかの県議のセクハラが話題になっていた時です」

「校長先生の反応はどうでしたか」

「真顔で『そうだそうだ、そのことは職員に徹底しなければならん』と言ってました。困ったことにセクハラをしたとの自覚がありませんでした」

「厄介なケースですね」

「厄介ですが、一緒に酒を飲まなければ大丈夫と町村先生に言いました。ただし次に何かあった時は言ってくださいとも伝えました」

「生徒指導部長は校長も指導するのですか」

そう言うと小石先生は苦笑した。

「互いのためです。そんなことで学校の信頼が失われると悲しいし、校長の人生も狂います」

「大人の判断ですね。最後に聞かせてください。お恥ずかしい話ですが道警に裏金問題があったことはご存じだと思います。ところがそれ以前に高校でも裏金作りが行われていました。先生がまだお若い頃のことと思いますが、その事についてどう思われましたか」

小石先生は昔を思い出すようにしばらく目を天井に向けた。そして話し始めた。

「二十数年前、私が三十代の終わりですが、北海道新聞に高校で裏金作りが行われているとの記事が掲載されました。道警が捜査を始めて大きな話題となり、週刊誌も特集を組んで事件の概要を明らかにしました。管理職と事務長が結託して架空出張を作り、その旅費をプールしたわけですが、カラ出張は主に大規模高校で行われ、作られた裏金は指導主事の接待や人事の謝礼に使われたようです。その時の校長は『本校は一切関係ありません』と否定しましたが、その三日後、裏金作りを行った高校一覧に本校も載っていました。私は怒りを覚え、打ち合わせで『何があったか説明する責任がある』と詰め寄りましたが、校長は『私は何も知らなかった』の一点張りで口をつぐむだけでした。その後、札幌のある高校の事務長が使途不明金を金庫に隠したとして逮捕され、その金は人事の謝礼に貰ったり使われたりしたと報道されました。その後、道教委で自殺者が一人出ましたが、現職の校長、教頭、事務長で逮捕された者はいません。なぜか捜査は突然終わり、誰が関わり、どれだけ裏金が作られ、どう使われたか解明されないまま終わりました。一説には道警と道庁で手打ちしたと噂され、現場の多くの教師は失望と怒りを感じました。不正が暴露されても責任を取らず、口をつぐんで知らぬ存ぜぬの校長たち。校長とはそんな信念のかけらも無い連中なのかと思いました。我々の年代から管理職を希望する者が減りますが、あの時一人でも真実を語っていたら状況は変わったでしょう。しかし誰一人として語らず、責任も取りませんでした。教師になる時は誰もが良い先生になろうと決意し、良い授業や良い部活指導を目指します。ところがある年代になると管理職を目指す者が現れ、校長になると自分の思い通りに学校を動かし、道教委の意向だけ気にするようになります。校長の役目は教師が働きやすく、生徒が生き生きと学べる学校作りという事を忘れてしまうのです。そしてさらに大きな高校に異動しようと、道教委の顔色ばかり伺って動きます。そんな管理職になるくらいなら一教師として全うする方が良い、多くの教師がそう考えたのも無理からぬことです」

痛いほど分かった。真実や正義を追い求めるはずの警察と学校だが、そこで行われた組織的不正。多くの者が失望や嫌悪を感じ、さらに責任を取らないことに怒りを感じた。

「先生には貴重な話をたくさん聞かせていただきました。警官は警戒されるものですが、先生は率直に話してくれました。本当にありがとうございました」

心からそう思った。テレビで警察の活動を紹介する番組が増え、以前より市民感情は和らぎ、露骨に嫌な顔をされることは少なくなった。しかし依然として警察不信は残り、またそう思われても仕方ない不祥事が続いている。信頼回復は一人一人が持ち場で頑張るしかないが目の前の小石先生はそれを実践し、一教師としての生き方を変えなかった。誠実で不器用だが、だからこそ多くの教師や生徒に影響を与える。この人の教え子から多くの人材が輩出するのだろう、村雨はうらやましく思った。子どもにとって教師は最初に出会う社会で働く大人だ。敬愛できる教師に出会えた子どもは幸福で、その生き様は心のどこかに残る。出世に目もくれず黙々と仕事に励む警官や教師たち、彼らが現場を支え良識を保っている。退職しても国から勲章は出ないが、目に見えない勲章を心に持つのだろう。

「ではこれで失礼します」

そう言って小石先生が立ち上がった。思わず村雨も加賀も起立して小石先生に頭を下げた。戸が閉まると加賀が言う。

「小石先生には揺るぎのない信念を感じますね。何だか力づけられます」

「そうか」

村雨も同じ思いだったがそう言わなかった。言葉にすると何かが違う。

「いよいよ山川先生ですね」

その直後、戸がノックされ村雨は心がぎゅっと縮まるように感じた。恐ろしい肉食獣と対峙するような感覚で、これから話す人は追い求めた人であるが得体の知れないモンスターでもある。冷静に聴取できるだろうか、そんな不安が心をよぎる。山川先生は以前の聴取と同じようにひっそり入って来ると一礼して椅子に座り、こちらを伺うように見た。卵形の整った顔立ちの美人で、濃緑のワンピースに黒のストッキング、大理石のように白くてなめらかな手を膝に重ねている。村雨は見た目に美しいが、中が空洞の陶製の西洋人形を連想した。山川先生の目を見ながら捜査体制が変更されること、挨拶に伺ったこと、町村・小石両先生から話を聞いたことなどを告げる。山川先生はじっと聞いている。

「ところでお仕事は順調ですか。受験する生徒さんは頑張っていますか」

「ええ、相変わらず力不足ですがやる気は見せています。これからが勝負です」

そう、これからが勝負なのだと村雨も自分に言い聞かせる。

「先ほど小石先生と雑談するうちに火事の話になり、火について伺いました。ギリシア神話やゾロアスター教など興味深い話を聞かせていただきましたが、キリスト教について伺うと山川先生が詳しいでしょうと言われました」

「小石先生がそうおっしゃったのですか」

意外そうに山川先生が言うが不快な感じではない。

「ええ、山川先生の方が聖書に詳しいから聞いてみてはと言われました」

安堵の表情が浮かんだ。小石先生が言ったからなのか、それとも事件に関わらない話と思ったからなのか。

「火ですか」

「ええ、キリスト教で火はどのように扱われるかと思いまして」

しばらく考えると微笑みながら話し始めた。

「光あれと神が言って世界が始まりますが、神は六日間で海と陸と空、そこに生きるものたちと人間を創り、七日目は安息日にしました。神は自分に似せて創ったアダムとイブをエデンの園に住まわせますが、園の中央にある二本の木の実だけは食べないよう告げました。しかし蛇にそそのかされてイブが食べ、イブはアダムにも食べさせます。二人に知恵と恥じらいが生まれ、神の言いつけに背いた罪で楽園から追放されます。神は戻れぬようケルビムという怪獣と回る剣の炎を置いたと旧約聖書にあります。最初に登場する火はこれだと思います」

「聖書でも女が災いをもたらすわけですか。いや、すみません、先ほどパンドラの話を聞いたものですから。ところでその回る剣の炎とは何ですか」

「稲妻、つまり雷のことだと思います」

「なぜそんなものを置いたのですか」

「二人が楽園に戻ってもう一つの実を食べないためです」

「もしアダムとイブが知恵の実を食べなければ、人間は苦労せずに生きられたわけですか」

「そうです」

山川先生の言い方は罰を下す神のように断定的だ。

「言いつけを守らなかったことは悪いのでしょうが、その時、人間は自由意志を得たことになりませんか」

「神の意志に背く自由意志などありません。子どもが親の言いつけに背いて泥棒した時、自由意志を得たと言うでしょうか。自由意志とは理性に基づく行動のことであって、欲望を満たすことではありません」

「しかし子どもは親に反抗して自立します。いつまでも反抗しなければ一人前にならないと思いませんか」

「私には子どもがいないので分かりません」

子どもはいなくても子どもを育てる仕事に就いている、と言おうとしてやめた。怒らすのは一つの手だが、まだその段階ではない。

「そうですか、すみません話をそらせてしまいました。その後、火はどこに出てきますか」

「ソドムとゴモラが滅ぼされた時です。神は硫黄の火で町を焼きました」

「なぜそんなことをしたのです」

「二つの町に神を信じる義人がいなかったからです。悪徳がはびこり正しい行いが滅びました」

「そうですか。他にありますか」

「ある時、神はアブラハムに子のイサクを連れて山に登れと命じます。山に上がると神はイサクを殺して焼き、捧げよと命じます。アブラハムは命じられた通りイサクを祭壇のたきぎに乗せて殺そうとしますが、その時、神はその必要が無いことを告げて一頭の雄羊を与えます。アブラハムはその雄羊を全焼の生贄にして神に捧げました」

どうやら神は火を使って人間を懲らしめたり試したりするようだ。

「何だか恐ろしい神のように思えますが」

「そうでしょうか。悪いのは人間で、神はチャンスを与える慈悲深い神だと思います」

村雨にはそう思えなかったが続きを聞くことにした。

「それ以外で火にまつわる話はありますか」

「モーゼがエジプトを出ようとすると王が妨害し、神はエジプトに雷と雹を降らせ火が地に向かって走りました。さらにモーゼを追ったエジプト軍は神の炎に立ち往生します。人がバベルの塔を作った時も稲妻で破壊しますが、火は神の力の象徴であり邪悪なものを罰する力です」

「なるほど。ところで神の力である火は神聖で善きものなのですね」

「そうです。火は汚れを浄化します」

死体を浄化するため焼いたというのか、それとも罪を浄化するためか。

「キリスト教に殺人を正当化する教えはありますか」

「どういうことでしょう」

「例えば中世の魔女狩りですが、悪魔に取り憑かれた人間は殺して当然という時代がありました。そんなようなことです」

「神は土くれで人を作り、命の息を吹き込んだとあります。ですから人の肉体は死ぬと土に戻りますが、その肉体の滅びを人は死と思いがちです。しかし本当の死は魂の滅びのことで、その魂を救うなら殺すことになりません」

「しかしそれは神だけに許されることですよね」

「神または神が啓示を与えた者です」

「神が啓示を与えたかどうか、どうして分かりますか」

「それは本人にしか分からないことです」

「啓示を受けた者は人を殺しても罪にならないと言うことですか」

「法の下では罪に問われます。しかし神の言葉は法を超え、それに従わなければロトの妻のように塩の柱となります」

「キリスト教の信者ならそれでいいでしょうが、そうでない者は納得しないと思いませんか」

「神は全人類の神で、人類全てを見守る存在なのです」

「つまり例外はなしということですか」

「神は平等で例外など作りません。人間が地を這う蟻を見て差別しないのと同じことです」

「蟻ですか。確かに蟻の顔を見分けることはできませんが、蟻を殺す必要はない」

「シロアリのように害を及ぼす蟻なら全滅させます」

「確かに。しかし神はなぜ人に啓示を与えるのですか、自分で罰を与えれば良いのではないですか」

「啓示を与えられた者は義に生きるかどうか試されるのです。そして義人が何人いたかで神は最後の審判を下します」

「つまり神の言葉を信じる人間が何人いるかで最後の審判が決まる、そういうことですか」

「ソドムとゴモラは滅びました。神は義人が十人もいれば滅ぼさないと言いましたが、悪徳の町に義人は一人もいませんでした。だから神は火で町を焼き尽くしたのです」

「しかし義人にも性欲はある」

そう言った瞬間、山川先生が恐ろしい怪物に変わり、口から赤く長い舌が伸びて村雨を食うように感じた。はっと身を引き、加賀がこちらを向くのが分かった。数秒の沈黙が永遠のように感じたが、凍り付いた空気を引き裂くように山川先生が口を開いた。

「そんなことは取るに足らないことです」

そう静かに語る山川先生に、村雨は言い知れぬ恐怖を感じた。この人は自分が神に選ばれた義人だと言っている。そして殺人は神の啓示と信じているが、それはイスラム過激派の思想と同じだ。しかし、それが間違いだと教えることはできない。神を信じる者にとって神の言葉より強いものはなく、どれだけ話しても溝が埋まることはない。村雨は動揺を抑えて聞いた。

「では最後に一つだけ聞かせてください。先生にとって教師の喜びとは何ですか」

しばらく間があった。

「神の意志を示すことです」

「どういうことですか」

「世界は神の声に溢れていますが、ほとんどの者は聞こうとしません。心の底から信じていないからです。神の声を聞いた者はジャンヌダルクのように使命を果たさねばなりません。それは選択でなく義務なのです」

「百年戦争でフランスを救った英雄ですね」

「戦いに勝利してフランスを救いましたが、あまりにも鮮やかな勝利で魔女と疑われて処刑されました。名誉が回復して聖女となるのは四百五十年も後のことです。残念なことですが、人間は義人の行為を正しく見ることができないのです」

「神の意志を示すにしても日本で宗教教育は禁止されています」

するど山川先生の表情から何かが抜け落ち、一介の教師の顔に戻った。

「そうです、生徒にキリスト教を語ることはありません。それはあくまで私の信念のようなものです」

加賀をちらと見ると悲しそうな顔をしている。

「お忙しい中、何度もお話いただいてありがとうございました。仕事なものですからご容赦ください、ではこれで終わります」

村雨の言葉で山川先生は立ち上がり一礼して出て行った。残された二人は顔を見合わせた。狂人の妄想などでなく確固とした信仰だが、信じている神は愛の神でなく罰する神だ。クリスチャンなのになぜそんな恐ろしい神を信じるようになったのだろう。しかしその答は見つかりそうになかった。日本国憲法は信仰の自由を認め、仏教だろうが神道だろうがキリスト教だろうが個人の自由である。しかし信仰の自由は認めても信仰による殺人は認めない。それが歴史から学んだ人類の知恵であり、守らない者は罰しなければならない。それは現代の常識だが、村雨の心はすっきりしなかった。

数年前、デスノートという映画が流行った。悪魔の力を持つ若者が現れて犯罪者を次々に抹殺すると、凶悪犯罪が激減して人々は若者を神として崇める。その心の裏には神の沈黙があった。社会にはびこる不正や悪、正しく生きる者が虐げられる社会。それなのになぜ神は沈黙を続け、そしていつまで沈黙するのだろう。誰か神に代わって罰してくれないか、そう多くの民衆が願っている。村雨の心は重かった。

「聴取はこれで終わりですか」

加賀がやっと口を開いた。

「そうだ」

「係長、なぜあんなことを言ったのですか。義人にも性欲はあるなどと」

「山川先生の論理にくさびを打ち込むためだ。どんな義人も性を介さず子どもを作ることはできない。義人の性欲は肉の誘惑かそれとも神の恩寵か、そう問うたら全く別のものが出てきた」

「何ですか」

「怪物だ、凄まじい怪物が山川先生から現れた。しかしこれでやっと山川先生の動機が分かった。殺人は神に生贄を捧げるための儀式だ」

「生贄、ですか」

「そうだ、アブラハムと同じく生贄を捧げるための殺人だ。神がそう命じたのだろう。札幌に行くぞ。犯行の裏を取って絶対に罪を償わせてみせる」

## 20

摩耶は週二度のペースでアマラと会い、思い切り抱かれた。アマラは摩耶を存分に可愛がり、摩耶は自分の肉体が成熟した蘭のように開花するのを知った。肉体の喜びは苦痛や我慢を伴い、その痺れるような快楽は麻薬のように染みてアマラだけを思うようになった。アマラは肉体は物質であって精神の道具にすぎないと語り、道具は正しい使い方を覚えることが大切だと摩耶に教えた。快楽を否定して封印することは愚かで、精神の修養になどならないとも語った。

「神父や哲学者たちは感覚的快楽はきりがなく、所詮満たされないものと物知り顔で言う。そして肉の快楽は偽りの快楽で、精神の快楽こそ真の快楽だと語る。しかし肉体が滅びると精神も滅び、自己の消滅とともに全ての快楽が消える。それこそが真理で、快楽は生きていることの証なの。生の炎が燃え盛るのは一瞬なのに、その貴重な時を下らない道徳で封印することこそ大きな罪。動物を見るがいいわ、本能に従って存分に快楽を味わう。射精のエクスタシーはビッグバンで宇宙が誕生する瞬間なの、あなたもおかまの涙ぐましい努力を知っているでしょう」

アマラと知り合って摩耶はおかまたちの性を知ることになった。彼らは射精の瞬間を迎えるため、ひたむきな努力を積むのである。あるおかまは別のおかまに尻から犯され、一時間近くも自分の性器をしごき、さらに陰嚢を強くもまれてその時を迎えた。別のおかまは少年の性器を口にくわえ、振動するバイブを尻に差し込み、さらにろうそくを体中に垂らされて射精した。後ろ手に縛った少年の尻に自分のペニスを突き刺し、少年が射精するまで性器をしごいた後で、自分も激しく腰を使っていくおかまもいた。おかまたちは射精という一瞬の快楽を得るため涙ぐましい努力をしたが、その姿は悟りを得るために励む苦行僧と変わらなかった。その姿こそが生の証なのだとアマラは摩耶に語ったのである。

「おかまは自分の性癖を知った時から自分を隠して生き、耐えきれずにカミングアウトすると奇妙な目で蔑まれる。それでも内なる肉の声に耳を傾け、自分に忠実に生きようと願う者、正直に生きようとする者を誰が非難できると言うの。高尚なことを語る者ほど偽りに生きる者よ。うちのお客たちがどのような人間か知ったでしょう」

客には作家以外にもテレビタレントや評論家、教育関係者など著名人が多くいた。彼らはおかまたちの毒舌を聞いて笑い、時にはおかまと一夜をともにした。おかまはその時の話をするが、普段からは考えられない痴態、変態ぶりが語られた。ある男性タレントは後ろ手に縛られ、突き出した尻を犯されながら「お母さんごめんなさい」と泣き叫んでいった。教育評論家は一時間も二時間もおかまの陰茎を舐め、自分の陰茎を手でなぶりながらだらだらと射精した。私学の学長は鞭でぶたれ、肛門にキュウリを入れられた挙げ句、陰茎を足で踏みつけられて射精した。翌日、彼らは何事もなかったように仕事に行き、周りの者と普通に語らい立派なことを説いた。

「肉の快楽を否定する教えは全て欺瞞、大事なことを隠そうとしているだけ」

アマラはそう断言したが、摩耶はキリスト教がなぜ肉欲と快楽を嫌悪するのか考えた。快楽に溺れて神を忘れ、信仰心を失ってしまうからだろうか。違う、そんなことではない。快楽の絶頂で人は忘我になり、何もかもが消えて幸福に包まれる。その絶頂は神の恍惚と同じだが、人間は弱いため絶頂を維持することができない。その絶頂を維持して神と同じ恍惚に到ろうとする試みは、バベルの塔と同じく罪深い行為なのだ。だから肉欲と快楽を邪悪なものとした。人は神になろうとしてはいけない、一歩でも近づいてはいけない。神父たちはそう教えるが、それは神の本意でなく、神は肉体の快楽をけっして否定しない。ソドムとゴモラが滅びたのは信仰が失われたからであり、快楽とは全く関係がない。それなのに中世の神父どもはソドムとゴモラを口実に肉体の快楽を封じ、自分たちで独占しようとした。神に仕える者は快楽を味わっても奉仕を忘れないと、自分たちは淫らな行為を繰り返した。彼らはその欺瞞と騙りで地獄に落ちたろうか。

摩耶はアマラの強い肉体と精神力に圧倒され、いつしか僕となった。アマラは強力な力で摩耶をねじ伏せ、摩耶の神を殺そうとした。アマラは何度も勝利して摩耶は何度も敗北した。我こそが神、アマラはそう語り、摩耶は自分の神が遠ざかるのを感じた。

ある秋の日、一日中冷たい雨が降った。その日も摩耶はアマラに抱かれ、強烈な刺激と快感と苦痛を味わされ、マンションに戻るとベッドに倒れて深い眠りについた。ふと目を覚ますと窓が薄明るく、部屋全体がかすんでいるように見えた。何時かと身体を起こすと部屋の隅の椅子に黒衣の僧が腰掛けて、摩耶を面白そうに見ている。

「おやおや、悪魔に取り憑かれたような顔をしている。四年前、お前は選ばれし者となったが、それが信じられなくなったとでも言うのか。人はどうして神を信じなくなるのだろう。正しく強い神だけが本当の神なのに、すぐまがい物に騙されてしまう。お前もそうなのか」

哀れむように言い、摩耶は仕方なく頷いた。心に後悔の念が強く湧いた。

「摩耶、お前はなぜ神が沈黙するか知りたいのだろう。では真実を教えてあげよう。神の沈黙は神の怖ろしいほどの優しさなのだ。神の声を聞く者は魂を覗くことになり、そこには全てがある。善きものだけでなく、考えられる限りのありとあらゆる悪があり、その真実に人は耐えることができないのだ。神は全てでそれこそが神だが、その真実に耐える者だけに語りかける。そうでない者に語らないのは神の優しさなのだ」

「憎しみや邪悪も神のものなの」

「そうだ、私はそう言った。あらゆるものが神であり、この世界のどれ一つとして神でないものはない。それが答だ」

黒衣の僧はごく当たり前のことを説明するように語った。

「神学者どもは憎しみや邪悪は人が作りだしたもので、悪魔の誘惑だと説明する。神に邪悪は存在せず、人が悪魔の誘惑に負けて罰せられると教えるが、それは偽りで馬鹿げたことだ。全ては予定調和の中にあり、何もかもが意味を持つ。神の世界に無駄は無く壮大な物語の一つだが、人はその物語を理解しない。亀が飼い主の言葉を聞いて理解するだろうか」

「それでも声を聞けば人は神を信じる」

「そうだろうか、幻聴と思うだけではないのかね。神の声を聞いても信じなかった者は沢山いる。だから神は慎重に選ぶのだ。誰にでも神の声が届くわけではない」

「アマラという人がいる。彼は自分が神と言うけれど、神の声は届かないの」

「届かない。なぜなら彼は神に選ばれず、偽りの神だからだ。偽りの神はいつの時代にもいて、昔のエジプトにもいたではないか。お前はエジプトの王がどうなったか知っているだろう。信じられないのなら、そのアマラとやらが本当の神かどうか試すがいい」

「アマラは自分は火の神と語り、とても強くて誰もが恐れる」

「やれやれ、もう一度言おう。答はすぐ出る。本当に火の神かどうか確かめるがいい」

「どうすればいいの」

「簡単なことだ。火の神なら火に負けるわけがない、だから火をかけてみるがいい。神なら自在に操るはずだ、そうだろう」

「どうすればいいの」

「ガソリンを厚手のビニール袋に入れて店のゴミ箱に入れるだけだ。そして使い捨てカイロを一つ置いておく、ただそれだけのことだ」

「どうなるの」

「火が出るかもしれないし出ないかもしれない、誰かが見つけて片付けるかもしれないし見つけないかもしれない。結果がどうなるかで分かるだろう。真の神なら死ぬことはない、そんなことは分かっているはずだ。死は神のものでなく人間のものなのだ」

論理的な考えだと思った。火の神なら火に負けないし死ぬこともない。摩耶は自分が取るべき行動を理解した。四年前も僧はやるべき事を示して摩耶を救ったが、今度もそうなるのだろうか。摩耶は起きて身支度した。

## 21

札幌に向かう車で村雨は加賀のレポートを読んだ。聴取内容を先生ごとにまとめて丁寧に記録している。山川先生の第一回聴取は八月二十日で校長から授業の助言を受けたこと、校長の海外旅行の話を聞いたことが記録されていた。その十日後二回目の聴取、内容はかなり細かく記憶に残っている。山川先生と神の話になり、その独特な解釈に違和感を感じたからだ。その後、村雨は何冊かの解説書でキリスト教のにわか勉強をして、聖書も買ってところどころ読んだ。

キリスト教は他宗教や権力者から様々な迫害を受け、また様々な宗派に分派しながらも巨大な宗教に育った。ユダヤ教の嫉妬、ユダの裏切り、イエスの死、使徒の受難、ローマ帝国の迫害とネロの虐殺。中世の魔女狩り、イスラム教との戦い、カトリックとプロテスタントの戦争、そんな血なまぐさい歴史を持ち、さらに近現代になると地動説や進化論に脅かされ、地球は宇宙の中心から陥落して人間は進化の産物となった。そんな状況の中でもキリスト教は信者を増やし、今や世界最大の信者を抱える宗教である。欧米の文化・教育そして政治・経済に絶大な影響を与え、ローマ法王の言葉は瞬く間に世界を駆け巡る。村雨は山川先生との二回目の会話を思い出した。

「山川先生が尊敬される方はどなたですか」

会話の糸口を作ろうと軽い気持ちで聞くと、山川先生はしばらく考えて言った。

「三浦綾子先生を敬愛しています。先生は自己犠牲をテーマに作品を書かれました」

村雨の知らない作家で困ったと思った。

「不勉強でよく分からないのですが、三浦先生の自己犠牲とはどのようなことですか」

「人は自分の命を大事に思い、命を捧げることをためらいます。いざという時も強い意志がないと命を奉げることができません」

「例えば地下鉄のホームから落ちた人を助けようと命の危険を省みず助けに行く、そのようなことですか」

「それが話題に取り上げられるのは普通の人には出来ないからです」

「三浦先生はそのことを書いたのですか」

「いいえ、美談を書いたのではありません。命は神のもので、命をどう使うか大切だと教えていただきました。信仰が強いほど人は神に奉仕することができます」

「それはつまり、ためらいのない行動を取れるということですか」

「そうです。神の声を聞く者にためらいはありません」

「誰もが神の声を聞くことができますか」

「できません。神は選ばれた者にだけ声を届けます」

「神はどのような基準で人を選ぶのですか」

「神の心を推し量ることはできません」

「では、自己犠牲は神のためにあるのですか」

「人間が神にできることはありません。神はそれを喜ぶだけです」

「すると神を喜ばすために自己犠牲があるのですか」

「自己犠牲とは神に命を委ねることで、神の喜びはその結果なのです」

「例えばの話ですが、特別攻撃隊となって死んだ若者の行動を神は喜びましたか」

「彼らは国家のために命を捧げましたがそれは間違いでした。命令した国家が間違いを犯し、彼らはその犠牲となりました」

「しかし国家が間違ったとしても、若者たちは命令を断ることができなかった」

「その通りです。志願したと言ってもその行為は強制によるもので、それゆえ純粋な自己犠牲ではありませんでした。純粋な自己犠牲には大いなる喜びが伴います」

よく分からない理論だったが山川先生の中では完結しているのだろう。

「ではホームから落ちた人を助けようとして亡くなった人はどうですか」

「その魂の気高さを神は喜びます」

「魂は天国に行きますか」

「それは神が決めることです」

「すると自己犠牲が必ずしも自分の得になると限らないわけですね」

山川先生は哀れむ表情で村雨を見たが、そんな表情は慣れっこで何とも思わない。

「損得は人間の判断であって、神には関係の無いことなのです」

珍しく加賀が会話に入ってきた。

「係長、一つだけ山川先生に質問させてください」

村雨が頷くと加賀が聞いた。

「特攻を受けて亡くなった米国兵の魂は天国に行きますか、特攻で死んだ日本兵士の魂はどうなりますか」

山川先生は即座に言った。

「すべては神の思し召しです」

「ではもう一つだけ。この世の出来事で神の意志に反することはありますか」

この問にも即座に答えた。

「ありません。全ては神の手にあり、神の意志のままです」

「すると自己犠牲も神の意志であり、自分の意志ではないことになりませんか」

「人の意志も大きな目で見ると神の意志ですが、神の魂を受け継がない者もいるのです。そして私たちは自分が何をなしたかで神を知ることができます」

「ではヒトラーがしたことも神の手によるものですか」

「残念ながら、神の深遠を人間が理解することはできません」

否定も肯定もしない言い方だった。自分で考えろと言うことか。さらに村雨が聞いた。

「先ほど神の声を聞く者と聞かない者がいると言われましたが、キリスト教の神は平等な神ではないのですか」

「それは神父たちの幻想です」

「すると神は平等でない」

「神は語るべきことを語りなすべきことをなすだけで平等には関心がありません」

「平等に関心がないとすると、人を差別する恐ろしい神に思えますが」

「神は多くの顔を持ちますが、我々は自分の見たい顔しか見ないのです」

「先生が見る神と私が見る神は異なるということですか」

「そうです。神は全体ですが私たちは一部です」

「すると神について話すことに何か意味がありますか。最初から異なるものについて話しても何も合意が得られない」

「そうかもしれません。神の学説や教義はどれも不完全なものです」

人それぞれに解釈が異なる神、そんなものに何の意味があるだろう。奇妙な会話だったが、神を信仰する山川先生と三つの殺人がつながった今、山川先生の理解に役立っている。

「夕張に入りますがノンストップで行きますか」

加賀に聞かれてレポートから目を離す。夕張、メロンの町だ。昔は炭鉱町として栄えたが、炭鉱が閉鎖されるとさびれて財政が悪化した。すると国は見せしめのように財政再建団体にして、今も若い市長を先頭に苦闘が続いている。

「そのまま行ってくれ」

夕刻四時に出たから札幌到着は十時、あと三時間ほどだ。

「札幌開明高校はどんな高校だ」

「創立四十年の中堅校で全校生徒六百人ほどの大規模校です。入試平均点２１０点は中の上で、北大に五人ほど合格すれば上出来です。合唱部が全国の常連で、昨年は空手部の生徒が一人全国大会に出場しています」

「どうやって調べた」

「ホームページに載っています」

何でもパソコンで分かる時代だ。推理も想像もせずパソコンを開けば探すものが見つかる。そのうち全てＡＩに任せ、人間は感覚と快楽だけで生きる愚者になるのではないか。眠くなったが運転手を無視して寝るわけに行かない。早くホテルに入ってビールを飲み、心地よい眠りにつきたかった。

翌朝九時、事前に電話を入れて開明高校を訪問し、教頭に武田先生と話したい旨告げる。しばらく待つと初老の柔らかい雰囲気の教師が現れた。何だろうといぶかる表情だが、すぐに聴取を始める。

「先生は山川愛先生を覚えておられますか」

村雨が切り出すと一呼吸置いて言った。

「ええ、覚えています、学年が一緒でしたから。ずいぶんきれいな先生が来たと喜びました」

「どんな先生でしたか」

「どんなですか。新任の先生ですが落ち着いた印象でした。浮ついた感じは全くありませんでしたが、梶谷先生のことがあったので大丈夫かなとは思いました」

「梶谷先生のこととは何でしょう」

「梶谷先生は一学年の主任で英語の先生です。山川先生の指導教官になってずいぶん可愛がっていましたが、そのうち妙な噂が立ちましてね」

「妙な噂というのは」

「二人が男と女の関係になったという噂です」

「そんな関係だったのですか」

「それは分かりません。二人がバーで飲んでいるのを見たとか一緒に帰ったとかそんな程度です」

「すると男女の関係だったかどうかは明確でなかった」

「ええ、そうです。梶谷先生は単身赴任で、北見に奥さんと子どもがいました。本当のところはどうだったか分かりませんが、そのうち梶谷先生が火事で亡くなったので噂も消えました」

「その火事はどのような火事でしたか」

「どんな火事って、最初はタバコの不始末だろうと話していましたが、記事では台所の火の不始末が原因となっていました。自炊など一度もしたことがないと豪語していた人ですから、少し奇妙に思いました」

「その時、山川先生はどんな様子でしたか」

「特に変わった様子はなかったですね。悲しんでいましたが仕事は普通に続けたし、学校業務に差し支えることはなかったですね」

「そうですか」

「他に何か覚えていることはありませんか」

「山川先生が何かしたんですか」

「そういうわけではありませんが、ある事件に関わっている可能性があります。ただし捜査中なので口外しないでください、山川先生のプライバシーにも関わります」

「そうなんですか、分かりました。あと気になったことは生徒の評判ですね」

「評判というと」

「新任教師は生徒にからかわれたりするものです。年が近くて親しみやすいので、生徒の愛情表現みたいなものです。それが山川先生にはありませんでした。なぜか生徒は近づこうとしませんでした」

「それは珍しいことですか」

「どうでしょうか。山川先生は気にする風でなく、そのことで問題があったわけでもないので」

若い時の山川先生を想像するが、今と変わらない姿しか思い浮かばない。それ以上の情報はなく村雨と加賀は高校を出て、その足で東京に行くことにした。大学時代のことを調べたら次の手がかりが得られるかも知れない。

# 22

東京に着くとすぐに大学に向かった。東京国際語学大学、小規模ながら通訳や翻訳者を輩出した有名私立大だ。偏差値ランクは68で下手な国立大学より遙かに高い。木に囲まれた三階建のキャンパスの周りに石畳の空間が広がり、幾つかのベンチに学生が座って談笑している。青空が木々の向こうに広がり、東京にいることを忘れさせる静寂に包まれていた。一階の事務室で警察手帳を示し、捜査で二十三年前の卒業生名簿を閲覧したい旨告げると待合室に通され、ほどなく四十過ぎと思われる事務長が英米文学科の名簿を持って来た。

「これですがコピーしますか」

取りあえず二十三年前の名簿に目を通す。卒業生は五十六人であいうえお順に並んでいるが山川愛の名はなかった。前年度、前々年度、念のため翌年度も確認するがない。村雨は戸惑った。どういうことだ。

「これ以外に卒業生はいませんか」

「はい。これで全てです」

大学卒業は虚偽なのだろうか。しかし教員採用時に卒業を証明するものが必要になる。取りあえず前後三年分をコピーして、キャンパスのベンチに腰掛けて課長に電話することにした。すぐにつながった。

「村雨です。山川先生が卒業した大学に来ていますが、卒業名簿に名前がありません。学歴は虚偽かもしれません」

しばらくの沈黙の後、課長が言った。

「公務員採用時には最終学歴の証明が義務づけられている。偽造は可能だが、犯罪歴のない者がいきなりそんなことをするとは思えない。結婚して姓が変わったか改名した可能性がある。改名なら家庭裁判所で聞くと分かるはずだ」

結婚か改名、そうか。結婚の方はすぐに調べられないから、もう一つの可能性に当たることにした。

「家裁ですね、分かりました。行ってみます」

「ところで高校の方はどうだった」

「はい、火事で亡くなった先生は山川先生の指導教官でしたが、男女の仲だったのではないかとの噂があったようです。それと不審情報が一つ出ました。その先生は自炊などしないと周りに言ってましたが、出火原因は台所の火となっています。不自然です」

「そうか、決定的でないが傍証になる。旭川からも情報が入った。火事で死んだ先生は山川先生と同じ校宅にいたが、半年後に出て一軒家を借りた。その一軒家が火事になって焼死している」

「つまり山川先生と付き合うようになって行き来していたが、校宅だと目立つので一軒家を借りた。そこで逢い引きしていたが、何らかの理由で殺して火事を装った」

「そんなところだろう」

電話を切って家裁へ向かうことにする。加賀が住所を探索すると千代田区霞が関一丁目、日比谷公園の近くだ。

「係長、腹が減りませんか」

朝食べてから何も食べてなかった。午後三時になるところだ。

「学生気分になって学食でも食うか」

キャンパスの二階にある小綺麗なカフェに入る。村雨が学生の頃とメニューが違い、レストラン並の豊富さでドリアだのグラタンだのが並んでいる。パスタが8種類もあるが昔はナポリタンだけだったと思いながら、村雨は迷わずカツカレーを頼んだ。

「係長、またカツカレーですか」

またっていつのことだと考え、寄別庵で頼んだことを思い出す。キツネがいて、かんなで削ったような薄いカツが乗るカツカレーだった。

「カツカレーはご馳走だろう」

「カツカレーがですか」

加賀が不思議そうに言う。そうだ、カツカレーはご馳走じゃないか。

「じゃあ、お前のご馳走は何だ」

「ご馳走ですか」

そう言ってしばらく考え込む。考えないとご馳走が出てこない世代なのか。

「そうですね、やはり生寿司です」

「加賀、やっちまったなあ。生寿司なんて言うと一発で北海道人だとばれるぞ」

加賀が怪訝な顔をする。

「生寿司でなかったら何と言いますか」

「にぎり寿司だ」

「あ」

加賀の顔が赤らむのを楽しく見る。

「生寿司は北海道特有の言い方ですか、知りませんでした」

「知らないことは沢山ある。何でも知ってりゃいいってもんでもない」

出てきたカツカレーのカツにはしっかり肉が存在していた。加賀は遅いと言われるのが嫌でペペロンチーノなるものを頼んだが、村雨が食べ終わっても半分ほどだ。睨み付けると首をすくめて懸命に食べる。大学を出る頃は三時半過ぎで、急いで家裁に向かう。

「卒業後に一年留学しているから、その間に改名した可能性が高い」

「改名したとすれば、理由は何でしょう」

「それまでの自分を消したかったのだろう」

「消したい過去があったというわけですか」

「そうだろうな。教師になる時点で違う自分になりたかったのだろう」

「それならなぜ」

そう言って加賀は黙った。モンスターになぜと問うても意味がない。東京家庭裁判所は地方裁判所と同じ建物にあった。職員に手帳を示し殺人捜査に関わることだと告げると、渋々ながら改名帳簿を出してきた。

「山川愛ですね、ありました。二十二年前に相川摩耶から山川愛に変えています。理由は六年前に両親が亡くなったこと、ストーカーにつきまとわれていること、そしてクリスチャンなのに仏教的な名前であることの三つです。どれも弱い理由ですが、三つ重なって一年後に認められています」

仏教的な名前。摩耶は仏陀の母の名だがその名を嫌ったということか。

「この名前、読みをひっくり返しただけですね」

加賀が指摘する。相川摩耶と山川愛、なるほど後ろから読み替えただけだが、相川姓に未練があったということなのか。その辺りの事情は調べてみないと分からないが、今後は相川摩耶の過去を調べることになる。大学でコピーしてもらった名簿を確認すると、相川摩耶の名が二十三年前の卒業名簿にあった。課長の言う通りだった。

「よし、大学に戻るぞ」

ぎりぎり五時に間に合い、事務で当時の先生がいないか確かめてもらう。二人いて、そのうち一人が今いるとのことで相川摩耶の名に覚えがないか確かめてもらう。しばらくすると奇怪な風貌の教授が現れた。頭はすっかり禿げて両頰が垂れ、猫背で年齢が推定できないが目に知的な光がある。警察と聞いて怪訝な顔をしたが、授業がないからと研究室に案内してくれた。出された名刺には東京国際大学哲学科教授、相沢忠とある。村雨は単刀直入に聞くことにした。

「お忙しいところ申し訳ありませんが、ある事件のことで相川摩耶さんについて調べています。摩耶さんのことで覚えていることはありませんか」

「よく覚えていますとも。彼女は美しい生徒で、私の退屈な講義を熱心に聞いてくれました」

教授は淡々と応じる。

「どのような講義ですか」

「神学基礎でした。ほとんどの生徒はすぐに出なくなりますが、相川さんは年度半ばまで熱心に受講しました。そして二人で何度か神について語りました」

「年度半ばですか」

「ええ私のうかつな行動でそうなりました。その頃新宿におかまバーができてアマラという得体の知れない独特の魅力をもった店主がいました。相川さんを連れて行ったのですが、アマラとどのような話をするか聞きたかったからです」、

「おかまバーですか」

「今ならニューハーフパブとでも言うのでしょうが、当時、そんな言葉はありませんでした」

「相川さんはどうでしたか」

「行った日からアマラに気に入られて入り浸りになり、講義に出なくなりました」

「そのアマラとはどんな人ですか」

「どんなと言われても、一言では言い表せません。大きくて美しくて人間離れしていて、美の女神が舞い降りたような人でした」

「女性ですか」

「いいえ、おかまだったと思いますが普通のおかまとは違っていました」

よく分からない説明で人物像が浮かんでこない。

「その店は今でもありますか」

「ありません、火事でなくなりました」

「火事」

加賀と顔を見合わせた。

「ええ、摩耶さんに紹介した年の暮れのことです。突然出火して従業員のおかまが何人も死にました。スプリンクラーがなくてあっという間に燃え広がったようです」

「原因は何ですか」

「あんな店ですから放火が疑われましたが、従業員のゴミ箱から火が出たということです。おかまのタバコの不始末ではないかと言われました」

「店主のアマラさんはどうなりましたか」

「逃げ遅れて焼け死にました。とても大きな人でしたから焼けてもすぐに分かったようです」

「その後、摩耶さんはどうでしたか」

「何事もなかったように勉強を続けましたが、講義は出なくなり、私と神について話すこともなくなりました」

「そうですか」

この火事に相川摩耶は関係しているのだろうか。

「先生と相川さんの関わりはそれだけですか」

「ええ、店が焼けてからは私の講義にも興味をなくしたようです」

そう言ってしばらく黙っていたが、諦めたように話し始めた。

「お恥ずかしい話ですが、私は摩耶さんと結婚することを何度も夢見ました。しかし彼女はとても聡明で美しく、私の手が届くような存在ではありませんでした。彼女が講義に出なくなって私も講義への情熱を失い、しばらく研究から遠ざかってしまいました。ところで彼女は今どうしているのですか」

この知的で誠実そうな人に何と言うべきか迷ったが、事実だけ伝えることにした。

「北海道のある高校で英語の教師をされています」

「そうですか、北海道で教師を。しかしまたなぜ北海道へ行ったのでしょう。刑事さんが来られたということは相川さんは何かの事件の被害者になったのですか」

北海道に行った理由は分からないし、ある犯罪に関わるかもしれないとだけ言った。相沢教授に当時の店にいたおかまを知らないかと聞いたが、分からないと言う。焼けた後に別のキャバレーが出店したが、そこも数年前に潰れたようだと語った。変化の激しい業界だから二十年以上も前のことは誰も覚えていないし、人間もすっかり入れ替わっているだろう。そこで情報が取れないとしたら、次は敬愛女子学園に行くしかない。神戸の女子校で新幹線での移動になる。

「ありがとうございました。大変参考になりました」

そう礼を言って大学を後にして、東京駅で十九時十五分発の新幹線に乗った。加賀が敬愛女子学園の場所を確認して近くのホテルを取り、車内販売で駅弁とビールを買う。村雨は幕の内弁当で加賀は手鞠寿司。手鞠寿司など肴にならないだろうと思いながらビールを開け、今日の情報をまとめることにした。村雨を見て加賀もビールを開け、村雨の顔を伺う。

「アマラの火事に相川摩耶が関係したと思うか」

「確証はありませんが、偶然にしてはできすぎです」

「放火だとしたら理由は何だ、何が考えられる」

「最初はうまくいったアマラとの関係が悪化した、または店に恨みができた。そんなところでしょうか」

当たらずとも遠からずだろう。村雨も同じ事を考えたが真実は分からない。山川先生に聞くしかないが、今さら本当のことを話すとは思えない。

「もし山川先生が教師三人とアマラを殺したとするなら立派な連続殺人になる。連続殺人は犯行を重ねるにつれて周期が短くなる。麻薬と同じで殺しの興奮や衝動を抑えきれなくなるからだ。四件の火事を年代順に並べてみろ」

　加賀が手帳を見ながら答える。

「アマラが大学二年生の時で十九歳。札幌の高校は十五年前で三十歳。旭川が六年前で三十九歳。そして今年四十五歳です」

「すると最初の放火から次まで十一年、その次まで九年、そして今回の火事まで六年だ」

「確かに犯行周期が短くなっていますね」

「本人も気づかない衝動に駆られるのだろう。放っておくと五年以内に次の犠牲者が出ることになる」

「犠牲者はそうと知らずに近づくわけですね」

「そうだ。モンスターの顔をしていないから安心して近づき、そしてやられる。何としても次の殺人は阻止しなければならない」

　神戸が近づいた。日本でも有数の大都市だが、その基盤は平清盛が作った。神戸の前身は福原で今の神戸市兵庫区福原町である。平清盛が日宋貿易の拠点にしようと建設し、１１８０年、多くの皇族や貴族の反対を押し切って遷都したが、都の造作が進まず半年で京へ戻ることになる。その後、反平氏の動きが強まり頼朝に天下を譲ることになるが、神戸は清盛の夢だった。

　翌朝九時、ホテルを出て敬愛女子学園に向かう。十二月の神戸は北海道の二人には歩くに適した気温で、間もなくコンクリート塀に囲まれた白塗の校舎が現れた。敬愛女子学園は九十年の伝統を誇る女子校で、捜査でもなければ刑事には無縁のところだ。こじんまりした校舎と並んで講堂や礼拝堂らしき建物が見えるが、すでに生徒は登校して門は閉じられている。箱形の小さな建物にいる警備員に手帳を示して捜査で来校したことを告げると、警備員が取り次いで学院の職員が走って来た。山川先生の卒業は二十七年前のことで、三十三歳だった教師が定年を迎える年月だ。相川摩耶を覚えている教師がいるだろうか。来客室で待っていると田代と名乗る男が現れ、渡された名刺には副学長とある。来校の目的を伝え相川摩耶の名を告げると、少し待ってくださいと席を外し五分ほどで戻った。手に卒業アルバムを持っている。田代はアルバムのページをめくり、この子ですと二人に指し示した。そこには彫りの深い美しい少女がいて、伏し目がちにこちらを見ている。田代は懐かしげな様子で語り始めた。

「相川摩耶はこの子です。当時、私は教師で摩耶を教えましたが、彼女は美しい生徒で勉強もよく出来ました。ただ気の毒なことがありました」

「気の毒なことというのは」

「一年生の時に家が火事になったのです」

再び加賀と顔を見合わせる。また火事、一体どういうことだ。

「火事、ですか」

「ええ。相川家はここらでも有数の資産家で、自宅は白亜の御殿と呼ばれる豪邸でした。それが一夜で燃えてしまい、夫妻も焼死しました」

「なぜ相川摩耶は無事だったのですか」

「ちょうどその日、友人宅に泊まりに行って難を逃れました。神のご加護でしょう」

「その後どうなりましたか」

「摩耶はそのまま学校を続けました。学費を免除され、本校の女子寮で卒業まで過ごしました。遺産が残されて経済的な心配はなかったようです」

「火事に不審な点はなかったのですか」

「それは分かりませんが、事件にならなかったので何もなかったと思います」

一拍おいて田代は話し始めた。

「実は、摩耶は相川夫妻の実の子ではありませんでした」

突然、新しい事実が出てきた。

「どういうことですか」

「秘密にしていましたが、三十五年も前の事だから話しても大丈夫でしょう。私は一年の時の担任でした。母親と面談した折、ご両親に似て優秀ですと褒めると、実は十才の時に施設から引き取った子だと言われました。北海道の名前は忘れましたが、ある町の施設でもらい受けたそうです。引き取った理由も話してくれました。相川夫妻には子どもができず、母親は慈善活動に熱心で様々な団体に寄付していました。たまたま北海道の施設を訪問した際に摩耶と出会い、育て親になるよう神の声を聞いたそうです」

村雨は背筋がぞくぞくするのを感じた。北海道の施設、それはどこだ。

「その施設の名前か場所が分かる書類などはありませんか」

「ありません。中学校から来る書類は成績が記された内申書だけです」

「その内申書は残っていますか」

「いえ、内申書も二十年で廃棄するのでありません」

青い鳥だ。寒別を出て札幌、東京そして神戸まで来たが、北海道に戻ることになる。相川摩耶こと山川愛、あなたはどんな人生を送ってきた。そしてなぜ教師になり、なぜ人を殺す。すぐにでも寄別に戻って問いただしたかった。

「記憶にないと言うことですが、寒別という町ではありませんか」

村雨は答を聞くのが怖ろしかったが、刑事の性で聞いてしまった。田代はしばらく考え込んだが、やはり思い出せないと言う。相川夫妻について知る人がいないかと聞くが、それも知らないと答えた。

「相川摩耶はどんな生徒でした」

「目立ちませんが頭のよい子でした。目立たないのは女子校だからで共学なら人気になったでしょう。美人で英語が抜群に出来ました。外国人の血が混じっているのかとも思いましたが確かめたことはありません。相川夫妻が亡くなって孤児になりましたが、それほど不幸には見えませんでした。淡々と生活してよく勉強する生徒でした」

「遺産は自分で管理したのですか」

「専任弁護士がいて資産もその方が管理したと思いますが、詳しくは分かりません」

「その弁護士はご健在ですか」

「さあどうでしょう、私は名前も知りません」

「相川さんが住んでいた家の住所は分かりますか」

「住所は分かりませんが、家庭訪問したので場所は分かります。すでに土地は売られ、辺りもすっかり変わったようです」

担任に会えたのは幸運だった。場所を確認してタクシーで相川邸があった所に行くことにする。辿り着いた所には新しい家が建っていて、近所住民に聞き込みするが若夫婦ばかりで相川家のことは記憶にないと言う。一軒だけ火事を覚えている老夫婦がいたが、相川家とは行き来がなく詳しいことは知らないと言った。聞き込みを打ち切り、所轄署に出向いて火事の検分記録を見せてもらうことにする。年配の署員が対応してくれて、北海道からわざわざご苦労様ですとコーヒーと記録が出された。

記録には台所の失火したとあり、失火原因はコンロの消し忘れが疑われるとある。家は全焼して原型なく焼け落ち、相川夫妻は一階の別々の部屋で発見されている。三ページ目に相川摩耶について警察が調べた記録があった。十歳で相川家の養子になったこと、教会や学校の聞き取りで摩耶と両親の関係が良好だったこと、以前もその友人宅に泊まりに行っていること、遺産が摩耶に譲られることは専任弁護士しか知らなかったこと、さらに摩耶に放火する動機がなく、家を出た時間と出火時間に開きがあること。これらのことから摩耶に疑いがかかることはなかった。

しかし、と村雨は考える。その日、相川家で何かが起きた。今となっては誰も知らない何か、その全ては山川先生の胸の内にある。いったい何があったか、いくら想像しても真実には近づかないのだろう。この二日で多くのことが分かったが、すでに夕刻になり北海道に戻れる時間ではない。仕方なく関空に近いホテルを取り、明日一番の便で発つことにした。明日、午前中に千歳に着き夕刻には寒別に戻る。そして課長や太田を交えて状況を詰め、対応策を考える。山川先生が過ごした施設が分かれば、最後のピースが埋まるかもしれない。その施設が寒別の孤児院ということがあるだろうか、そこには一度だけ防犯巡回で行ったことがあり愛という言葉がついた。何とか思い出せ、頭を振り絞れ、そして三十分後に思い出した。慈愛院だ。

## 23

すれ違いざま「待っていろよ」と若い男が言った。少し歩いて振り向くと、年配の男があわてて若い男の肩を抱いて階段を下りるところだった。山川愛は職員室に戻りながら男が投げつけた言葉の意味を考えた。そして理解した。あの二人は私の担当ではない方の刑事だ。あの姿、あの雰囲気、何かを嗅ぎ出そうとする犬の臭い。そうか警察は私がしてきたこと、そして今回の事に気づいたのだ。じきに捕えに来るのだろうが、今そうしないのは証拠が揃わず、起訴しても公判に持ち込む自信がないからだ。しかし私が犯人だという確信があり、あの二人は私の顔を確認しに来た。ところで私を聴取したあの二人の刑事はどうしたのだろう。失礼な言葉を投げつけた刑事は村雨と名乗った。若い方の刑事は未熟な感じだが村雨という刑事は駆け引きに長けていて、きっと今頃は証拠固めに走り回っているのだろう。そうだとすれば、私が自由でいられるのはあと何日だろう。

しかし山川愛に不安はなかった。いつかこんな日が来ることは分かっていたし、使命を果たしたのだからどんなことも受け入れる覚悟はできている。席に戻ると教頭がこちらに視線を向けたが、教頭も知っているのだろうか。いや、警察は情報を隠すから知らないはずだ。机に向かい、パソコンを開いて明日の授業で使うプリントの確認を始めた。レッスン28、助動詞の練習プリントを打ち直していると、職員室の扉を抜けて黒っぽい何かが入ってくるのが目の端に見えた。顔を上げると黒衣の僧がこちらに歩いて来るが、足が黒衣に隠れて凍った湖面を滑っているようだ。こんな所に来るとは思わなかったが、誰も僧に気づかないらしい。僧は愛のところに来ると、当然のように隣の席に座った。光の加減で身体がぼやけ、向こうが透いて見えるようだ。

「さて、冬休みも近いというのにお困りのようだね」

どう答えて良いか分からず黙っていた。

「何も困ることはない、そうだろう。ここにいて困るなら出て行けばいい、それだけのことだ。もうここに未練はないだろう。もうすぐ冬休みなのだから、早めに休暇を取って旅に出ると言えばいい」

そうか急用ができて故郷に帰ると言えばいいのか。授業が全て終わってからと思っていたが、旅に出てもいい頃なのかもしれない。

「お前が一番行きたかったところへ行こう。いつか行くはずだったのだから、その時が来たということだ。とても素晴らしいところで、選ばれた者だけに許されるところだ」

どこだろう、私が一番行きたかったところ、とても素晴らしいところ。分かるような気がするが分からない。私はどこに行きたかったのだろう。

「やれやれ、どこに行きたいか忘れてしまったようだね。往々にして人は一番大切なことを忘れてしまうものだ。仕方ない、私が案内するから休暇を取ったら一緒に出かけることにしよう。さあ、善は急げだ」

山川愛は立ち上がると年休処理簿を教頭の横机から取り出し、十二月十六日から二十七日までの年休を記載し、急遽叔母の具合が悪くなって帰省することになったと教頭に伝えて処理簿を出した。

「分かりました。残りの授業と講習のことは町村先生と相談しておいてください」

教頭にはいと答えてロッカー室に行き、フードが付いた防寒コートを着る。廊下を下りて校長室の前を通り、職員玄関で靴を履いていると校長室から望月校長が顔を出した。

「山川先生、叔母さんの具合が悪いのですか」

「はい。すみません、突然の年休で」

「大丈夫です、学校は何とかなります。道中気をつけてください、これどうぞ」

そう言って望月校長は自販機で買ったホットコーヒーを差し出した。

「ありがとうございます」

コーヒーを受け取ると手に暖かさが伝わった。前の校長と違って、この校長には人をほっとさせる何かがある。それが何か分からないが、もう少し早くに出会っていたら何か変わったのかもしれない。しかし私はこれから旅に出る。愛は校長に見送られて玄関を出ると車に乗り込んだ。ガソリンは二日前に入れたばかりでメーターは満タンを示している。刑事のものらしき車は見当たらないが、あの失敗があってさっさと帰ってしまったのだろう。

「さあドライブに出かけよう」

黒衣の僧が助手席で言った。

「あなたがドライブという言葉を使うとは思わなかった」

「どうしてだね、私は様々な言葉を知っている。昔の者だから今の言葉を知らないと思ったなら間違いだ。お前の言葉は私にあり、私の言葉はお前のものなのだ」

「どこへ行けばいいの」

「まず一番近くの岬に行こう。そこからならきっと行くことができる」

愛がナビで岬を探すと、自動的に検索して道を表示した。走行距離二百四十キロ、時間にして四時間、雪道だからもう少しかかるのかもしれない。

「さあ最高のドライブを楽しもう」

「どうして最高のドライブになるの」

「お前は今まで楽しいドライブをしたことがなかった。いつも誰かに命令されたり脅されたりした。しかし今日は二人きりで、私はお前に命令したり脅したりしない。だから最高のドライブになるのだ」

黒衣の僧が言うことはよく分かった。どうして人は私に命令して脅すのだろう。私の何がいけなかったのだろう。悪いことなど何もしなかったのに、いつも誰もが支配しようとした。私は誰からも自由になりたかったが、その願いが叶うのだろうか。それならきっと最高のドライブになる。楽しくなってきた。ハンドルを切ると車は高校の敷地を抜け、新たな目的地に向けて走り出した。

# 24

村雨と加賀は関空を発ち十一時過ぎに千歳に降り立った。関空は十六度で千歳はマイナス十三度、気温差は二十九度である。空港を出ると寒さが顔に突き刺さり、昨日神戸の町を快適に歩いたのが嘘のようだ。車のエンジンをかけるが、まる二日放置した車は冷凍庫そのものだ。ヒーターを最大にしても冷気しか吹き出ず、コーヒーを買ってくるのだったと後悔する。

「寒いな」

「はい」

二人で寒いことを確認する。寒別まで六時間の長い道のりで、こんな時は北海道の広さが厄介に感じる。課長に報告する内容を確認しようと手帳を取り出すと、畳んだＡ４の紙が転がり出た。何かと広げると町村先生がくれた小石先生の学年通信である。日付は二年前の二月二十八日でタイトルは『もう一つの卒業式』とある。

「明日、三月一日、全道の高校で卒業式が行われます。今回はＴ君の話をします。Ｔ君は三歳で自閉症と診断され十五歳になりました。中学校を卒業すると全寮制の高等養護学校に入学し、生まれて初めて親と離れて暮らすことになります。そのため何日も前から不機嫌で不安定です。入学式の朝、親は心を鬼にして行きたがらないＴ君を連れて行きました。学校に着くと寄宿舎の三人部屋に案内され、数少ない荷物を片付けると『トイレに行く』と出て行きます。帰るとワイシャツの後ろに大便が付いていて、不安でいつものように行動できません。着替えさせてクラスに行かせようとすると『先生を叩いてもいいかい』と興奮して叫び、跳び跳ねてしきりに手を叩きます。それでも何とか連れて行くと担任の先生は慣れたもので、そんな生徒たちをなだめて式場に連れて行きます。入学式が終わり、クラスでの説明も終わり、いよいよ親との別れが来ました。何人かの生徒は『行かないで』と泣いて頼み、親は子どもの声を振り切って学校を去ります。それが大人になる試練と分かっていても辛くて涙が出ます。それから三年、Ｔ君は産業科で陶芸を学び、様々なことがあったけれど卒業式を迎えることになりました。三年前と違って何の不安もなく、後輩に色々と教えるまでになりました。しかも卒業式が終わると、家に帰って親と暮らすことができます。Ｔ君の親は卒業式の数日前、一本のテレビドラマを見ました。主人公は自閉症の少年で、その少年は少しでも予定が変わるとパニックを起こし、一時間も二時間も自分の頭をパンパン叩いて泣き叫びます。家族で買い物に行くと突然いなくなり、家族総出で捜すことになり、ヘトヘトに疲れた家族が家族同士でけんかになります。そんなT君の家と同じ状況が描かれていました。ある日のこと少年の姉が疲れ果てて眠り、こんな夢を見ます。自閉症の弟が近づいて来て『姉さんどうしたのさ、そんな疲れた顔して』と話しかけるのです。姉は驚いて言いました。『あんた、いつから普通に話せるようになったの』。すると弟が言うのです。『何言ってるのさ姉さん、僕はいつだって普通だったよ』。そのシーンを見た時、T君の親は泣きました。ぽたぽたと涙がこぼれて仕方ありませんでした。誰も障害者になりたかったわけでなく、自分の子だって普通の子として仲間と一緒に遊びたかった。障害のせいで奇異な目で見られ、いじめられ馬鹿にされたりした。親も育て方が悪かったのではないかと悩み苦しんだ。そんな苦労を乗り越えてやっと迎えた卒業式です。体育館に並んでもT君はすぐに分かります。嬉しくてぴょんぴょん跳ねてしまい、後ろの生徒が肩を押さえてくれます。名前が呼ばれると元気に返事をして壇上に上がり、両手で卒業証書を受け取りました。卒業したら一日数百円の単純作業に就くことになります。それでもT君の両親は感謝の気持ちで一杯でした。T君のおかげでたくさんの人に出会い、恵まれない人たちの世界に気づくことができました。そんな貴重なことをT君が身をもって教えてくれたからです。最後のホームルームが終わり、親元に駆け寄ったT君を両親はしっかり抱きしめ三年前と違う涙を流しました。三年生の皆さん、いよいよ卒業です。多くの人に支えられ、見守られ、この日を迎えます。船出する日が来ました。明日、晴れやかな顔で高校を巣立ってください。」

不覚にも涙が出そうになり、村雨は小石先生の落ち着きや自信がどこから来るのか少し分かったような気がした。障害を持つ子どもを育てる苦労は並大抵のものではなかったろう。

それから十数分後、道央道から道東道に入る頃、村雨は加賀に提案した。

「神または神様と言ったら負けのゲームをしないか」

加賀がちらと村雨を見る。

「いいですが、今考えたゲームですか」

「そうだ。しかしお前は運転しているから不利だな」

「大丈夫です、運転は慣れてますから。神様と言わなければいいのですね」

「そうだ、気をつけろ。始めるぞ。この二日の捜査で山川先生が犯人であることは間違いないと分かったが、素直に自白すると思うか」

「そう簡単に自白するとは思えません。決定的な証拠を突きつけない限り、犯行は認めないでしょう」

「なぜそう思う」

「自分のやったことが悪いと思っていないからです。山川先生には犯罪者特有の負い目や脅えがありません。つまり確信犯で、悪いと思わない限り犯行は続きます」

「その悪いと思わない確信はどこから来る」

「信仰だと思います。信仰が法律に優先すると思っています」

「信仰の本体は何だ」

「ゴッドです。彼女のゴッドはどのゴッドよりも強いのだと思います」

「ゴッドと来たか。ゴッドに従うなら法律なんかどうってことないか」

「普段は社会生活に支障が無いよう法律を守りますが、ゴッドの言葉が下ればそれに従うのだと思います。その言葉は最優先で、その実現には手段を問わないのだと思います」

「その手段が放火または殺人ということか」

「我々から見れば立派な犯罪ですが、山川先生にとっては神に従う正しい行為になります」

「一人の人間が様々に見えるように、一つの行為も様々に見えるというわけだ。ところでゲームのルールを覚えているか」

加賀があっという顔をした。

「誘導尋問じゃないですか」

「そうだよ、ゲームなんだから」

「今の会話はゲームだったんですか」

加賀が不服そうに言う。単純な奴だ。

「そうだ、最初にそう言ったじゃないか。しかし寒いな、これでヒーターは最大か」

「ええ、車が古いからなかなか暖まらないんです」

「やれやれ、俺たちはどうしてこんな寒い北海道で暮らしているのだろうな」

「ここで生まれたからです」

「ここで生まれるってことは誰が決めた」

「それは、か」と言いかけて加賀は口をつぐんだ。

「か、の次は何だ。途中でやめると薄気味悪いぞ」

「ゲームは好きですが負けると楽しくないです」

「勝てるように攻めればいい。先手必勝だ」

「では聞きますが、係長にとって犯人を挙げることにどんな意味がありますか」

「たくさんあるさ。皆が安心して暮らす町作り、被害者遺族の心の救済、正義の実現、悪の処罰、次なる犯罪の抑止、そして犯人の救済だ」

「犯人の救済ですか」

「人を殺した者は必ず苦しむ。どんな犯罪者も殺人を百パーセント正当化することはできない。だから罪を償わせ、苦しみから救うために犯人を挙げる」

「山川先生も苦しんでいますか」

「そうだ。人を殺す者は心が病んでいて、病んだ心は苦しみの中にある。だから償わせて救わなければならない」

「そんな風に考えたことはありませんでした。殺人犯はどこまでも憎むべき犯人で、救済が必要などと思いませんでした」

「俺の考えが正しいとは限らない。それは自分で考えるべきことだが、どんな考えも完全ではない」

「村雨係長、悪と正義を決めるものは何ですか」

「法だ。法は人類の歴史が積み重ねた後悔と反省と知恵の結集で権力抑制・平等の実現・人権擁護・平和への希求が詰まっている。それが長きに亘る悲惨な歴史から生まれた人類の知恵だ」

「法を守ればそれで良いのですか」

「法の遵守はとても大切なことだ。法以外のことは警察の仕事ではない」

「先ほど犯罪者の救済と言いましたが、刑務所に入れても彼らが救われる保障はありません」

「そうだが、自分を見つめる機会が与えられる。自分が他者や他の存在と結びついていると理解すること、それが大切なことだ」

「自分を見つめる機会なら、刑務所でなくても構わないのではありませんか」

「犯罪者は自由を奪われて初めて自分を見つめ直すものだ。最初は怒り、次に不満、そして悲しみと絶望、最後に諦めがくるが、諦めて初めて見つめ直しが始まる。諦めないうちは犯罪をどうやって隠すか、いつまで警察から逃げ通せるか、時効はいつか、捕まったらどうなるか、犯罪者と分かったら周りはどう反応するか、そんなことばかり考えてこれっぽっちも自分の犯した罪を見ようとしない」

「係長は死刑制度に賛成ですか」

「警察官だから反対とは言えない」

「死刑にしてしまったら、見つめ直す機会を奪うことになると思いませんか」

「全ての犯罪者が限られた時間の中で自分を見つめ直せるわけではない。できないまま死刑になる者もいる」

「犯罪者は害悪ですが犯罪者がいるから警察が必要で、警察官は犯罪者のおかげで仕事にありつきます」

「そうだ。犯罪者に感謝せよと言うべきかもしれないが、誰もそう言わないな」

「警察が必要でなくなる社会は実現するでしょうか」

「人間に欲がある限り犯罪はなくならず、犯罪がある限り警察はなくならない。だから警察が不要になる社会は実現しない」

「見事な三段論法ですが、原始時代に警察はありませんでした」

「警察はないが掟はあった。どんな未開の部族にも掟はあり、現代社会は掟を法と道徳に置き変えただけのことだ」

「世界初の法ハムラビ法典は、目には目を、歯には歯をもって償えとの復讐法でした。あの法は正しかったのですか」

「正しいという概念は何を基準にするかで違ってくるが、今の基準から見ると正しくない。ハムラビ法典は過度の仕返しを禁じているが、王の一方的な命令で今の法とは概念が違う。現代法の原点はイギリスで、王権を制限するために作られたものだ。王権神授説という言葉を聞いたことがあるか」

「はい。王の権力は神から授けられたもので、王による国民の支配は正当だとの説です」

「そうだ。現代法の原点は王権の制限、つまり王の独裁の否定で市民による権力闘争の第一歩だ。王の背後にいる神もできれば排除したかったから、フランス革命の行き着くところは人間が作り出した奇妙な合理性だ。ところでゲームのルールを覚えているか」

「あ」

外を見るが道東道は事故なく順調に流れ、ようやく占冠を抜けるところだ。これから峠に入り、何本か長いトンネルを抜けると行程の半分を消化したことになる。その時ケータイが鳴った。課長からだ。

「村雨係長、驚かないで聞いてほしいが山川先生が逃走した」

心臓の鼓動が一気に高鳴った。何を言っている。

「逃走、どういうことですか」

「三時間目の授業が終わると山川先生が荒俣教頭に休暇を願い出た。終業式まで一週間あり授業も残っているが、叔母が急病になったと年休届けを出して学校から車で走り去った。校長から警察に電話があり、駐在の巡査に校宅を訪問させたが車ごといなかった」

「なぜ逃げたと思うのですか」

加賀が横で聞き耳を立てている。

「昨日、太田刑事と田中巡査が旭川から帰り、今朝のことだが寄別高校を訪問した」

「何のためです」

「二人は山川先生と直接話をしていないから、顔を確認したかったのだろう」

「課長は許可したのですか」

「いや、二人の独断で行った」

「それで」

「二人は本人に知られずに顔を確認したいと教頭に申し出て、教頭は授業から戻るところを廊下ですれ違ってはと提案した。その通りにしたが、田中巡査がすれ違いざま『待っていろよ』とつぶやいてしまった」

「なぜそんな馬鹿なことを」

「本人は叱責されて激しく後悔しているが、気持ちがはやったのだろう」

村雨は言葉をなくした。捜査は最後の最後まで慎重に詰めなくてはならない。針にかかった魚でも、泳いでいるうちは暴れて何が起きるか分からない。網に入れて慎重に陸に上げ、手にして初めて終わるのだ。

「責任を問うのはあとだ。今は山川先生の居場所を突き止めることが先決で、車で逃走したから掴めるだろう。車種とナンバーを各署に手配したしNシステムも使って全力で探している。場所が分かり次第連絡するが今どこだ」

占冠とトマムの間と報告する。

「あと二時間半か、気をつけて来るように」

そう言って電話が切れ、村雨は加賀に事情を説明する。説明しながら『逢魔が刻』という言葉を思い出した。悪魔が田中に囁いたに違いない。『こいつが殺人犯だ。お前たちの敵が廊下を歩いて来る。どうした捕まえないのか、捕まえてみろ』。そして不要な一言を吐いてしまった。しかし、今、山川先生に逃げられたら全てが無駄になる。ちりちりする感覚を感じながら次の連絡を待っていると、音更を過ぎたあたりでケータイが鳴った。

「Ｎが反応した。陸別から津別に向かっている」

津別、頭を巡らす。ここから急いで一時間半だが、津別の先は北見か美幌だ。どこへ行くつもりだ。本当に逃げたのか、嫌な予感が走る。

「分かりました。一時間半遅れで津別に急行します」

加賀に津別に急ぐよう言い、ナビで津別周辺を表示する。津別からはどちらに行ってもＮが検知するはずだが、どちらだろう。三十分後、ケータイが鳴った。

「津別を抜けて美幌に向かった」

「了解しました。急ぎますが一時間遅れです」

「太田と田中も向かったが、同じくらいの時差だ」

美幌から行くとすれば北見か網走だ。またケータイが鳴る。

「美幌から網走方面に向かった。今、女満別空港を手配した。おそらくそこに向かうだろう」

「分かりました」

女満別空港。そうか、寄別から一番近い空港は女満別だ。あの辺りは脇道が多くてパトカーと分かれば避けられるかもしれないが、空港に行けば間違いなく確保できる。しかし、と村雨は思った。追いついて確保しても拘束出来るのか。今のところ山川先生は犯罪者でも何でもなく、休暇を取って帰る一人の教師に過ぎない。重要参考人であるが、裁判所の拘束手続など取っていない。いや、課長のことだ、きっと何か考えて先手を打っているだろう。三十分後、二人は津別を抜けて網走方面に走っていた。美幌まで十五分、女満別までは三十分だ。またケータイが鳴った。

「女満別を通過した。網走に向かってゆっくりと走っている。行き先が空港でないとしたら見当がつかない、急行して追いついてくれ」

なぜだ、なぜ空港に行かない。一体どこに行く。加賀に言う。

「網走に向かったようだ。急いでくれ」

「網走ですか。冬道ですからここから四十五分はかかります」

「死なない程度にスピードを出せ」

差は三十分に縮まったが、網走で追いつくのは無理だ。その先で追いつくが、その先はどこになる。しかしなぜ逃げた。田中の一言で警察が疑っていることに気づいたのか。この冬にどこに行こうとしている。とにかく追いついて確保することが最優先だ。再びケータイ。

「網走市内に入った。抜けるとしたら斜里か常呂方面になる」

「分かりました、とにかく急行します。加賀、網走まであと何分だ」

「二十五分です」

「サイレンを出せ」

警報を鳴らして冬道を突っ走る。このペースなら斜里か常呂の手前で追いつくが、十分後、またケータイが鳴った。

「網走駅前を直進して７６号線に出た。オホーツク海沿を能取方面に走っている」

どういうことだ、斜里でも常呂でもなく能取方面。能取湖をぐるりと回って常呂へ出るつもりなのか。なぜそんな遠回りする、そう考えていると突然雪が激しくなり前が見えなくなった。視界五メートル、ホワイトアウトでスピードが出せない。二十分後、何も見えないまま網走の町に入り、ナビは網走駅を通過したことを示す。そのまま市街地を抜け、オホーツク海にぶつかるところを左に折れる。オホーツク海が見えるはずだが、吹きつける雪で何も見えない。ナビだけが頼りだが、山川先生はこんな悪天候の中、どこに向かって走っているのだろう。走っているうちにカーテンを開けたように突然晴れた。紺碧の海に海鳥が飛んでいる。山川先生はゆっくり走っているようだから、間もなく追いつくはずだ。

「サイレンを切れ」

車は冷たい空気を裂いて雪道を走る。この先に何がある。八分後、能取岬と書かれた看板が見えた。能取岬、オホーツクに突き出た断崖絶壁、海から垂直に立ち上がった岩の壁。ここか、ここが目的地なのか。

「岬に車を入れろ」

右に折れて二分。岬の先端に出ると白い灯台が一基あり、駐車場に車が一台見えた。寄せてナンバーを確認すると間違いなく山川先生の車だ。中を見るがいない。車から足跡が続き、目で追うと百メートル先を一人で歩く女性が見えた。その先は断崖だ。

「山川先生、待ってください。待ってください、山川先生」

全力で叫んで大きく手を振る。山川先生が一度振り向くが、すでに絶壁の先端に近づいている。そちらに向かって走る。雪が邪魔してうまく走れない。足が埋まる。くそ、この野郎、足動け、早く行け。

「今行きます、待ってください」

声は届いていないのだろうか。加賀が前を行く。いいぞ早く行け、確保しろ。どこでもいいから掴め、服でも足でも。とにかく掴むんだ。

「山川先生、そこを動くな、動くんじゃない」

必死に叫ぶ。加賀、行くんだ。あと十メートルだ、もう少しだ、頑張れ。


山川愛は車から降りると、黒衣の僧の先導で雪道を歩き始めた。足が雪に埋もれるが冷たさは全く感じない。僧の足取りは小さな老人とは思えない軽やかさで雪の上を滑って行く。その背中を目標に歩くが、次第に僧の身体が大きく若々しくなるように感じた。

「さあ、もう少しだよ」

そう言って振り向いた黒衣の僧を見て摩耶は驚いた。今までの顔とまるで違って若々しく、どこかで見た優しい顔だ。とても懐かしく思いやりに溢れた顔、摩耶がずっと会いたかった人。そうだ、今までどうして気づかなかったのだろう。

「さあ摩耶、行こう。素晴らしいところだよ」

黒衣の僧が優しく手を差し伸べた。やっぱりお父さんだ。そうか、お父さんがいつも私を守ってくれたんだ。そしてとうとう迎えに来てくれた。

「お父さん」

村雨には山川先生が笑って手を空に差し出すように見えた。

「やめなさい。飛んだら駄目だ、やめなさい」

しかし二人に背を向けたまま山川先生は飛び出した。そして見えなくなった。

## 25

山川先生が崖から飛び降りた日とその翌日、警察と地元ダイバーの懸命な捜索が続いたが山川先生は発見されなかった。三日目、二つの低気圧が合体して爆弾低気圧となり、猛吹雪を伴う大荒れとなった。捜索は中断され四日目も五日目も捜索できないまま、捜索隊のいらだちが募った。六日目にやっと再開されたが諦めムードが漂っていた。海流に乗って日本の領海から出たことも考えられ、捜索は八日で打ち切られたのである。あとは死体がどこかに辿り着くのを待つだけだが、地元漁師の話ではまず上がらないだろうとのことだった。

「冬の海に呑まれたら諦めるしかないって。しかも流氷が来たら何もかも氷の下だ、生きられるのは魚だけだ、そうだべ」

流氷に閉ざされると、海は何もかも覆い隠して人を寄せ付けない。警察も諦めざるを得なかった。

神の瞳のように青く凍てつくオホーツクの海を見ながら村雨は思った。山川先生は寒さすら感じない永遠の世界に行ったのだろうか、それとも暗く冷たい海の中を永遠に彷徨うことになるのだろうか。凍てつく海底をただ一人、腐ることなく流離い続ける山川先生。それは恐ろしく孤独な姿だった。

捜査が打ち切られた翌日、寒別署の課長室に課長と村雨、加賀がいた。

「死体は上がらないだろう。海流が強くて沖に流された可能性が高く、どこかに辿り着けばいいが期待薄だ」

課長が淡々と話す。特に残念という感じはない。

「そうですね。この天気では仕方ないでしょう」

村雨もこの数日で心の整理がついた。

「しかし山川先生はなぜ海に飛び込んだ。追い詰められた状況でもなく犯罪が立証されたわけでもない。逃げる必要も海に飛び込む必要もなかったはずだ」

「私にも分かりません。田中巡査の一言だけが原因とも思えません」

課長が渋い顔になった。

「うむ、あれはやってはいけないミスだった。本人も大分しょげている」

二日前、太田と田中が来て黙って村雨に頭を下げた。田中の顔は真っ青で、殴られても仕方ないと覚悟しているのが分かった。肩を震わせる田中を見て気の毒になった。加賀とそれほど歳が違わず、正義感の強い警官である。ミスは今後の糧になることだろう。

「今回の事件は被疑者不詳で終わるだろう。山川先生を起訴出来ないのは残念だが、次の犯罪を防ぐことは出来た。最低限の仕事はできたと思いたい。だからそんな顔をしなくていいが、ミスはミスだ。

反省しろ」

そう言われると田中は声を振り絞って言った。

「すみませんでした」

涙声だった。そうしていつまでも頭を下げ続けた。


課長が言った。

「山川先生の部屋を捜索したが何もなかった。がらんとして、まるで生活感のない部屋だった。着替えと授業で使う本とぶ厚い聖書が一冊、それを除けば明日からでも人に貸せそうな部屋だった」

「犯行につながる物証も記録も出なかったわけですね」

「その通りだ。しかし山川先生の車のダッシュボードから校長の財布とケータイが出てきた」

「そんなところに隠していたのですか」

「ああ、考えられないことだ。大胆というか無造作というか」

「それで立件できませんか」

「無理だ。指紋は校長のものだけで、誰かが置いた可能性も考えられる」

「では立件も起訴もできませんね」

「できない。公判がもたない」

「分かりました。ではこれで捜査は終了ですね」

それに答えず課長は村雨に聞いた。

「村雨係長、山川先生の犯行動機をどう見る」

「今回の殺人と旭川と札幌の高校の殺人、さらに東京の火事と神戸の火事。これら全てに関わったとしたら少なくとも六人、焼け死んだおかまを入れると十人以上を殺害したことになります。しかも今回の事件を除けば、全て疑われない状況で行われています。山川先生が一人で考えて実行したとは思えないのです」

「共犯者がいたと言うのか」

「いえ、共犯はいません。共犯者がいたとしたら、これだけ長期間に亘って同様の犯罪を繰り返すことは無理です」

「つまり、どういうことだ」

「彼女は熱心なクリスチャンで神を信仰しましたが、その神は我々が考える愛の神と違います。神は人を選んで使命を与え、使命を果たすと義人として認められますが、使命を果たさなければ罰が下されます。殺人は神が命じたのではないでしょうか」

「それでは狂った新興宗教と同じだ。しかしなぜそんな恐ろしい神を持った」

「キリスト教の神もユダヤ教の神もヤーヴェ、つまり同じ神です。彼女は五歳からキリスト教の精神で運営される慈愛院で過ごしましたが、そこは虐待が目的としか思えない規則で子どもを支配する場でした。院長はことある毎に神を持ち出して洗脳し、それに従わないと酷い罰が与えられました。その中で恐ろしい神を信じるようになったと思われます」

「その神が殺人を命じたというのか」

「彼女の神は生贄を要求します。その神に従った結果、殺人が行われたのだと思います」

「最後は神に見捨てられた。そういうことか」

「いえ、見捨てられなかったと思います。最後まで神に従ったのだと思います」

「しかし神の存在が証明できない以上、その説明は説得力を持たない」

「その通りです。全く説得力のない説明です」

課長はふうとため息をつくと、しばらく沈黙した。

「それでは署長を説得することはできないが、君の言うことが正しいのだろうと思う。そう考えるとあの殺しも理解できる。神の命令でもなければあんな殺し方は出来ない」

「一昨日、慈愛院を訪ねました」

「あそこに山川先生がいたとは盲点だった。誰も考えなかった」

「寒別を二十年前まで支配した豊山一族をご存じですか」

「聞いたことはある。豊山一郎、土建屋からのし上がって政治家になり、一時は飛ぶ鳥落とす勢いだった。羽振りも良く手広く会社を経営したが没落したのだろう」

「ええ。リーマンショックで本体の建設会社がつぶれ、莫大な負債を抱えて夜逃げしたそうです。長男が自殺して、間もなく豊山一郎も病気で亡くなりました。次男が継いだ会社も傾いて夜逃げしたそうです。娘の留美子が慈愛院を継ぎましたが、原因不明の病気にかかり、でっぷり太った身体がみるみる萎んだそうです。最後は信じられないほど痩せこけ、鎮痛剤もモルヒネも効かず痛い痛いと叫びながら死んだそうです。その後、副院長だった武田という男が継ぎましたが、七年前の冬に階段から転げ落ちて死んでいます」

「その話は誰から聞いたのだ」

「武田の死後、慈愛院を閉鎖する話が出ましたが、本田真由子さんという方が名乗り出て今も運営されています。職員を全て入れ替えて再スタートしたようで、その方に伺いました。本田さんは慈愛院で育った方で、その頃のことを話してくれました。ひどいところで職員は何かあると棒で叩き、何人もの子どもがいなくなり、食事も栄養失調寸前のひどいものだったそうです」

「ひどい話だな。ところで、その本田さんは山川先生のことを知っていたのか」

「はい。摩耶という名で思い出しましたが当時は竹下摩耶でした。お父さんは寄別高校の教師でしたが現職で亡くなっています。その後、お母さんに捨てられて解体寸前の長屋で保護されました。本田さんは摩耶のことをよく覚えていました。可愛い子だったがいつも不安げで、守ってやらなければと思ったそうです」

「彼女が慈愛院からいなくなった理由は何だ」

「十才の時に神戸の資産家の相川家に引き取られ、それきり音信不通になったそうです」

「山川先生はこちらに来てから慈愛院に行かなかったのか」

「行っています。ただし自分が慈愛院の出身者と打ち明けませんでした」

「何のために行った」

「去年のことですが、上品な女性が来訪して『少しですが、子どもたちにお菓子でも』と箱を置いていきました。名前を聞いても名乗らず、少しだけ話をして帰ったそうです。帰ってから箱を開けると、百万円の束が二十ほど入っていて驚いたと言ってました。この方ですかと山川先生の写真を見せると、しばらくじっと見つめていましたがそうですと頷きました。そのうちみるみる涙が溢れ、『ああ摩耶ちゃんだ摩耶ちゃんだ』と何度もつぶやきました。サングラスをかけていて気づかなかったそうです。どうして気づかなかったのだろうと悔いていました」

「そうか。山川先生は寄付するために行ったのか」

「ええ、彼女なりに思うところがあったのでしょう」

「豊山一族は誰一人として残っていないのか」

「いえ、自殺した長男の嫁と娘が寄別庵を経営しています。紙のように薄いカツを出す店ですが、今も借金を返し続けているようです」

「長男に代わって責任を果たしているというわけか」

課長はそう言って何かに納得したように頷いた。

「ご苦労、よくやった。逮捕には到らなかったが犯人を割り出した。事件解決とは言えないが手柄に変わりない、私から署長によく話しておく。これで南極コンビも解散だな」

南極コンビ、何だそれは。加賀も何だろうという顔だ。

「課長、その南極コンビとは何ですか」

「知らなかったのか。村雨係長が次郎で加賀巡査が章太郎だから皆そう呼んでいた。南極物語、知ってるだろう」

タロとジロか。二人は頭を下げて課長室を出た。廊下で加賀が聞く。

「この事件はどうなりますか」

「どうにもならない。立件できない以上、山川先生は校長殺しと関係がない。他の火事とも無関係だ」

「捜査は続きますか」

「形だけはそうなるが捜査の必要はなくなった。だから実質的に終わる」

「それでマスコミは納得するでしょうか」

「一年も経てば忘れる。一年前の殺人事件が解決されないことなど誰も気にしないし、不倫報道に熱中して忘れる。そんなものだ」

「村雨係長」

「何だ」

「虐待された子どもは多重人格者になることが多いそうです。虐待される自分は自分でないと思いこみ、別の人格を作るからです。山川先生が虐待されたとしたら、多重人格になった可能性があります。その別人格が神として現れたのではないでしょうか」

「それも仮説の一つだが、山川先生の神は山川先生にしか分からない。そして山川先生とともに消えた」

人の心を理解することなど誰にも出来ない。山川先生、あなたはどのように育ち、誰に愛され、誰に愛されなかった。そして誰を愛そうとした。何もかもが分からないままだ。

「係長、山川先生はモンスターだったのでしょうか」

村雨は足を止め加賀の顔を見つめた。

「そうだ。自分の都合で人を殺す人間はモンスターだ」

村雨は怒ったように、そして自分に言い聞かせるように言った。

「係長、笑わないでください。山川先生が崖から飛び込んだ瞬間、ふわりと空に浮いたように見えました。そしてそのまま天に上がるのかと思いました」

笑うものか、なぜなら自分にもそう見えたからだ。誰かが山川先生の手を掴み、そのまま天へ導くように見えた。それにあれは飛び込み自殺ではない。飛び込みなら下を向いてためらいを見せるが山川先生の手は上に、そして目は空に向けられていた。何かつぶやいて、一瞬のためらいもなく飛んだ。それはまるで天からの迎えを受け入れるようだった。山川先生、あなたは何と言った。あなたの最後の言葉は何だったのだ。

翌日十二月二十五日の午後二時、村雨は寄別高校に出向いた。高校は二日前から冬休みに入っている。事件について校長、教頭に本当のことを話したかったのだ。形式上捜査は続いていて、課長は外部者に話すことを許可しないだろう。処罰されるなら自分だけでいいと思い、一人で行くことにした。教頭に案内されて校長室に入ると、望月校長がソファを勧めてくれた。

「山川先生のことで来られたのでしょう」

望月校長が切り出した。

「はい。通報いただいてありがとうございました。おかげで足取りは掴めたのですが、残念ながら山川先生を保護することは出来ませんでした」

「あの日、久しぶりに刑事さんが来られました。刑事さんが帰られるとすぐ山川先生から休暇届が出ました。玄関で話しましたが、何か不安を感じて連絡したのです」

「ありがとうございました。連絡がなければ車だけ発見されたかもしれません」

「しかし残念な結果になったのでしょう」

村雨は捜査で分かったことをほとんど話した。山川先生が母に捨てられて寄別で孤児になり、寒別の慈愛院で育ったこと。その後、神戸の資産家に引き取られたが火事で義理の両親を亡くし、一人で高校と大学生活を過ごしたこと。さらに寄別に来て慈愛院に二千万円を寄付したが、最後は崖から飛び込んだこと。幾つかの火事の犯人であることを除いて全てを話した。

「山川先生は幼少の頃、この寄別にいたのですか」

「そうです。父親は寄別高校の教師でしたが、早くに病気で亡くなられています。その後、母と暮しましたが捨てられました」

望月校長は立ち上がると窓の方へ行き、何か考えるようだった。

「私は山川先生を救うチャンスを二度見逃したのかもしれない。一度目は四十年前、そして二度目は今」

村雨にその意味は分からなかった。四十年前に山川先生に出会っているというのか、しかしそのことを聞こうと思わなかった。今さら聞いてもどうにもならない。

「私の話は以上です。この事実はマスコミに出ません。立件できない以上、山川先生は犯人ではないし校長殺害にも無関係です。また死体が上がらない以上、あくまで失踪者となります」

「分かりました、ありがとうございました。山川先生は失踪者なのですね。永遠に失踪者となるのですね、とても可哀想な気がします」

望月校長が震える声で言った。可哀想、そうだ、その言葉が一番ぴったりくる。彼女をモンスターに作り替え殺人者にした何か、それは何だった。誰が好き好んでモンスターになる、誰も怪物になどなりたくなかった。親に捨てられて怯えた日々、愛で満たされず虐待された日々、そして相川家を燃やした理由、アマラを放火したわけ。その延長線上に今回の殺人がある。モンスターを作るのはモンスターであり、他にも罰せられる者がいるはずだ。いや、すでに罰せられたのかもしれない。

「その後、学校は変わりありませんか」

村雨が問うと、窓の外を見ていた望月校長が振り向いて言った。

「うちのような小さな学校は、全体を見て動く良識あるベテラン教師が一人いれば大丈夫です。ベテランが動くと若手もうかうかしていられません。そういう学校は校長などいなくても困りません。うちには小石先生がいます」

「そうですか、それはよかった。では私はこれで失礼します」

村雨は立ち上がった。長居する気はなかった。

「小石先生に一言ご挨拶したいのですが職員室ですか」

「この時間は体育館でバレーボールの指導ですね、呼びましょうか」

荒俣教頭が壁の時計を見ながら言う。

「いえ、私が体育館に行きたいと思います。構いませんか」

二人とも構わないと言い、村雨は校長室を出た。長い廊下をまっすぐ進んで右に折れると体育館の入口があった。真冬の廊下はとても寒く、壁があるだけで外と変わらない。身震いしながら体育館に近づくと生徒の元気な声が聞こえてきた。体育館の鉄の扉の前に立ち、少しだけ開けてみる。体育館のこちら半分は使われず、向こうで女子バレー部が練習していた。小石先生がネットの前でテンポ良くボールを出し、生徒は身体を弾ませてボールに食らいつく。一心不乱にボールを追い、落とさないようフライングレシーブまでやっている。他の部員が大きな声で励まし、若い身体から汗が飛び散るのが見えるようだ。西日を浴びて体育館全体が金色に輝いて見えた。扉を開けて入ろうとして、ふと手を止めた。

入ってはいけない気がした。二十七年前、自分もああして汗を流した。あれから自分はどこへ来たのだろう。大学を卒業して警察官になり、犯罪と戦うことを心に決めて刑事になった。幾つかの事件を解決して優秀な刑事として期待されたが、相羽さんに出会って道が変わった。今、長い地方回りでふてくされた自分がここにいる。あんなに精一杯頑張る高校生に見せられる顔ではない。神聖なものを汚してはいけない、そこは未来の夢に向かう光に包まれた空間である。体育館が遙か遠い世界に感じられ、村雨はそっと扉を閉じて長い廊下を引き返した。ふと高校の時のバスケット部の老教師が浮かび、あの先生が下手っぴな自分たちをいつも見ていたわけが分かった。あの先生は俺たちが好きだったんだ、だからいつも見ていた。そんな当たり前のことがどうして分からなかったのだろう。村雨の胸に多くの先生が現れた。小学校の東海林先生、臆病な自分にいつも「大丈夫かい」と声をかけてくれた。松藤先生、どんなに下手な絵を描いても「この色使いが素晴らしい」と褒めてくれた。中学の安藤先生、忘れ物をしたら手に「ほら、これで忘れないよね」と小さく書いてくれた。高校の小杉先生、数学が面白くないと言うと悲しそうな顔で「数学に罪はないよ」と言った。たくさんの先生が村雨に声をかけ、見守り、優しく励ましてくれた。

窓の外は雪で吹雪になりそうだ。不意に視界がぼやけた。これから自分はどこへ行くのだろう、どこへ行くべきなのだろう。歳を経て得たもの失ったもの、これから何を得て何を失うのだろう。生きることはとても難しく簡単な人生などない。だから生きていくしかない。生きた先に何が見えるのか、それは生きることでしか分からない。

長い間ベッドの下にしまい込んだ十万円の行き先がやっと分かった。汚い金でも子どもの役に立てば少しはきれいな金になるだろう。山川先生の二百分の一だが慈愛院のポストに入れてこよう。今日はクリスマスだ、一度くらいサンタのまねをするのも悪くない。

村雨は外に歩き出した。北海道の冬は厳しく長い、しかしその先には。

聖書、ヘブル人への手紙より

「わたしは、もはや決して彼らの罪と不法とを思い出すことはしない。」

これらのことが赦されるところでは、罪のためのささげ物はもはや無用です。

志半ばで亡くなられたＨＹ先生、子ども達の成長を願う全国の先生方、
そしてともに八十八歳で永眠した父と母に、この物語を捧げます。

**小西 晴彦**

札幌東高等学校卒業
中央大学文学部卒業
35 年間高校教師
現在、網走でカフェ 七つの海 マスター

# モンスター

| | |
|---|---|
| 発行日 | 2019 年 2 月 1 日 |
| 著　者 | 小西 晴彦 |
| 発行者 | 橋詰 守 |
| 発行所 | 株式会社 ロギカ書房<br>〒 101-0052<br>東京都千代田区神田小川町 2 丁目 8 番地<br>進盛ビル 303 号<br>Tel　03（5244）5143<br>Fax　03（5244）5144<br>http://logicashobo.co.jp/ |
| 印刷・製本 | 亜細亜印刷株式会社 |

定価はカバーに表示してあります。
乱丁・落丁のものはお取り替え致します。


978-4-909090-20-1　C0093